AF498623

Prosper Mérimée

Gesammelte Erzählungen: Die etruskische Vase + Die Venus von Ille + Das Gäßchen der Madama Lucrezia + Djuman und mehr

e-artnow 2018

Henri de Régnier
Seltsame Liebschaften

Prosper Mérimée
Arsène Guillot

Prosper Mérimée
Carmen

Prosper Mérimée
Die Bartholomäusnacht (Historischer Roman)

Gustave Flaubert
Gesammelte Erzählungen: Ein einfältig Herz + Leidenschaft und Tugend +
November + Die Legende von Sankt Julian dem Gastfreien + Herodias

Prosper Mérimée

Gesammelte Erzählungen: Die etruskische Vase + Die Venus von Ille + Das Gäßchen der Madama Lucrezia + Djuman und mehr

Übersetzer: Arthur Schurig, Paul Hansmann und Carl von Lützow

e-artnow, 2018
ISBN 978-80-273-1751-6

Inhaltsverzeichnis

Die etruskische Vase

Auguste Saint-Clair war in der sogenannten großen Welt nicht gerade beliebt; hauptsächlich aus dem Grunde, weil er nur den Leuten zu gefallen suchte, die ihm selber gefielen. Er pflegte den Umgang mit den einen und hielt sich fern von den andern. Im übrigen war er zerstreut und lässig. Eines Abends, als er aus dem Italienischen Theater kam, fragte ihn die Marquise A..., wie Mademoiselle Sontag gesungen habe. »Ja, gnädige Frau«, antwortete ihr Saint-Clair mit verbindlichem Lächeln und war mit seinen Gedanken bei ganz anderen Dingen. Diese lächerliche Antwort war unmöglich als Schüchternheit auszulegen; denn er sprach mit einem großen Herrn, mit einem bedeutenden Manne und sogar mit einer Dame von Welt in genau der selbstsicheren Art, wie wenn er sich mit seinesgleichen unterhalten hätte. – Die Marquise entschied, Saint-Clair sei ein seltenes Muster von Frechling und Snob.

Madame B... lud ihn eines Morgens zum Diner ein. Sie richtete häufig das Wort an ihn; und beim Weggehen bekannte er, nie einer liebenswürdigeren Frau begegnet zu sein. Madame B*** sammelte gern vier Wochen lang bei andern Geist, um ihn dann auf einer ihrer Abendgesellschaften um sich zu versprühen. Saint-Clair sah sie am Donnerstag derselben Woche wieder. Diesmal langweilte er sich etwas. Ein weiterer Besuch bestimmte ihn, in ihrem Salon nicht wieder zu erscheinen. Madame B*** bekundete überall, Saint-Clair sei ein junger Mann ohne Manieren und von unmöglichstem Ton. Er hatte ein zärtliches und liebevolles Herz ins Leben mitbekommen; aber in einem Alter, in dem man nur zu leicht in sich Eindrücke aufnimmt, die für immer haftenbleiben, hatte ihm seine allzu überschwengliche Gefühlsseligkeit die Hänseleien seiner Jugendgenossen zugezogen. Er war stolz und ehrgeizig; dabei behielt er einen Eigensinn, wie die Kinder ihn an sich haben. Hinfort ließ er es sich eifrigst angelegen sein, alle äußeren Zeichen dessen, was er für so etwas wie eine schimpfliche Schwäche ansah, zu verbergen. Er erreichte sein Ziel; aber sein Sieg kam ihm teuer zu stehen. Er verstand die Kunst, den andern die Regungen seiner allzu empfindsamen Seele zu verhehlen; aber dadurch, daß er sie in sich verschloß, wurden sie nur hundertmal peinigender für ihn selbst. In der Gesellschaft gelangte er in den traurigen Ruf eines empfindungslosen und um nichts besorgten Menschen; und in der Einsamkeit schuf ihm seine ruhelose Einbildungskraft um so entsetzlichere Qualen, als er dies Geheimnis niemandem anvertrauen wollte.

Einen Freund zu finden ist schwer! Das ist wahr.

Schwer! Ist es überhaupt möglich? Hat es je zwei Menschen gegeben, die voreinander kein Geheimnis gehabt hätten? – Saint-Clair glaubte nicht recht an Freundschaft, und das war zu merken. Man fand ihn kalt und zurückhaltend im Verkehr mit seinen Altersgenossen. Nie fragte er sie über ihre Geheimnisse aus, und für sie blieben alle seine Gedanken und die meisten seiner Handlungen ewige Rätsel. Die Franzosen sprechen oft und gern von sich selber; daher war denn Saint-Clair auch, ohne sein Zutun, Mitwisser einer Menge vertraulicher Mitteilungen. Seine Freunde – damit seien hier einmal die Menschen bezeichnet, die wir zweimal wöchentlich zu sehen bekommen – beklagten sich über sein Mißtrauen ihnen gegenüber; es ist immer wieder so: Wer uns ungefragt sein Geheimnis mitteilt, ist gewöhnlich beleidigt, wenn er nicht das unsre erfährt. Auch das Ausplaudern, bildet man sich ein, muß auf Gegenseitigkeit beruhen.

»Er ist zugeknöpft bis obenhin«, äußerte eines Tages der schöne Rittmeister Alphonse de Thémines. »Ich könnte nie das mindeste Zutrauen haben zu diesem verteufelten Saint-Clair.«

»Ein bißchen was Jesuitisches steckt in ihm, meine ich«, versetzte Jules Lambert. »Mir hat jemand gesagt, er könne beschwören, Saint-Clair zweimal dabei erwischt zu haben, wie er aus Saint-Sulpice herausgekommen sei. Niemand weiß, was er denkt. Mir kann nie so recht wohl werden im Umgang mit ihm.«

Sie trennten sich. Auf dem Boulevard Italien stieß Alphonse auf Saint-Clair, der gesenkten Hauptes und ohne jemanden zu sehen daherkam. Alphonse hielt ihn an, nahm ihn beim Arm, und ehe sie noch bis zur Rue de la Paix gelangt waren, hatte er ihm die ganze Geschichte von seinem Techtelmechtel mit Madame *** ausgepackt, deren Mann solch ein eifersüchtiger Kerl und Rohling sei.

Am selben Abend wurde Jules Lambert sein Geld beim Ecarté-Spiel los. Er stürzte sich in den Tanztrubel. Dabei rempelte er leicht einen Herrn an, der wie er sein ganzes Geld verspielt hatte und reichlich übler Stimmung war. Ein paar spitzige Bemerkungen herüber und hinüber – Duellforderung. Jules bat Saint-Clair, sein Sekundant zu sein, und borgte ihn bei dieser Gelegenheit um Geld an, das er bis heute vergessen hat, ihm zurückzugeben.

Alles in allem war Saint-Clair ein Mensch, mit dem sich ziemlich leicht auskommen ließ. Seine Fehler schadeten einzig ihm selbst. Er war verbindlich, oft liebenswürdig, selten langweilig. Er hatte sich in der Welt umgesehen, war sehr belesen und sprach von seinen Reisen und Bücherkenntnissen nur, wenn man ihn darum anging. Im übrigen war er hochgewachsen und gut gebaut; seine Gesichtszüge waren edel und geistvoll, fast stets zu ernst; doch sein Lächeln war offen und voll Wohlwollen.

Eine bedeutsame Einzelheit habe ich noch außer acht gelassen. Saint-Clair war aufmerksam gegenüber allen Frauen und bemühte sich mehr um das Geplauder mit ihnen als um ein Gespräch mit Männern. Liebte er? Das war schwer zu entscheiden. Wenn dies so kalte Wesen überhaupt Liebe empfand, war so viel klar, daß als die Dame seines Herzens wohl die hübsche Gräfin Mathilde de Coursy in allerengste Wahl kommen müsse. Das war eine junge Witwe, bei der man ihn oft genug sah. Auf ein vertrauteres Verhältnis der beiden durfte man aus folgenden Mutmaßungen schließen: Zunächst einmal war da Saint-Clairs nahezu abgemessene Höflichkeit für die Gräfin und umgekehrt; dann weiter seine Beflissenheit, nie ihren Namen in der Gesellschaft über die Lippen zu bringen; oder aber, mußte er ihn unbedingt nennen, dann ohne das mindeste Lob; des ferneren: ehe Saint-Clair sie zu Gesicht bekommen hatte, ging er ganz in der Musik auf, und die Gräfin hatte eine gleich tiefe Neigung für die Malerei. Seit sie sich kennengelernt hatten, war ein Wechsel in ihren Neigungen zu bemerken. Und zu guter Letzt: als im vergangenen Jahre die Gräfin eine Badereise machte, war Saint-Clair kaum eine Woche nach ihr auch verreist...

Meine Aufgabe als Erzähler erlegt mir die Verpflichtung auf, weiterzuberichten, daß in einer Julinacht, kurz vor Sonnenaufgang, sich die Pforte zum Park eines Landhauses öffnete und aus ihr ein Mann mit all der Vorsicht trat, wie sie ein Dieb wahrt, der überrascht zu werden fürchtet. Dies Landhaus gehörte der Gräfin de Coursy, und dieser Mann war Saint-Clair. Eine in einen Pelz gehüllte Frauengestalt geleitete ihn bis zur Tür und neigte ihren Kopf weit vor, um ihm noch länger nachblicken zu können, während er den Fußpfad hinab davonschritt, der längs der Parkmauer hinführte. Saint-Clair hielt inne, sah sich nach allen Seiten um und winkte der Nachschauenden zu, sich zurückzuziehen. Die helle Sommernacht ließ ihn deutlich ihr blasses Gesicht erkennen, das immer noch auf derselben Stelle verharrte. Er ging die wenigen Schritte zurück, zu ihr hin und schloß sie zärtlich in seine Arme. Er wollte sie bewegen, hineinzugehen; aber er hatte ihr noch hundert Dinge zu sagen. Ihr Geplauder währte bereits zehn Minuten, als die Stimme eines Bauern vernehmlich wurde, der an sein Tagewerk ging. Schnell wird ein Kuß getauscht; dann fällt die Tür ins Schloß, und Saint-Clair ist mit einem Satze am Ende des Fußsteigs.

Er überließ sich einem Wege, der ihm anscheinend wohlvertraut war. Bald sprang er fast übermütig hoch und stürmte voran, während er mit seinem Spazierstock auf die Sträucher einhieb; bald blieb er stehen oder schritt gemächlich dahin, indes er zum Himmel hinaufsah, der im Osten sich purpurn färbte. Kurz, wer seiner ansichtig geworden wäre, hätte ihn für einen Verrückten halten müssen, der überselig war, aus seiner Zelle ausgebrochen zu sein. Nach einer halben Stunde Weges war er an der Tür eines abgelegenen kleinen Hauses, das er für den Sommer gemietet hatte. Er drehte den Schlüssel im Schloß um und trat ein; dann warf er sich auf ein bequemes Kanapee und gab sich da, mit starr in die Ferne gerichtetem Blicke und einem süßen Lächeln auf den Lippen, dem Sinnen hin; er träumte mit offenen Augen. Seine Einbildungskraft zauberte ihm die holdseligsten Bilder und Gedanken vor. »Wie glücklich bin ich!« sagte er sich aller Augenblicke. »Endlich habe ich es gefunden, dies Herz, das meines ganz erfühlt...! – Ja, mein Wunschbild ist für mich Wirklichkeit geworden...! Ich habe in einem Wesen Freund und Geliebte gewonnen... Welch menschlicher Charakter...! Was für eine leidenschaftliche Seele...! Nein, vor mir hat sie noch nie geliebt...« Und bald, wie sich denn die Eitelkeit immer in alle irdische Dinge mit einschleicht, kam er darauf: »Sie ist doch die schönste Frau von Paris.« Und seine Einbildungskraft hob ihm von neuem all ihren Liebreiz bis in den kleinsten Zug vor Augen. – »Unter allen hat sie mich erwählt. Die Löwen des Salons hatte sie zu Bewunderern: den Husarenoberst, diesen schönen, schneidigen und – gar nicht so fexigen Mann; dann den jungen Künstler, der so schöne Aquarelle malt und der das Leben so ausgezeichnet auf die Bühne stellt; dazu den russischen Lovelace, der den Balkan gesehen hat und der unter Diebitsch mit dabeigewesen ist; vor allem aber Camille T***, der bestimmt Geist, ein feines Benehmen und einen prachtvollen Säbelhieb auf der Stirn hat...Allen hat sie einen Korb gegeben. Und ich...!« Damit war er wieder auf seinen alten Kehrreim gekommen: »Wie glücklich bin ich! Wie glücklich bin ich!« Und er erhob sich und machte das Fenster auf, denn die Brust wurde ihm eng; dann wandelte er auf und ab im Zimmer; danach warf er sich wieder auf dem Kanapee hin und her.

Ein glücklicher Liebhaber ist fast so langweilig wie ein unglücklicher. Ein Freund von mir, der sich bald in dem einen, bald in dem andern dieser beiden Zustände befand, hatte sich keinen besseren Rat gewußt, seinem übervollen Herzen Luft zu machen, als mir ein ausgezeichnetes Gabelfrühstück jeweils vorzusetzen, währenddessen er sich nach Herzenslust über seine Liebesangelegenheiten auslassen durfte; nach dem Kaffee war jedoch unbedingt die Unterhaltung auf andere Dinge zu bringen.

Da ich nicht allen meinen Lesern ein Gabelfrühstück geben kann, will ich sie auch mit den Liebesgedanken Saint-Clairs im einzelnen verschonen. Überdies kann man nicht fortwährend im siebenten Himmel schweben. Saint-Clair war müde; er gähnte, reckte die Arme und sah, daß es schon hellichter Tag geworden war; es war Zeit, endlich ans Schlafen zu denken. Als er wieder munter wurde, sah er an der Uhr, daß ihm kaum mehr als ein paar Minuten zum Ankleiden blieben, um noch schnellstens nach Paris hineinzukommen, wo er zu einem Sektfrühstück mit etlichen Altersgenossen aus seinem Bekanntenkreise eingeladen war...

Man hatte gerade eine neue Flasche Champagner entkorkt; die wievielte es war, überlasse ich den Leser festzustellen. Ihm möge der Hinweis genügen, daß der Augenblick da war, der bei einem Junggesellenfrühstück ebenfalls ziemlich früh sich einzustellen pflegt, wo alle auf einmal reden wollen und die noch klareren Köpfe für die bereits umnebelten Gemüter Besorgnis zu empfinden anfangen.

»Ich wünschte«, hub Alphonse de Thémines an, der sich nie eine Gelegenheit, von England zu reden, entgehen ließ, »ich wünschte, es wäre in Paris wie in London Mode, daß jeder einen Toast auf seine Angebetete ausbringt. Auf diese Weise würden wir haargenau darüber ins Bild gesetzt, wen unser Freund Saint-Clair anschmachtet.« Und während er das sagte, füllte er sein und seiner Nachbarn Glas neu.

Leicht verlegen wollte Saint-Clair etwas darauf erwidern; aber Jules Lambert kam ihm zuvor:

»Diesen Brauch finde ich höchst geschmackvoll«, sagte er, »und ich greife ihn hiermit auf«; und indem er sein Glas erhob, rief er: »Auf alle Modistinnen von Paris – mit Ausnahme der über Dreißig, der einäugigen, hinkenden und so weiter...!«

»Hurra! Hurra!« schrien begeistert alle jungen Englandschwärmer.

Saint-Clair erhob sich mit dem Glas in der Hand.

»Meine Herren«, sagte er, »ich habe kein so weites Herz wie unser Freund Jules, dafür aber ein etwas beständigeres. Und meine Standhaftigkeit ist um so löblicher, als ich seit langem von der Dame meines Herzens getrennt bin. Was es damit auch auf sich habe, ich bin mir sicher, Sie gönnen mir meine Auserwählte, wofern Sie nicht etwa gerade dabei sind, mir bei ihr den Rang abzulaufen. Auf Judith Pasta, meine Herren! Möchten wir Europas erste tragische Künstlerin doch in Bälde wiedersehen!«

Thémines wollte Einwände gegen den Trinkspruch erheben; aber der allgemeine Beifallssturm schnitt ihm das Wort ab. Mit der Abwehr dieses Stoßes glaubte Saint-Clair sich für den weiteren Tagesverlauf aus der Affäre gezogen zu haben.

Die Unterhaltung stürzte sich zunächst auf die Theaterereignisse. Von der Theaterzensur kam man auf die Politik zu sprechen. Von Lord Wellington ging man auf die englischen Pferde über und von den englischen Pferden schließlich, durch eine leichte Gedankenverbindung, zu den Frauen; denn für junge Leute sind zuvörderst ein schönes Pferd und sodann eine hübsche Liebste die beiden begehrenswertesten Dinge.

Danach verbreitete man sich über die Mittel und Wege, an diese so erstrebenswerten Dinge heranzukommen. Pferde lassen sich erhandeln, Frauen sind gleichfalls für Geld zu haben; aber von dieser Gattung soll hier nicht weiter die Rede sein. Nach einem bescheidenen Hinweis auf seine geringe Erfahrung in so delikaten Angelegenheiten vertrat Saint-Clair den Standpunkt, die erste Bedingung, um Eindruck auf eine Frau zu machen, bestehe darin, daß man etwas Besonderes an sich habe und anders sei als die anderen. Gibt es aber eine allgemeingültige klare Formel für das Eigenartige? Er glaube: nein.

»Ihrem Empfinden nach«, gab Jules ihm Bescheid, »hat denn wohl einer mit einem längern und einem kürzern Bein oder mit einem Buckel mehr Aussichten, zu gefallen, als ein gradegewachsener und wie alle andern gebauter Mensch?«

»Sie übertreiben die Sache etwas reichlich«, erwiderte Saint-Clair, »aber wenn es denn sein soll, stehe ich für meine Behauptung in ihrer ganzen Tragweite ein. Wäre ich beispielsweise bucklig, dann würde ich mir deshalb nicht gleich eine Kugel in den Kopf jagen, sondern wollte vielmehr allerhand Eroberungen machen. Fürs erste würde ich mich nur an zwei Arten von Frauen halten, an solche, die ein echtes gefühlvolles Herz haben, oder an solche – und ihre Zahl ist groß –, die Anspruch darauf erheben, für eigenartig zu gelten, eccentric, wie man in England sagt. Den ersteren malte ich in den lebhaftesten Farben aus, wie scheußlich mein Dasein sei, wie grausam die Natur an mir handle. Ich würde es darauf anlegen, ihre Rührung über mein Los zu wecken; ich ließe die Ahnung in ihnen aufkeimen, ich wäre leidenschaftlicher Liebe fähig. Ich erledigte einen meiner Nebenbuhler im Duell und unternähme einen Selbstmordversuch mit einer schwachen Dosis Opiumtinktur. Nach ein paar Monden würde man meinen Höcker nicht mehr gewahr werden, und dann wäre es meine Angelegenheit, den ersten Schwächeanfall des gefühlvollen Herzens auszuspähen. Was die weiblichen Wesen angeht, die ihren Stich ins Besondere haben – da ist das Herumkriegen leicht. Setzt ihnen nur den Floh ins Ohr, es stehe unumstößlich fest, daß ein Buckliger kein Glück haben könne; sofort werden sie an die Widerlegung dieser unerhörten Verallgemeinerung gehen wollen.«

»Da habt ihr den Don Juan!« rief Jules.

»Brechen wir uns die Beine, meine Herrn!« riet der Oberst Beaujeu. »Wir, die wir das Pech haben, ohne Buckel auf die Welt gekommen zu sein.«

»Ich bin vollkommen der gleichen Ansicht wie Saint-Clair«, bekundete Hector Roquantin, der einen ganzen Meter fünfzehn groß war. »Man kriegt tagtäglich vor Augen geführt, wie die hübschesten und piekfeinsten Puppen sich an Kerle wegschenken, die Leute unsres Schlags als Mitbewerber gar nicht ernst nähmen…«

»Hector, ich bitte dich, steh auf und läute uns Wein 'ran«, sagte Thémines mit der natürlichsten Miene der Welt. Der Kurzstämmige erhob sich, und jeder dachte dabei lächelnd wieder an die Fabel vom Fuchs, dem der Schwanz gestutzt ward.

»Ich für mein Teil«, nahm Thémines das Wort weiter, »sehe immer deutlicher, je mehr ich erlebe, daß ein leidliches Gesicht…« – dabei warf er einen wohlgefälligen Blick in den Spiegel ihm gegenüber –, »daß ein leidliches Gesicht und ein geschmackvoller Anzug den großen Reiz des Besonderen verleihn, der die Widerstrebendste in seinen Bann zieht…« Und er schnellte mit den Fingerspitzen ein Brotbrösel von seinem Rockaufschlag fort.

»Pah!« warf der zu kurz Geratene laut dazwischen. »Mit einer netten Visage und einem Maßanzug der Firma Staub angelt man weibliche Wesen, die man von Sonntag bis Samstag behält und die unsereinen beim zweiten Stelldichein schon anöden. Es gehört ganz was andres dazu, um sich lieben zu lassen, was man so lieben nennt… Da muß man…«

»Halt!« unterbrach ihn Thémines, »wollt ihr ein schlagendes Beispiel? Ihr habt alle den Massigny gekannt, und ihr wißt, was mit dem los war. Ein Benehmen wie ein englischer Stallknecht, geistreich wie sein Gaul...Aber schön war er wie Adonis, und seine Krawatte band er wie der Modekönig Brummell. Alles in allem der langweiligste Pinsel, der mir je vor Augen gekommen ist.«

»Ich war nahe daran, an seiner Langweiligkeit draufzugehn«, sagte der Oberst Beaujeu. »Stellt euch vor, daß ich einmal zweihundert Wegstunden in seiner Gesellschaft durchmachen mußte.«

»Wißt ihr denn«, fragte Saint-Clair, »daß er den armen Richard Thornton, den ihr alle gekannt habt, in den Tod getrieben hat?«

»Ja, aber«, hielt ihm Jules entgegen, »wissen Sie denn nicht, daß er von Wegelagerern in der Nähe von Fondi um die Ecke gebracht ist?«

»Das stimmt! Aber ihr werdet gleich sehen, daß Massigny mindestens mitschuldig war an der Untat. Eine Anzahl Italienbesucher, unter ihnen Thornton, waren sich einig geworden, bis nach Neapel gemeinsam zu reisen, weil ihnen wegen des Raubgesindels Besorgnisse kamen. Massigny wollte sich der Reisegesellschaft anschließen. Sowie Thornton davon erfuhr, machte er sich vor den andern auf und davon, voll Entsetzen, vermute ich, ein paar Tage in seiner Begleitung hinbringen zu müssen. Er reiste allein, und was sich noch ereignete, ist euch bekannt.«

»Thornton hatte Verstand«, sagte Thémines, »und wählte von zwei Todesarten die mildere. Jeder andere hätte an seiner Stelle ebenso gehandelt.« Dann nahm er nach einer Pause seinen Faden wieder auf:

»Ihr seid also mit mir einer Meinung, daß Massigny der langweiligste Mensch auf dem Erdballe war?«

»Einer Meinung!« schrie alles beifällig.

»Wir wollen niemanden zur Verzweiflung bringen«, ließ sich Jules hören. »Nehmen wir *** aus, vor allem wenn er seine politischen Pläne entwickelt!«

»Und nun werdet ihr mir auch zugeben«, fuhr Thémines fort, »daß Madame de Coursy eine geistvolle Frau ist, sofern es das tatsächlich geben soll.«

Es entstand einen Augenblick Stille. Saint-Clair senkte den Kopf und bildete sich ein, die Blicke aller seien auf ihn gerichtet.

»Wer wollte das bezweifeln?« bemerkte er darauf, während er, immer noch über seinen Teller gebeugt, sehr eindringlich die gemalten Blumen auf dem Porzellan zu betrachten schien.

»Ich halte daran fest«, fuhr Jules mit erhobener Stimme fort, »ich halte daran fest, daß sie eine der drei liebenswürdigsten Frauen von Paris ist.«

»Ich kannte ihren Mann«, sagte der Oberst. »Er hat mir des öftern entzückende Briefe von ihr gezeigt.«

»Auguste«, schaltete sich Hector Roquantin ein, »stellen Sie mich doch der Gräfin vor. Es geht die Sage, Sie machen bei ihr Regen und Sonnenschein.«

»Nach dem Herbst«, brachte leise Saint-Clair heraus, »wenn sie wieder in Paris sein wird... Ich...ich glaube, auf dem Lande empfängt sie keine Besuche.«

»Wollt ihr mal herhören?« rief laut Thémines.

Es wurde wieder still. Saint-Clair rückte auf seinem Stuhl hin und her wie ein Angeklagter vor einem Schwurgerichtshof.

»Vor drei Jahren haben Sie den Anblick der Gräfin noch nicht genießen können, damals waren Sie in Deutschland, Saint-Clair«, fing Alphonse de Thémines von neuem mit einer Kaltblütigkeit an, die zur Verzweiflung bringen konnte. »Sie machen sich kein Bild davon, wie sie da aussah: schön, frisch wie eine Rose, von Leben übersprudelnd, und beschwingt wie ein Falter. Na, und wissen Sie, wen sie, unter ihren zahllosen Anbetern, mit ihrer Huld beehrte? Den Massigny! Der dümmste Trottel hat der geistreichsten Frau den Kopf verdreht. Sind Sie noch der Ansicht, einer, der wie ein menschliches Fragezeichen aussieht, hätte das ebenso fertigegebracht? Gehen Sie mir mit so etwas! Halten Sie sich an mein Wort: Sei ein hübscher Kerl, hab einen erstklassigen Schneider, und geh fesch 'ran!«

Saint-Clair war in einer scheußlichen Lage. Er war drauf und dran, den Erzähler Lügen zu strafen, nur die Befürchtung, die Gräfin dabei neuem Gerede auszusetzen, hielt ihn davon zurück. Er hätte mit seinem Wort für sie eintreten mögen; aber die Zunge war ihm wie erstarrt.

Seine Lippen zuckten vor Zorn, und er suchte nach irgendeinem Anlaß, einen Streit vom Zaune zu brechen.

»Was!« äußerte Jules laut und machte dazu ein erstauntes Gesicht. »Madame de Coursy hat sich dem Massigny gegeben! Schwachheit, dein Name ist Weib!«

»Der Ruf einer Frau – eine völlig belanglose Angelegenheit!« sagte Saint-Clair trocken und verächtlich. »Man darf ihn herunterreißen, stellt man sich nur witzig genug dabei an, und ...«

Während er das sagte, kam ihm zu seinem Schrecken die Erinnerung an eine gewisse etruskische Vase, die er hundertmal wohl schon auf dem Kamine der Gräfin in Paris gesehen hatte. Er wußte, daß sie ein Geschenk Massignys nach seiner Rückkehr aus Italien war; und – ein schwer ins Gewicht fallender Umstand! – diese Vase hatte die Reise von Paris aufs Land mitgemacht. Und Abend für Abend nahm Mathilde seine Blumen, seine Gabe an sie, und stellte sie in die etruskische Vase. Das Wort erstarb ihm auf den Lippen; ihm stand nur noch eines vor Augen, sein Denken kreiste nur noch um eines: die etruskische Vase.

›Ein schöner Beweis!‹ wird ein Vernunftmensch sagen: ›Wegen einer so geringfügigen Sache seine Liebste beargwöhnen!‹

›Waren Sie einmal verliebt, Herr Vernünftler?‹

Thémines war in zu guter Laune, als daß er sich an dem Tone gestoßen hätte, den Saint-Clair gegen ihn anschlug. Er erwiderte mit biedermännischer Miene nur leichthin darauf:

»Ich gebe hier lediglich wieder, was man in größerem Kreise schon erzählt hat. Die Sache ging als sicher um, damals, als Sie in Deutschland waren. Im übrigen kenne ich Madame de Coursy herzlich wenig; anderthalb Jahre ist's her, daß ich ihr Haus betreten habe. Möglich also, daß man sich getäuscht hat und daß mir Massigny ein Märchen erzählt hat. Doch um auf das, was unsere Gemüter beschäftigt, zurückzukommen: Wenn das Beispiel, das ich angezogen habe, auch fehl am Platz wäre, hätte ich darum doch nicht weniger recht. Euch ist allen bekannt, daß die geistreichste Frau in Frankreich, die, deren Werke ...«

Die Tür ging auf, und auf der Bildfläche erschien Théodore Néville. Er kehrte aus Ägypten zurück.

»Théodore! So schnell wieder hier!« Er wurde mit Fragen überschüttet.

»Hast du ein echt türkisches Kostüm mit im Gepäck?« wollte Thémines wissen. »Hast du einen arabischen Hengst und einen ägyptischen Groom mitgebracht?«

»Was für ein Kerl ist der Pascha?« fragte Jules. »Wann macht er sich unabhängig? Hast du einen Schädel mit einem Streich heruntersäbeln sehen?«

»Und die Bauchtänzerinnen und Blitzdichterinnen?« rief ihm Roquantin entgegen. »Sind sie hübsch, die Weiber in Kairo?«

»Haben Sie den General L*** zu Gesicht bekommen?« bestürmte ihn der Oberst Beaujeu mit seinen Fragen. »Wie hat er die Streitmacht des Paschas aufgebaut? – Hat Ihnen Oberst C*** einen Krummsäbel für mich mitgegeben?«

»Und die Pyramiden? Und die Nilkatarakte? Und die Memnonssäule? Ibrahim Pascha? Und ... Und ...?«

Alles fragte und redete durcheinander; Saint-Clair hatte nur die etruskische Vase im Kopf.

Théodore war inzwischen in Hockstellung mit gekreuzten Beinen niedergegangen – denn er mochte von dieser in Ägypten angenommenen Gewohnheit auch in Frankreich nicht mehr lassen –, wartete, bis die Fragenden müde wurden, und haspelte das Folgende ziemlich zungenfertig herunter, um nicht gleich wieder unterbrochen zu werden:

»Die Pyramiden! Ehrenwort, ein regelrechter Humbug. Weniger hoch, als man meint. Das Straßburger Münster ist nur vier Meter niedriger. Altertümer kann ich nicht mehr sehen. Redet mir bloß davon nicht mehr! Sehe ich auch nur eine Hieroglyphe irgendwo, wird mir sofort grün und gelb vor den Augen. Es gibt mehr als genug Globetrotter, die mit solchem Zeugs ihre Zeit vertrödeln! Für mich kam es darauf an, den Charakter und das ganze Gehaben dieses buntscheckigen Völkergewimmels mir gründlich zu beschauen, so wie es sich da durch die Straßen von Alexandria und Kairo drängt von Türken, Beduinen, Kopten, Fellahs, Moghrebinen ... Ich habe mir in aller Eile ein paar Aufzeichnungen gemacht, als ich in Quarantäne lag. Sie stinkt einen an, diese Quarantäne! Ihr, die ihr hier um mich herumsitzt, glaubt nicht an Ansteckung, will ich hoffen! Ich, ich habe euch da in aller Gemütsruhe meine Pipe mitten unter dreihundert Pestkranken geschmaucht...Ja, Oberst, da hätten Sie eine fabelhafte Reiterei sehen können. Ich will Ihnen mal prachtvolle Waffen zeigen, die ich mitgebracht habe. Ich besitze einen Djerid, der dem berühmten Murad Bey gehört hat. Für Sie, Oberst, habe ich einen Yatagan und für Auguste einen Khandjar. Ihr sollt meinen Metschlah, meinen Burnus, meinen Haïk sehen. Ist euch klar, daß ich, wenn ich gewollt hätte, Weiber hätte mitbringen können? Ibrahim Pascha hat so viele aus Griechenland hinverfrachtet, daß sie geradezu umsonst zu haben sind...Aber meiner Frau Mama zuliebe...Ich habe allerhand persönliche Unterredungen mit dem Pascha gehabt. Ein Mann von Geist ist das, alle Wetter! Ohne die mindeste Voreingenommenheit. Ihr würdet es nicht für möglich halten, wieviel Verständnis der für unsere Angelegenheiten hat. Ehrenwort! Er ist über die Geheimnisse unseres Kabinetts bis aufs I-Tüpfelchen im Bilde. Aus der Unterhaltung mit ihm habe ich mir höchst wertvolle Aufschlüsse über den Stand der Parteien in unserem Lande holen können...Augenblicklich beschäftigt er sich sehr viel mit Statistik. Er bezieht alle unsere Tageszeitungen. Wißt ihr, daß er verbissener Bonapartist ist? Er hat nur Napoleon im Munde. ›Ah, was für ein großer Mann, dieser Bounabardo!‹ rief er nicht selten vor mir aus. Bounabardo, so nennen sie dort Napoleon!«

»Giourdina, das heißt soviel wie: Jourdain«, murmelte Thémines vor sich hin.

»In der ersten Zeit«, fuhr Théodore fort, »war Mohammed Ali mir gegenüber sehr zurückhaltend. Es dürfte euch kein Geheimnis sein, daß alle Türken grundsätzlich mißtrauisch sind. Er hielt mich – der Deibel soll mich holen! – für einen politischen Spitzel oder für einen Jesuiten. Die Jesuiten hat er schwer auf dem Zuge. Nach ein paar Begegnungen zwischen mir und ihm aber hat er dann gleich herausbekommen, daß ich ein unvoreingenommener Weltreisender war, der das brennende Verlangen hatte, Sitten, Gebräuche und Politik des Ostens kennenzulernen. Da wurde er aufgeknöpfter und hat sich mir rückhaltlos aufgeschlossen. Bei der letzten Audienz – es war die dritte, die er mir gewährte – nahm ich mir die Freiheit, ihm folgendes zu sagen: »Es ist mir nicht faßlich, weshalb Deine Hoheit sich nicht unabhängig von der Hohen Pforte macht!« – »Du lieber Gott«, vertraute er sich mir an, »ich möchte schon gerne, aber ich fürchte, die freisinnigen Blätter, die in deiner Heimat den Ton angeben, stoßen mit mir nicht ins gleiche Horn, wenn ich erst mal die Unabhängigkeit Ägyptens feierlich verkündet habe.« – Er ist ein prächtiger alter Herr, ein edler Weißbart, der nie das Antlitz zum Lachen verzieht. Fabelhaft feines Konfekt hat er mich kosten lassen, und von den Angebinden, die ich ihm überreichte, hat ihm das größte Vergnügen das Uniform-Album der Kaiserlichen Garde von Charlet gemacht.«

»Ist der Pascha Romantiker?« erkundigte sich Thémines.

»Mit Literatur beschäftigt er sich wenig. Euch wird aber wohl nicht ganz unbekannt sein, daß die arabische Literatur hochromantisch ist. Einer der ihren ist der Dichter Melek Ayatalnefous-Ebn-Esraf, der kürzlich erst seine ›Meditationen‹ auf dem Buchmarkt hat erscheinen lassen; ihnen gegenüber nehmen sich die von Lamartine wie klassische Prosa aus. Nach meiner Ankunft in Kairo nahm ich mir einen Privatlehrer fürs Arabische, mit dem ich mich in den Koran hineinkniete. Obschon ich nur ein paar Stunden bei ihm genoß, habe ich doch genug Einblick in das Ganze bekommen, um die erhabenen Schönheiten des Sprachstils des Propheten unmittelbar zu erfassen und wegzukriegen, wie schlecht alle unsere Übertragungen sind. Halt mal, wollt ihr arabische Schriftzüge sehen? Dies Wort da in goldenen Lettern, das bedeutet: ALLAH, das heißt: Gott!«

Während er so daherredete, zeigte er einen reichlich speckigen Brief herum, den er aus einem nach allerhand Wohlgerüchen duftenden Seidenbeutel hervorgeholt hatte.

»Wie lange hast du in Ägypten geweilt?« erkundigte sich Thémines.

»Sechs Wochen!«

Und der Weltreisende setzte seinen genauen Gesamtbericht fort, wie man bei uns in Frankreich sagt: von der Zeder bis zum Ysop. Saint-Clair hatte sehr bald nach dessen Ankunft die Gesellschaft verlassen und schlug den Rückweg nach seinem Landheime ein. Der ungestüme Galopp seines Pferdes ließ ihn nicht seine eigenen Gedanken zu Ende denken. Aber er hatte die dunkle Empfindung, daß sein Glück hienieden für immer heillos zerstört sei und daß er sich nur an einem Toten und an einer etruskischen Vase dafür schadlos halten könnte.

In seinen vier Wänden warf er sich auf das Kanapee, auf dem er am Morgen vorher noch so lange und so auskostend sein Glück überdacht hatte. Der Gedanke, den er förmlich geliebkost hatte, war die Vorstellung, daß seiner Geliebten keine andere Frau gleichkäme, daß sie niemanden geliebt hatte noch je lieben könnte als ihn. Nun schwand dieser schöne Traum vor der traurigen und grausamen Wirklichkeit. »Eine schöne Frau nenne ich mein; das ist aber auch alles. Sie hat Geist: um so schuldiger ist sie, sie hat einen Massigny lieben können...! Es ist wahr, jetzt liebt sie mich... aus ganzer Seele... wie sie nur lieben kann. Geliebt zu werden wie vorher ein Massigny...! Meinen Aufmerksamkeiten, meinen Liebeslaunen, meinem Werben hat sie nachgegeben. Aber ich täuschte mich. Unsere beiden Herzen empfanden nichts Gleiches füreinander. Massigny oder ich, wer das ist, ist ihr einerlei. Er war ein hübscher Junge, sie liebte ihn, weil er hübsch war. Ich bin Madame ein angenehmer Zeitvertreib. »Gut denn, lieben wir den Saint-Clair«, hat sie sich gesagt, »da der andere ja doch tot ist! Und wenn es mit Saint-Clair zu Ende geht oder er mir langweilig wird, wollen wir weitersehn.« Ich glaube fest und sicher, der Teufel lauert unsichtbar neben einem Unglückseligen, der sich selber so peinigt. Das Schauspiel ist ergötzlich für den Feind der Menschen; und wenn das Opfer fühlt, wie seine Wunden sich schließen wollen, dann ist der Satan da, sie wieder aufzureißen. Saint-Clair war es, als raunte ihm eine Stimme ins Ohr:

›Recht eigne Ehre das, der Nachfolger zu sein...

Er richtete sich auf und warf einen wilden Blick um sich. Wie willkommen wäre es ihm gewesen, jemanden in seinem Zimmer zu entdecken! Ohne Zweifel hätte er ihn in Stücke zerrissen.

Die Penderuhr schlug acht. Um halb neun erwartete ihn die Gräfin... Wenn er nicht hinginge zum Stelldichein! »Wozu eigentlich die Geliebte Massignys wiedersehen?« Er streckte sich wieder auf sein Kanapee und machte die Augen zu. »Ich will schlafen«, sagte er vor sich hin. Er blieb eine halbe Minute reglos liegen, dann sprang er auf und lief zur Uhr hin, um zu sehen, wie der Zeiger vorrückte. ›Wie sehr wünschte ich, es wäre schon halb neun!‹ dachte er bei sich. ›Dann hätte ich keine Zeit mehr, mich auf den Weg zu machen.‹ Er fühlte in sich nicht den Mut, zu Hause zu bleiben; er wünschte sich einen Vorwand herbei. Recht krank hätte er am liebsten sein mögen. Er wanderte im Zimmer auf und ab, ließ sich dann auf einen Stuhl sinken, nahm ein Buch vor und brachte es nicht fertig, nur eine Silbe zu lesen. Er setzte sich ans Klavier und hatte nicht die Kraft, den Deckel aufzuklappen. Er pfiff, er schaute in die Wolken hinein und kam auf den Gedanken, die Pappelbäume vor seinen Fenstern zu zählen. Schließlich ging er wieder zur Uhr hin, um nach der Zeit zu sehen, und stellte fest, daß er keine drei Minuten damit hatte hinbringen können. »Ich kann nicht davon los, sie zu lieben«, stieß er zähneknirschend hervor und stampfte mit den Füßen. »Sie hat mich in ihrer Gewalt, und ich bin ihr verfallen, wie Massigny ihr vor mir hörig war! Also dann, Elender, gehorche, da du nicht beherzt genug bist, die verhaßte Kette zu brechen!«

Er packte seinen Hut und stürmte hinaus.

Wenn eine Leidenschaft uns mit sich fortreißt, empfindet die Eigenliebe in uns so etwas wie Trost darin, unsere Schwachheit von der Höhe des Stolzes aus zu betrachten. ›Schwach bin ich zwar‹, sagt man sich, ›und doch: wenn ich nur wollte...!‹

Mit langsamen Schritten stieg er den Pfad hinauf, der zur Parkpforte führte, und von weitem schon sah er eine helle Gestalt, die sich vom Baumdunkel abhob. In der Hand schwenkte sie ein Taschentuch, als winke sie ihm zu. Sein Herz schlug heftig, die Knie zitterten ihm; es verschlug ihm die Stimme, und er war so verlegen geworden, daß er befürchtete, die Gräfin läse ihm seine düstere Stimmung vom Gesicht ab.

Er ergriff die Hand, die sie ihm reichte, und küßte ihr die Stirn, während sie ihm an der Brust lag; wortlos geleitete er sie in ihre Gemächer und unterdrückte nur mühsam ein Stöhnen, das ihm die Brust sprengen wollte. Das Boudoir der Gräfin erhellte eine einzige Kerze. Die beiden setzten sich. Saint-Clair nahm wahr, daß seine Freundin als Haarschmuck nichts als eine Rose trug. Den Abend vorher hatte er ihr einen schönen englischen Stich mitgebracht: die Herzogin von Portland nach Leslie (sie hat die gleiche Haartracht darauf), und Saint-Clair hatte dazu nur gesagt: »Diese ganz schlichte Rose gefällt mir mehr als eure kunstvollen Frisuren.« Er mochte Juwelenschmuck nicht und war darüber der Ansicht jenes Lords, der rauh heraus sagte: »Vor aufgetakelten Weibern und Gäulen mit Schabracken weiß nicht mal der Deibel, was drunter steckt.« Als er gestern nacht mit einem Perlenhalsband der Gräfin spielte (denn beim Sprechen mußte er immer irgend etwas zwischen den Fingern haben), hatte er beiläufig bemerkt: »Juwelen sind nur gut dazu, Mängel zu verdecken. Sie sind zu hübsch, Mathilde, als daß Sie Juwelen tragen sollten.« An diesem Abend trug die Gräfin, die seine unbedeutendsten Äußerungen im Gedächtnis behielt, weder Finger-noch Ohrringe, weder Halskette noch Armbänder. – Am Äußern einer Frau achtete er besonders auf die Fußbekleidung, und wie viele andere hatte er über dies Kapitel seine eigenen Ansichten. Ein kräftiger Regenguß war vor Sonnenuntergang vom Himmel gerauscht. Das Gras triefte noch vor Nässe; gleichwohl war die Gräfin in Seidenstrümpfen und schwarzen Atlasschuhen über den feuchten Rasen geschritten…Wenn sie davon krank würde?

»Sie liebt mich«, sagte Saint-Clair bei sich.

Und er seufzte über sich selber und seine Torheit, und unwillkürlich lächelte er, als er Mathilde ansah, während er halb noch schlechter Laune und doch halb schon vergnügt darüber war, eine hübsche Frau vor sich zu erblicken, die ihm durch all diese kleinen Nichtigkeiten, die für Verliebte so überaus bedeutend sind, zu gefallen suchte.

Über das sonnige Gesicht der Gräfin spielten tausend Lichter der Liebe und des schalkhaften Übermuts, die es noch reizender machten. Sie nahm etwas aus einem japanischen Lackkästchen heraus und hielt es ihm in ihrer kleinen geballten Faust entgegen:

»Neulich abends«, sagte sie, »habe ich Ihnen Ihre Uhr zerbrochen. Hier ist sie heil wieder.«

Sie reichte ihm die Uhr und sah ihn dabei zärtlich und schelmisch zugleich an, wobei sie an ihrer Unterlippe nagte, als wollte sie sich das Lachen verbeißen. Weiß der Himmel, schön waren ihre Zähne! Wie hell schimmerten sie über dem glühenden Rot ihrer Lippen! (Wie albern sieht ein Mann bloß aus, wenn er steif und kühl die zärtlichen Schmeicheleien einer hübschen Frau hinnimmt.)

Saint-Clair dankte, nahm die Uhr und wollte sie in seine Tasche stecken.

»Würdigen Sie sie doch eines Blickes«, fuhr sie fort, »öffnen Sie sie und sehen Sie, ob sie gut wieder instand gesetzt ist. Sie als Fachmann, der Sie auf der Ingenieurschule waren, müssen sich das ansehen.«

»Ach, ich verstehe herzlich wenig von solchen Sachen«, sagte Saint-Clair.

Und er klappte den Uhrdeckel mit zerstreuter Miene auf. Wie überrascht war er! Auf der Innenseite fand er das Miniaturporträt der Madame de Coursy, mit zierlichem Pinselstrich hineingemalt. Konnte man davor noch schmollen? Seine Stirn hellte sich auf; er dachte nicht mehr an Massigny; er empfand einzig das Bewußtsein, einer bezaubernden Frau ganz nahe zu sein, und einer Frau, die ihn vergötterte…

Die Lerche, »diese Tagverkünderin«, hub ihr frühes Lied an, und breite Furchen fahlen Lichts rissen die Wolkenfelder im Osten auf. Die Stunde war da, in der Romeo von Julia Abschied nimmt, der klassische Augenblick, in dem alle Liebenden sich voneinander trennen müssen.

Saint-Clair stand vor einem Kaminsims, mit dem Parktürschlüssel in der Hand, und hielt die vielberedete etruskische Vase unablässig in seinem gespannten Blick. Im Innersten seiner Seele hegte er immer noch Groll gegen sie. Doch war er heiterer Laune, und der Gedanke, daß Thémines ganz einfach alles aus der Luft gegriffen habe, nahm ihn immer stärker ein. Während die Gräfin, die ihm bis zur Parkpforte das Geleit geben wollte, einen Schal um ihren Kopf schlug, trommelte er mit seinem Schlüssel erst sacht, dann immer stärker, auf der ihm widerlichen Vase herum, daß man meinen konnte, er wollte sie in Scherben zerhämmern.

»Ach Gott, geben Sie acht«, rief Mathilde, »Sie werden mir meine schöne etruskische Vase noch zerschlagen!«

Und sie wand ihm den Schlüssel aus den Händen.

Saint-Clair war wieder mißgestimmt, aber er faßte sich. Er kehrte dem Kamin den Rücken, um von der Versuchung loszukommen, und klappte seine Uhr auf, um sich von neuem der Betrachtung des Bildnisses zuzuwenden, das ihm da geschenkt worden war.

»Wer ist der Maler?« fragte er.

»Ein Herr R***...Massigny hat mich auf ihn aufmerksam gemacht.« (Seit seiner Romreise hatte Massigny den geborenen Kunstfreund und Kenner in sich entdeckt und sich zum Mäzen aller jungen Künstler aufgeschwungen.) – »Wirklich, dies Bild, finde ich, ähnelt mir, wenn es auch ein klein wenig geschmeichelt ist.«

Saint-Clair hatte große Lust, die Uhr gegen die Wand zu werfen, was ihre Wiederherstellung recht schwierig gestaltet hätte. Er nahm sich im letzten Augenblick zusammen und steckte sie wieder in seine Tasche; als er darauf gewahr wurde, daß es schon taghell war, verließ er das Haus, bat Mathilde inständig, ihn keinen Schritt weit zu bringen, lief mit großen Sätzen durch den Park fort und war im Nu mit sich allein auf freiem Felde.

»Massigny! Massigny!« stieß er laut in gesammelter Wut hervor. »Soll ich denn immer und überall dich wiederfinden...! Sonnenklar, der Maler dieses Bildes hat längst ein gleiches für Massigny gepinselt...! Ich Schafskopf! Ich habe auch nur einen Augenblick im Wahne sein können, mit solcher Liebe, wie ich sie habe, geliebt zu werden...und das bloß deshalb, weil sie sich eine Rose ins Haar steckt und keine Juwelen anhängt...! Sie hat einen ganzen Schrank voll davon... Massigny, der nur für das Äußere der Frauen einen Blick hatte, war so in Brillanten vergafft...! Ja doch, sie ist von verträglichem Wesen, zugegeben. Dem Geschmack ihrer Liebhaber versteht sie sich anzupassen. Donnerwetter! Hundertmal lieber sähe ich, sie wäre aus der Halbwelt und hätte sich für Geld hingegeben. Dann könnte ich wenigstens überzeugt sein, daß sie ehrlich an mir hängt, weil sie meine Liebste ist und sich doch nicht von mir aushalten läßt.«

Bald drängte sich ihm ein noch quälenderer Gedanke auf. In wenigen Wochen ging die Trauer der Gräfin zu Ende. Saint-Clair war es sich und ihr schuldig, sie zu heiraten, sobald der Tag ihrer Witwenschaft sich gejährt hatte. Er hatte es versprochen. Versprochen? Nein. Nie hatte er auch nur mit einem Wort davon gesprochen. Aber so hatte es in seiner Absicht gelegen, und die Gräfin hatte es auch so aufgefaßt. Für ihn kam das einem Gelöbnis gleich. Abends zuvor hätte er Macht und Ansehen auf Erden dafür hingegeben, um den Augenblick rascher herbeizuzwingen, in dem er vor aller Welt seine Liebe offen bekunden durfte; nun schauderte ihm vor dem bloßen Gedanken, sein Schicksal an die ehemalige Geliebte eines Massigny zu binden.

»Und dennoch: Ich muß es tun«, sagte er bei sich. »Und es wird geschehen. Sie war bestimmt der Meinung, die Bedauernswerte, ich kenne ihre alte Liebesgeschichte. Der Fall, wird erzählt, habe sich allgemein herumgesprochen. Und dann, übrigens, hat sie gar keine Ahnung davon, wie es in mir aussieht...Sie kann mich nicht verstehen. Sie wähnt, ich sei nur in sie so verliebt, wie ein Massigny in sie vernarrt war.«

Dann schloß er mit Stolz:

»Drei Monate lang hat sie mich zum glücklichsten aller Männer gemacht. Dies Glück ist das Opfer meines ganzen Lebens wert.«

Er suchte sein Ruhelager nicht auf, sondern streifte zu Pferde kreuz und quer den ganzen Vormittag lang in den Wäldern umher. Im Gehölz von Verrières, in einer Allee, wurde er eines Herrenreiters auf einem schönen englischen Pferde ansichtig, der ihn schon von weitem mit seinem Namen anrief und sofort auf ihn zuhielt. Es war Alphonse de Thémines. In der Gemütsverfassung, in der Saint-Clair sich befand, ist die Einsamkeit besonders angenehm: Das Zusammentreffen mit Thémines verwandelte denn auch seine düstere Stimmung in verhaltenen Zorn. Thémines merkte das nicht, oder er machte sich ein boshaftes Vergnügen daraus, ihn zu ärgern. Er redete, lachte, witzelte, ohne gewahr zu werden, daß er keine Antwort bekam. Als Saint-Clair eine schmale Allee abbiegen sah, lenkte er sein Tier sogleich da hinein, in der Hoffnung, der lästige Schwätzer werde ihm dorthin nicht folgen; aber er täuschte sich; ein Zudringlicher läßt sein Opfer nicht so leicht wieder los. Thémines kehrte um und fiel in schnellere Gangart, um wieder Seite an Seite mit Saint-Clair zu kommen und die Unterhaltung bequemer fortzusetzen.

Ich sagte, die Allee war eng. Nur mit großer Mühe konnten die beiden Tiere nebeneinanderlaufen; es war also nichts Ungewöhnliches, daß Thémines, obwohl er ein sehr guter Reiter war, Saint-Clair leicht am Fuße streifte, als er an seine Seite kam. Dieser, in dem der Zorn bis aufs höchste gestiegen war, konnte sich nicht länger beherrschen. Er stemmte sich in den Bügeln empor und zog mit seiner Reitgerte dem Pferde Thémines' einen heftigen Hieb über die Nüstern.

»Was, zum Teufel, haben Sie, Auguste?« rief Thémines laut. »Warum schlagen Sie mein Tier?«

»Weshalb reiten Sie mir nach?« entgegnete Saint-Clair mit unheimlicher Stimme.

»Sind Sie bei Verstande, Saint-Clair? Vergessen Sie, daß Sie mit mir reden?«

»Ich weiß sehr wohl, daß ich zu einem Laffen rede.«

»Saint-Clair...! Sie sind toll, glaube ich... Hören Sie: Morgen werden Sie sich entschuldigen oder mir Genugtuung geben für Ihre Unverschämtheit!«

»Auf morgen denn, Herr...!«

Thémines riß sein Pferd zurück; Saint-Clair gab dem seinen die Sporen; bald war er im Walde verschwunden.

Von diesem Augenblick an fühlte er sich gelassener werden. Er hatte die Schwäche, an Vorahnungen zu glauben. Ihn überkam der Gedanke, morgen würde er getötet, und das würde eine Lösung sein, wie sie für seine Lage nicht besser gefunden werden könnte. Ein Tag noch war hinzubringen; morgen gab es keine Unruhe, keine Qualen mehr. Er kehrte in seine Behausung zurück, schickte seinen Bedienten mit ein paar Zeilen zum Oberst Beaujeu, schrieb etliche Briefe; darauf speiste er mit gutem Appetit und war pünktlich um halb neun vor der kleinen Parkpforte.

»Was haben Sie nur heute, Auguste?« fragte ihn die Gräfin. »Sie sind so sonderbar gut aufgelegt, und doch können Sie mich mit all Ihren Scherzen nicht heiter stimmen. Gestern dafür waren Sie ziemlich übel gelaunt, und ich war so ausgelassen! Heut' haben wir die Rollen gewechselt. – Ich habe starkes Kopfweh.«

»Meine Holde, ja, ich gestehe, gestern war ich schön langweilig. Aber heute morgen, da bin ich ausgeritten, da habe ich mir Bewegung verschafft; ich fühle mich wie im siebenten Himmel.«

»Ich, ich bin spät aufgestanden, ich habe lange geschlafen und schlecht geträumt.«

»Ah! Träume? Glauben Sie an Träume?«

»Was für ein Unsinn!«

»Ich für meinen Teil, ich glaube daran; ich wette, Sie haben einen Traum gehabt, der irgend etwas Unheilvolles ankündete.«

»Mein Gott, ich vergesse, was ich geträumt habe... Doch, ich erinnere mich... In meinem Traum habe ich Massigny gesehn; Sie sehen also, es war nichts sehr Erheiterndes.«

»Massigny! Ich hätte im Gegenteil gemeint, Sie würden ihn ganz gern einmal wiedersehn?«

»Armer Massigny!«

»Armer Massigny?«

»Auguste, ich bitte Sie, sagen Sie mir, was Sie heute abend haben. In Ihrem Lächeln ist etwas Teuflisches, Sie machen den Eindruck, als wollten Sie sich über sich selbst lustig machen.«

»Ah, sieh mal, jetzt behandeln Sie mich geradeso schlimm, wie die alten Standesdamen, Ihre Freundinnen, das sonst tun.«

»Ja, Auguste, Sie machen heut' genau dasselbe Gesicht wie vor den Leuten, die Sie nicht mögen.«

»Böse Gebieterin, kommen Sie, reichen Sie mir Ihre Hand!«

Er küßte ihr die Hand mit gespielter Ritterlichkeit, und sie sahen sich eine Minute lang scharf in die Augen. Saint-Clair senkte als erster den Blick und stieß hervor:

»Wie schwer ist es, in dieser Welt zu leben, ohne für einen schlechten Menschen gehalten zu werden! Man sollte nie von etwas anderem reden als vom Wetter oder von der Jagd, oder besser noch mit Ihren würdigen Freundinnen sich über den Etat Ihrer Wohltätigkeitskomitees verbreiten.«

Er nahm ein Blatt vom Tisch.

»Sehen Sie, hier ist die Rechnung Ihrer Waschfrau, mit der sie sich in Erinnerung bringt. Lassen Sie uns darüber etwas plaudern, mein Engel: Dann werden Sie nicht sagen, ich sei ein schlechter Mensch.«

»Wirklich, Auguste, Sie setzen mich in Erstaunen...«

»Diese Rechtschreibung erinnert mich an einen Brief, den ich heut' morgen gefunden habe. Ich muß Ihnen sagen, daß ich in meine Papiere Ordnung gebracht habe, denn von Zeit zu Zeit regt sich bei mir Ordnungssinn. Na schön, ich fand also einen Liebesbrief wieder, geschrieben von einer Nähmamsell, in die ich mich vergafft hatte, als ich sechzehn war. Sie hatte eine eigene Art, jedes Wort hinzusetzen, ein höchst verworrene Art allemal. Ihr Stil war ihrer Rechtschreibung würdig. Kurz und gut, da ich damals schon ein ziemlicher Snob war, so fand ich es unter meiner Würde, eine Geliebte zu haben, die nicht schrieb wie die Sévigné. Ich ließ sie ganz einfach und schroff sitzen. Heute, als ich diesen Brief wieder las, ist mir klargeworden, daß die kleine Schneiderin da echte Liebe für mich empfunden haben muß.«

»Wie gütig! Eine doch wohl, die Sie ausgehalten haben...?«

»Sehr großherzig: mit fünfzig Francs monatlich. Aber mein Vormund rückte mir kein allzu üppiges Taschengeld heraus; denn er huldigte dem Spruch, daß ein junger Mann, der Geld zwischen die Finger bekommt, sich und andre zugrunde richtet.«

»Und sie, was ist aus ihr geworden?«

»Was weiß ich...? Wahrscheinlich ist sie im Spital geendet.«

»Auguste...wenn das wahr wäre, sähen Sie nicht so sorglos aus.«

»Wenn ich denn wirklich nichts als die Wahrheit sagen soll: Sie hat einen ›anständigen Menschen‹ geehelicht; und als ich mein eigener Herr war, habe ich ihr eine kleine Aussteuer geschenkt.«

»Wie gut Sie sind...! Warum wollen Sie sich ins schlechteste Licht setzen?«

»Oh, ich bin sehr, sehr gut...Je mehr ich darüber nachdenke, um so mehr überzeuge ich mich davon, daß diese Frau mich wirklich geliebt hat...Aber damals war ich noch nicht imstande, wahres Gefühl unter einer lächerlichen Form zu begreifen.«

»Sie hätten mir ihren Brief mitbringen sollen. Ich wäre nicht eifersüchtig gewesen...Wir Frauen, wir haben mehr Feingefühl als ihr Männer, und wir sehen sofort am Stil eines Briefes, ob dem Schreiber Glauben zu schenken ist oder ob er bloß eine Leidenschaft erheuchelt, die er nicht empfindet.«

»Und dennoch, wie oft laßt ihr Frauen euch von Einfaltspinseln oder Laffen auf den Leim führen!« Als er das sagte, sah er unablässig die etruskische Vase an, und in seinen Augen und in seiner Stimme lag ein düsterer Ausdruck, der Mathilde nicht im mindesten bewußt wurde.

»Ach, geht doch, ihr Männer, ihr wollt euch alle als Don Juans aufspielen! Ihr bildet euch ein, ihr täuscht die Frauen, wo ihr doch oft nur an Donna Juanas geratet, die noch weit gewitzter sind als ihr.«

»Ich begreife, daß ihr klugen Damen mit eurem überlegenen Geiste einen Dummkopf schon auf tausend Schritte wittert. Daher zweifle ich auch nicht daran, daß unser Freund Massigny, der ein hohler Laffe war, als Unschuldsknabe und Märtyrer gestorben ist...«

»Massigny? Doch er war nicht zu töricht; und dann gibt es ja auch törichte Frauen. Ich muß Ihnen da eine Geschichte von Massigny erzählen...Aber habe ich sie Ihnen nicht schon erzählt?«

»Nicht daß ich wüßte...«, erwiderte Saint-Clair mit einem Beben in der Stimme.

»Massigny verliebte sich in mich nach seiner Italienreise. Mein Mann kannte ihn; er stellte ihn mir als einen Menschen von Geist und Geschmack vor. Sie paßten gut zueinander. Massigny war in der ersten Zeit äußerst aufmerksam; er schenkte mir Aquarelle, die er bei Schroth kaufte, als seine eigenen und redete über Musik und Malerei in einem geradezu belustigenden Ton der Überlegenheit. Eines Tages schickte er mir einen unglaublichen Seelenerguß ins Haus. Er schrieb mir darin unter anderem, ich wäre die anständigste Frau in Paris; deswegen wolle er mein Liebhaber werden. Ich zeigte das Geschreibsel meiner Base Julie. Wir waren damals zwei übermütige Dinger, und wir kamen überein, uns mit ihm einen mächtigen Spaß zu machen.

Eines Abends hatten wir einige Gäste bei uns, unter anderen auch Massigny. Meine Base sagt da zu mir: ›Ich will dir eine Liebeserklärung vorlesen, die ich heute morgen bekommen habe.‹ Und sie nimmt den Brief her und gibt ihn unter schallendem Gelächter zum besten … Der arme Massigny …!«

Saint-Clair stürzte vor ihr auf die Knie und stieß einen Jubelruf aus. Er zog die Hand der Gräfin an sich und bedeckte sie mit Küssen und Tränen. Mathilde war aufs äußerste überrascht und glaubte zunächst, ihm wäre nicht wohl. Saint-Clair konnte nur sagen: »Verzeihen Sie mir! Verzeihen Sie mir!« Endlich erhob er sich wieder. Freude strahlte auf seinem Gesicht. In diesem Augenblick war er glücklicher als an dem Tage, an dem Mathilde zum erstenmal zu ihm gesagt hatte: ›Ich liebe Sie.‹

»Ich bin der törichteste und der schuldigste aller Männer!« stieß er hervor. »Seit zwei Tagen hatte ich dich in Verdacht … und ich habe dich nicht um eine Erklärung gebeten …«

»Du mich in Verdacht …? Und weshalb?«

»Oh, ich Elender …! Man hat mir erzählt, du hättest Massigny geliebt, und …«

»Massigny!« Und ein Lachen kam sie an; dann wurde ihr Gesicht gleich wieder ernst: »Auguste«, sagte sie, »kannst du wirklich so ein Tor sein, solche Verdächtigungen zu glauben, und so ein Heuchler, sie mir zu verhehlen.«

Eine Träne rollte ihr aus den Augen.

»Ich bitte dich inständig, vergib mir!«

»Wie sollte ich dir nicht verzeihen, geliebter Freund …? Erst aber laß mich dir heilig versichern …«

»Oh, ich glaube dir, ich glaube dir, sage mir nichts weiter!«

»Aber, um des Himmels willen, was konnte dir Grund dazu geben, so Unwahrscheinliches zu argwöhnen?«

»Nichts, nichts in der Welt als mein verdammter Kopf … und … siehst du, die etruskische Vase da, ich wußte, daß du sie von Massigny hattest …«

Die Gräfin schlug voll Verwunderung die Hände ineinander; dann rief sie und brach in helles Lachen aus:

»Meine etruskische Vase! Meine etruskische Vase!«

Da konnte Saint-Clair auch nicht anders als mitlachen, und dabei liefen ihm zugleich die hellen Tränen über die Backen hinab. Er zog Mathilde in seine Arme und sagte zu ihr:

»Ich lasse dich nicht wieder los, ehe du mir nicht vergeben hast.«

»Ja, ich vergebe dir, du Tor!« sagte sie und umschlang ihn zärtlich. »Du machst mich heute sehr glücklich; zum ersten Male sehe ich dich nun weinen, und ich glaubte, du könntest das nie.«

Dann machte sie sich aus seiner Umarmung los, nahm die etruskische Vase und zerwarf sie in tausend Stücke auf dem Estrich. (Es war ein seltenes, der Öffentlichkeit noch nicht bekanntes Stück. Ihre dreifarbige Bemalung zeigte den Kampf eines Lapithen mit einem Zentauren.)

Saint-Clair war einige Stunden lang der beschämteste und glücklichste aller Männer.

»Nanu«, fragte Roquantin den Oberst Beaujeu, als er ihn am Abend bei Tortoni traf, »ist denn das wahr, was man sich da erzählt?«

»Leider allzu wahr, mein Lieber«, bestätigte der Oberst trüben Gesichts.

»Berichten Sie doch mal, wie alles geschehen ist!«

»Oh, höchst einfach! Saint-Clair hat mir zunächst einmal gesagt, er habe unrecht, aber er wolle sich erst Thémines zum Schuß stellen, ehe er sich bei ihm entschuldige. Ich konnte das nur billigen. Thémines wünschte, das Los solle entscheiden, wer den ersten Schuß habe. Saint-Clair bestand darauf, Thémines solle ihn abgeben. Thémines schoß. Ich sah Saint-Clair sich einmal um seine eigene Achse drehen, dann fiel er auf der Stelle tot um. Diese sonderbare Kreiselbewegung unmittelbar vorm Fallen habe ich bei Männern, die tödlich getroffen waren, schon beobachtet.«

»Äußerst merkwürdige Sache!« bemerkte Roquantin. »Und Thémines, was hat der gemacht?«

»Tja, was in solchem Fall eben zu machen ist. Er hat seine Waffe mit dem Ausdruck des Bedauerns weggeworfen. Er hat sie so zu Boden gepfeffert, daß der Hahn abbrach. Es ist eine englische Mantonpistole; ich weiß nicht, ob er in Paris einen Büchsenmacher findet, der ihm das Ding wiederherstellen kann...«

Die Gräfin brachte drei volle Jahre hin, ohne jemanden bei sich vorzulassen. Winter wie Sommer blieb sie in ihrem Landhause, wo sie kaum aus dem Zimmer ging und sich die nötigsten Handreichungen von einer Mulattin tun ließ, die ihre Beziehungen zu Saint-Clair kannte und mit der sie keine zwei Worte am Tage wechselte. Am Ende der drei Jahre kehrte ihre Base Julie von einer langen Reise zurück; sie erzwang sich den Zugang bei ihr und traf die arme Mathilde derart abgezehrt und bleich an, daß sie den Leichnam einer Frau vor sich zu sehen glaubte, die sie in Schönheit und voll blühenden Lebens verlassen hatte. Es kostete viele Mühe, sie aus ihrer Weltabgeschiedenheit herauszuziehen und bis nach Hyères zu bringen. Dort siechte die Gräfin noch drei, vier Monate weiter hin; sie starb dann an einem Brustleiden, durch häusliche Sorgen verursacht, wie der Doktor M*** sagt, der sie ärztlich betreut hat.

Die Venus von Ille

Den letzten Hang des Canigou stieg ich hinunter und wiewohl die Sonne schon untergegangen war, unterschied ich in der Ebene doch die Häuser der kleinen Stadt Ille, auf die ich zuwanderte.

»Sonder Zweifel wißt Ihr,« sagte ich zu dem Katalonier, der mir seit dem Vorabend als Führer diente, »wo Herr von Peyrehorade wohnt?«

»Ob ich's weiß!« rief er, »sein Haus kenn' ich wie meins; und wenn's nicht so dunkel wär', würd' ich's Euch zeigen; es ist das schönste in Ille. Ja, der hat Geld, der Herr von Peyrehorade; und seinen Sohn verheiratet er mit einer, die noch viel reicher ist.«

»Und die Heirat findet bald statt?« fragte ich ihn.

»Bald! Vielleicht sind die Hochzeitsgeiger schon bestellt. Heute Abend, morgen, übermorgen, was weiß ich? In Pygarrig findet sie statt; denn Fräulein von Pygarrig heiratet der Herr Sohn. Da wird's sein werden, ja!«

Von meinem Freunde M. von P.... war ich an Herrn von Peyrehorade empfohlen worden. Das ist, hat er mir gesagt, ein sehr unterrichteter Altertumsforscher von beispielloser Gefälligkeit. Freude würde es ihm machen, mir alle Ruinen zehn Meilen in der Runde zu zeigen. So rechnete ich denn auf ihn für den Besuch der Umgebung von Ille, die ich reich an römischen und mittelalterlichen Kunstdenkmälern wußte. Die Heirat, von der man mir jetzt zum erstenmal erzählte, würde alle meine Pläne über den Haufen werfen.

Ein Störenfried werd' ich sein, sagte ich mir. Doch wurde ich erwartet, und da ich von M. von P.... angemeldet worden war, mußte ich wohl oder übel vorsprechen.

»Wetten wir, mein Herr,« sagte mein Führer, als wir bereits in der Ebene waren, »wetten wir eine Zigarre, daß ich errate, was Ihr bei Herrn von Peyrehorade wollt?«

»Das wird nicht schwer zu erraten sein,« antwortete ich, ihm eine Zigarre gebend. »Wenn man sechs Meilen im Canigou hinter sich hat, ist's Abendessen zu dieser Stunde die Hauptsache.«

»Ja, aber morgen?... Nun, ich würde wetten, Ihr kommt nach Ille, um das Götzenbild zu sehen? Hab's erraten, als ich Euch die Serraboner Heiligen abmalen sah.«

»Götzenbild! Was für'n Götzenbild?« Das Wort hatte meine Neugierde erregt.

»Was, hat man Euch in Perpignan nicht erzählt, daß Herr von Peyrehorade ein Götzenbild in der Erde gefunden hat?«

»Eine irdene Figur wollt Ihr sagen, eine Tonstatue?«

»Nein. Wohl aber aus Kupfer; tüchtig Zweisousstücke könnte man draus machen. Sie wiegt ebensoviel wie eine Kirchenglocke. Und tief aus der Erde unter einem Ölbaume haben wir sie hervorgeholt.«

»Ihr seid also beim Finden dabei gewesen?«

»Ja, Herr. Vor etwa vierzehn Tagen hatte Herr von Peyrehorade uns, Johann Coll und mir gesagt, wir sollten einen alten Ölbaum ausroden, der im letzten Jahr erfroren ist, denn, Ihr wißt ja, der Winter ist sehr hart gewesen. Und wie wir so draufloswerken, haut Johann Coll, der sich tüchtig ins Zeug legte, mit der Hacke los, und ich höre ein »Bimm«, wie wenn er auf eine Glocke geschlagen hätte. Was ist das, frage ich? Wir hacken und hacken immer weiter, und da erscheint eine schwarze Hand, wie eine Totenhand, die aus der Erde hervorkommt. Mich packt Angst. Ich laufe zum Herrn und sage zu ihm: – Tote, Herr, sind unter dem Ölbaume! Den Pfarrer muß man rufen. – Was für Tote? sagt er. Er kommt, und nicht sobald hat er die Hand gesehen, als er ruft: ›Eine Antike! Eine Antike!‹ Glauben sollte man, er hätte einen Schatz gefunden. Und schon ist er mit der Hacke, mit den Händen dabei und schafft fast ebensoviel wie wir beide.«

»Und was fandet Ihr schließlich?«

»Ein großes, mehr als halbnacktes Weib, mit Respekt zu sagen, Herr; ganz aus Kupfer, und Herr von Peyrehorade hat uns gesagt, es wäre ein Götzenbild aus der Heidenzeit... aus Karls des Großen Zeiten, was...«

»Weiß schon, was es ist...Irgend eine bronzene heilige Jungfrau aus einem zerstörten Kloster.«

»Eine heilige Jungfrau! Ach jawohl...Wenn's eine heilige Jungfrau wäre, die würd' ich schon erkannt haben. Ein Götzenbild ist's, sage ich Euch, man sieht's ihm gut an. Mit seinen großen weißen Augen hat's uns angestarrt ... als ob es einem die Augen auskratzen wollte. Wenn man's ansieht, jawohl, dann schlägt man die Augen nieder!«

»Weiße Augen? sicherlich sind sie in die Bronze eingefügt. 's wird vielleicht irgend eine römische Statue sein!«

»Römisch, das ist's. Herr von Peyrehorade hat gesagt, es wäre eine Römerin. Ach, ich merke wohl, Ihr seid so gelehrt wie er.«

»Ist sie ganz, gut erhalten?«

»Oh, Herr, der fehlt nichts. Sie ist noch schöner und besser ausgeführt als die Louis Philippbüste, die gemalte, im Rathaus. Das Gesicht des Götzenbildes gefällt mir aber trotz alledem nicht. Sie sieht so böse aus ... und ist es auch.«

»Böse! Was hat sie Euch denn Böses getan?«

»Mir grad 'nicht; doch hört nur zu. Mit Feuer hatten wir uns dran gemacht, sie aufzurichten, und Herr von Peyrehorade zog auch am Stricke mit, obwohl er nicht mehr Kraft als ein Hühnchen hat, der gute Mann. Mit großer Mühe stellten wir sie auf. Um sie zu stützen, raffte ich einen Ziegel auf, als sie, pardautz, wie eine unförmige Masse hintenüberfällt. Ich sage: Aufgepaßt da hinten! Doch nicht schnell genug, denn Johann Coll hat keine Zeit gehabt, sein Bein fortzuziehen ...«

»Und ist er verletzt worden?«

»Wie ein Rebenpfahl ist sein armes Bein zerbrochen worden. Eiweh! Als ich das gesehn hab', da bin ich aber wild geworden. Mit der Hacke wollt' ich das Götzenbild zusammenschlagen, Herr von Peyrehorade aber hat mich zurückgehalten. Geld hat er Johann Coll gegeben, der seit vierzehn Tagen, wo ihm das passiert ist, noch immer im Bette liegt, und der Arzt meint, er wird auf diesem Beine nimmer wieder wie auf dem andern gehen können. Ein Jammer ist das, denn er war unser bester Läufer und nach dem jungen Herrn der geschickteste Ballspieler. Herr Alfons von Peyrehorade war auch traurig darüber, denn mit Coll hat er stets zusammen gespielt. Das war fein anzusehn, wenn sie sich die Bälle zurückschickten. Paff, paff, nie berührten sie den Boden!«

Unter solchem Geplauder waren wir in Ille angelangt und bald stand ich Herrn von Peyrehorade gegenüber. Er war ein kleiner, noch rüstiger und munterer Mann, gepudert, mit roter Nase, jovialer und spaßhafter Miene. Noch ehe er M. von P...s Brief aufgemacht, hatte er mich auch schon vor einen gutbestellten Tisch gesetzt, und mich seiner Frau und seinem Sohn als einen berühmten Archäologen vorgestellt, der den Roussillon der Vergessenheit entreißen sollte, in welcher ihn der Gelehrten Gleichgültigkeit verharren ließe.

Während ich mit tüchtigem Hunger aß, denn nichts fördert ihn mehr als die frische Bergluft, betrachtete ich meine Gastgeber. Von Herrn von Peyrehorade hab' ich bereits gesprochen, hinzufügen muß ich noch, daß er die Lebhaftigkeit in Person war. Er sprach, aß, sprang auf, lief in seine Bibliothek, schleppte mir Bücher herbei, zeigte mir Stiche, goß mir zu trinken ein und war nie zwei Minuten in Ruhe. Seine, wie die meisten Katalonierinnen, wenn sie die Vierzig hinter sich haben, etwas reichlich dicke Frau, schien mir als echte Provinzlerin nur mit ihren Haushaltssorgen beschäftigt. Obwohl das Abendbrot für sechs Leute wenigstens würde gereicht haben, lief sie in die Küche, ließ Tauben schlachten, Hirsebrei rösten, und machte ich weiß nicht wieviel Töpfe Eingemachtes auf. Im Nu brach der Tisch fast unter der Last der Schüsseln und Flaschen, und ganz gewiß wär' ich an Verdauungsbeschwerden gestorben, wenn ich alles mir Angebotene auch nur gekostet hätte. Bei jedem Gerichte jedoch, das ich vorbeigehen ließ, gab's neue Entschuldigungen. Ich würde mich in Ille nicht wohl fühlen, fürchte man. In der Provinz habe man so wenig Auswahl, und die Pariser seien so verwöhnt!

Bei diesem fortwährenden Gehen und Kommen seiner Eltern saß Herr Alfons von Peyrehorade steif wie ein Ölgötze da. Er war ein hochgewachsener, siebenundzwanzigjähriger junger Mann, hatte ein schönes und regelmäßiges Gesicht, das aber jedes Ausdrucks entbehrte. Seine Figur und seine athletischen Körperformen rechtfertigten durchaus den Ruf eines unermüdlichen Ballspielers, dessen er sich in der Gegend erfreute. Elegant war er an diesem Abend angezogen, genau nach dem Stiche des letzten Modejournals. In seinen Kleidern schien er sich aber unbehaglich zu fühlen. Stocksteif saß er in seinem Samtkragen da und drehte sich nur mit Mühe um. Seine plumpen, sonnengebräunten Hände, seine kurzen Nägel stachen sonderbar von seinem Anzug ab, denn Arbeiterfäuste sahen aus den Stutzerärmeln hervor. Obwohl er mich in meiner Eigenschaft als Pariser neugierig von Kopf bis zu den Füßen betrachtete, richtete er dennoch den ganzen Abend über nur ein einzigesmal das Wort an mich, um mich zu fragen, wo ich meine Uhrkette gekauft hätte.

»Ach, mein lieber Gast,« sagte Herr von Peyrehorade, als das Essen sich seinem Ende näherte, »Sie sind bei mir, Sie gehören mir. Nicht eher laß ich locker, als bis Sie alles in unsern Bergen Sehenswerte besichtigt haben. Sie müssen unser Roussillon kennenlernen und ihm Gerechtigkeit widerfahren lassen. Sie ahnen ja nicht, was wir Ihnen alles zu zeigen haben. Phönizische, keltische, römische, arabische, byzantinische Bauwerke, alles sollen Sie von A bis Z sehen. Überall werd' ich Sie hinführen und nicht einen Ziegelstein will ich Ihnen erlassen.«

Ein Hustenanfall zwang ihn innezuhalten. Den benutzte ich, um ihm zu sagen, ich würde untröstlich sein, wenn ich ihn bei einem, für seine Familie so bedeutungsvollen Ereignisse stören würde. Wenn er mir seine ausgezeichneten Ratschläge über die von mir zu machenden Ausflüge erteilen möchte, würde ich, ohne daß er sich der Mühe des Begleitens unterzöge...

»Ach, Sie wollen von der Heirat des Jungen da reden,« unterbrach er mich, »Kleinigkeit. Das machen wir übermorgen ab. Sie feiern mit uns im Familienkreise, denn die Zukünftige ist in Trauer einer Tante wegen, die sie beerbt.

Kein Fest daher, kein Ball...'s ist schade. Sie hätten unsere Katalonierinnen tanzen sehn sollen...Sie sind hübsch, und vielleicht hätten Sie Lust gekriegt, meinem Alfons nachzuahmen. Eine Hochzeit, heißt es, zieht andre nach sich...Samstag sind die jungen Leute verheiratet, dann bin ich frei und wir machen uns auf die Beine. Verzeihen Sie, wenn ich Sie mit einer Provinzhochzeit langweile. Für einen mit Festen verwöhnten Pariser...Und eine Hochzeit ohne Ball noch dazu. Immerhin sollen Sie eine Braut sehen...eine Braut...na, Sie werden mir dann ja Ihre Meinung sagen...Doch Sie sind ein ernster Mann und sehen sich Frauensleute wohl nicht weiter an. Ich hab' Ihnen was Besseres als das zu zeigen. Ich will Sie was sehen lassen... Für morgen heb' ich Ihnen eine ganz gehörige Überraschung auf.«

»Mein Gott,« sagte ich zu ihm, »schwer ist's einen Schatz im Hause zu haben, ohne daß die Öffentlichkeit etwas davon weiß. Ich glaube, die Überraschung, die Sie für mich vorhaben, zu erraten. Wenn es sich aber um Ihre Statue handelt, so ist die mir von meinem Führer gelieferte Beschreibung ganz darnach angetan, meine Neugierde zu reizen und mich auf die Bewunderung vorzubereiten.«

»Ach, man hat Ihnen von dem Götzenbilde erzählt, wie sie hier meine Venus Tur...doch ich will Ihnen nichts verraten. Morgen, am hellen Tage, sollen Sie sehen und mir sagen, ob ich sie mit Recht für ein Meisterwerk halte. Potzblitz, gelegener konnten Sie nicht kommen! Da gibt's Inschriften, die ich armer Nichtswisser mir auf meine Weise erkläre...ein gelehrter Pariser aber...Sie werden sich vielleicht lustig machen über meine Auslegung...denn ich hab' eine Denkschrift verfertigt...ich, der ich mit Ihnen hier rede...ein alter Provinzsammler hab' da eine Laufbahn betreten...Will viel drucken lassen...Wenn Sie in Ihrer Güte es lesen und mich verbessern wollten, dürft' ich hoffen...Zum Beispiel bin ich sehr neugierig, wie Sie folgende Sockelinschrift: Calve übertragen werden.

Doch will ich Sie noch nichts fragen. Morgen, morgen! Nicht ein Wort über die Venus heute.«

»Recht hast du, Peyrehorade,« sagte seine Frau, »dein Götzenbild in Ruhe zu lassen. Du mußt doch sehen, daß du den Herrn am Essen hinderst. Geh, der Herr hat in Paris viel schönere als deine Statue gesehen. In den Tuilerien gibt es ihrer zu Dutzenden, auch bronzene.«

»Wahrlich, das ist die Einfalt, heilige Provinzeinfalt!« unterbrach Herr von Peyrehorade. »Eine wunderbare Antike mit Coustous plattem Figurenzeug zu vergleichen.

Unehrerbietig redet von den Göttern
Mein Weib, des Hauses treue Schaffnerin.

Wissen Sie, daß ich auf meiner Frau Wunsch die Statue einschmelzen lassen sollte, um eine Glocke für unsere Kirche daraus zu machen? Sie wäre dann die Taufpatin gewesen. Ein Meisterwerk Myrons, mein Herr.«

»Meisterwerk hin, Meisterwerk her; ein schönes Meisterwerk hat sie verrichtet: Einem Menschen das Bein zerbrochen.«

»Siehst du, Frau,« sagte Herr von Peyrehorade entschlossenen Tones und ihr sein rechtes Bein im schinierten Seidenstrumpf hinstreckend, »wenn meine Venus mir das Bein da zerbrochen haben würde, mir tät's nicht leid.«

»Lieber Gott, Peyrehorade, wie kannst du so was sagen. Glücklicherweise geht's dem Manne besser … Und doch kann ich's noch nicht über mich bringen, die Statue, die soviel Unheil angerichtet hat, anzusehn. Armer Johann Coll!«

»Von Venus verwundet, mein Herr,« sagte Herr von Peyrehorade mit derbem Lachen, »von Venus verwundet, und der Schelm beklagt sich.

Veneris nec præmia noris.

Wen hat Venus nicht verwundet?«

Herr Alfons, der Französisch besser verstand als Lateinisch, kniff verständnisinnig das Auge zusammen und blickte mich an, wie wenn er sagen wollte: Na, Pariser, verstehst du das?

Das Abendessen war zu Ende. Seit einer Stunde aß ich nicht mehr, war müde und konnte ein wiederholtes Gähnen, das mich ankam, nicht unterdrücken. Frau von Peyrehorade merkte es zuerst und warf ein, daß es Schlafenszeit wäre. Wieder begannen neue Entschuldigungen über das schlechte Lager, das meiner harre. Wie in Paris würde ich's nicht haben. In der Provinz sei man so übel dran, den Roussillonesen gegenüber müsse ich nachsichtig sein. Was halfen mir alle Beteuerungen, daß mir nach einer Bergwanderung ein Strohbund eine köstliche Lagerstätte sein würde. Immer bat man mich armen Landleuten zu verzeihen, wenn sie mich nicht nach ihrem Wunsche versorgten. Endlich ging ich in Herrn von Peyrehorades Begleitung in das mir bestimmte Zimmer hinauf. Die Treppe, deren oberste Stufen aus Holz bestanden, mündete mitten auf einen Flur, an welchem mehrere Zimmer lagen.

»Rechts,« sagte mein Gastfreund, »das Gemach Hab' ich der zukünftigen Frau Alfons' zugedacht.

Ihr Zimmer liegt am entgegengesetzte» Korridorende. Sie verstehen wohl,« fügte er mit einer Miene hinzu, die schlau aussehen sollte, »Sie verstehn wohl, Jungverheiratete muß man absondern. Sie sind am einen Hausende, die am andern.«

Wir traten in ein guteingerichtetes Zimmer, wo der erste Gegenstand, auf den mein Blick fiel, ein sieben Fuß langes und sechs Fuß breites Bett war. So hoch war's, daß man einen Schemel nötig hatte, um sich hineinzuschwingen. Nachdem mein Wirt mir noch die Klingel gezeigt und sich selber überzeugt hatte, daß die Zuckerdose gefüllt, die Kölnischwasserfläschchen ordnungsgemäß auf dem Ankleidetische standen, nachdem er mich wiederholt gefragt hatte, ob mir auch nichts abgehe, wünschte er mir gute Nacht und ließ mich allein.

Die Fenster waren geschlossen.

Ehe ich mich auszog, öffnete ich eins, um die nach einem langen Abendessen doppelt köstliche frische Nachtluft einzuatmen.

Gegenüber war der Canigou; wohl zu jeder Zelt ist er herrlich anzuschauen, schien mir an diesem Abend aber, überstrahlt wie er war, von einem leuchtenden Monde, das schönste Gebirge der Welt zu sein. Einige Minuten betrachtete ich seine wunderbaren Umrisse und wollte das Fenster zumachen, als ich, die Augen senkend, einige vierzig Schritte vom Hause die Statue auf einem Piedestal erblickte. In den Winkel einer lebenden Hecke war sie gestellt worden, die einen kleinen Garten von einem weiten, völlig planem Geviert trennte, das, wie ich später erfuhr, der städtische Ballspielplatz war. Das Herrn von Peyrehorade gehörende Terrain war auf seines Sohnes eifriges Betreiben hin der Gemeinde von ihm abgetreten worden.

Von meiner Entfernung aus konnte ich die Haltung der Statue schwer unterscheiden, nur ihre Höhe, die mir etwa sechs Fuß zu sein schien, konnte ich schätzen. In diesem Augenblicke kamen ziemlich nahe bei der Hecke zwei Burschen aus der Stadt über den Spielplatz und pfiffen das hübsche roussillonesische Lied: »Ihr steilen Berge.« Blieben stehen, um die Statue anzuschauen; einer sprach sie sogar mit lauter Stimme an. Er redete katalonisch; doch war ich schon lange genug im Roussillon, um den Sinn seiner Worte zu verstehen.

»Da bist du ja, Spitzbübin! (Der katalonische Ausdruck war kräftiger.) Da bist du ja!« sagte er. »Du also hast Johann Coll das Bein zerbrochen. Wenn du mir gehörtest, würd' ich dir den Hals brechen!«

»Bah, womit?« sagte der andre. »Aus Kupfer ist sie und so hart, daß Stephan seine Feile dran zerbrochen hat, als er sie zu ritzen versuchte, 's ist Kupfer aus der Heidenzeit, härter als, ich weiß nicht was.«

»Wenn ich mein Stemmeisen da hätte (er schien Schlosserlehrling zu sein), würd' ich ihre großen weißen Augen bald rausspringen lassen. Wie Mandeln sollten sie aus der Schale krachen. Für mindestens hundert Sous Silber ist das ja.« Und sie entfernten sich einige Schritte.

»Ich muß dem Götzenbilde gute Nacht sagen,« rief plötzlich, stehen bleibend, der größere der beiden Lehrlinge.

Er bückte sich und nahm wahrscheinlich einen Stein auf. Ich sah ihn den Arm ausstrecken, etwas werfen und sofort hallte ein tönender Klang auf der Bronze wieder. Im nämlichen Augenblicke fuhr der Lehrling mit der Hand an den Kopf und stieß einen Schmerzensschrei aus.

»Sie hat mich widergeworfen!« schrie er.

Und Hals über Kopf kniffen meine beiden Schelme aus. Augenscheinlich war der Stein vom Metall zurückgeprallt und hatte den Schlingel für die Beleidigung bestraft, die er der Göttin angetan. Herzlich lachend machte ich das Fenster zu.

»Wieder ein von Venus bestrafter Vandale. Möchte doch allen Zerstörern unserer alten Denkmäler der Schädel eingeschlagen werden!« Mit solchem frommen Wunsche schlief ich ein.

Heller Tag war's, als ich aufwachte. Vor meinem Bette standen auf der einen Seite Herr von Peyrehorade im Schlafrock, auf der andern ein von seiner Frau geschickter Diener mit einer Tasse Schokolade in der Hand.

»He auf, Pariser! Da seh mir einer unsere Faulpelze aus der Hauptstadt!« sagte mein Wirt, während ich mich hastig ankleidete. »Acht Uhr ist's und noch in den Federn! Ich bin schon seit sechs auf. Dreimal bin ich schon raufgekommen; hab' mich Ihrer Tür auf Zehenspitzen genähert: nichts, kein Lebenszeichen! Zu langes Schlafen in Ihrem Alter wird nicht gut tun. Und meine Venus haben Sie noch nicht gesehn! Schnell, schnell, trinken Sie die Tasse Barcelonaer Schokolade hier… Leibhaftige Schmuggelware… Schokolade, wie man sie in Paris nicht kriegt. Sammeln Sie Kräfte, denn wenn Sie vor meiner Venus stehn, wird man Sie nicht davon wegbringen können.«

In fünf Minuten war ich fertig, das heißt, halb rasiert, unordentlich zugeknöpft und von der Schokolade, die ich kochend hinunter geschüttet hatte, verbrannt. Ich stieg in den Garten hinab und stand vor einer wunderbaren Statue. Ja, das war eine Venus, und zwar von erstaunlicher Schönheit. Ihr Oberkörper war nackt, wie die Alten die hohen Gottheiten darzustellen pflegen. Die rechte bis zur Brusthöhe erhobene Hand war mit der Fläche nach innen gekehrt, Daumen und beide ersten Finger ausgestreckt, während die beiden andern leicht gekrümmt waren. Die andre der Hüfte genäherte Hand hielt die faltige Gewandung, welche den untern Körperteil bedeckte. Die Haltung der Statue erinnerte an die des Morraspielers, den man, warum weiß ich nicht, unter dem Namen Germanicus kennt. Vielleicht hatte man die Göttin beim Morraspiel darstellen wollen. Wie dem auch sei, unmöglich konnte man etwas Vollkommeneres als diesen Venusleib sehen; nichts Lieblicheres, Wohllüstigeres gab's als ihre Formen, nichts Reizenderes und Edleres als ihre Gewandung. Auf eine Arbeit der Verfallzeit hatte ich mich gefaßt gemacht und sah ein Meisterwerk aus der besten Periode der Bildhauerkunst. Was mich besonders entzückte, war die vollendete Formenwahrheit; man hätte glauben mögen, sie seien nach der Natur abgegossen worden, wenn die Natur solch vollkommene Modelle hervorbrächte.

Das über der Stirn in die Höhe gestrichene Haar schien ehemals vergoldet gewesen zu sein. Der wie bei fast allen griechischen Statuen kleine Kopf war leicht nach vorn geneigt. Des Gesichts seltsamen Ausdruck werd' ich nie mit Worten wiedergeben können; ihr Typus näherte sich keiner der mir geläufigen antiken Statuen. Es war nicht die ruhige und strenge Schönheit der griechischen Werke, denen die Bildhauer systematisch eine majestätische Unbeweglichkeit verleihen. Hier bemerkte ich voller Überraschung des Künstlers auffällige Absicht, Bosheit bis zur Tücke wiederzugeben. Alle Züge waren leicht verzerrt: die Augen etwas schräg gestellt, die Mundwinkel hochgezogen, die Nüstern unmerklich gebläht. Verachtung, Spott, Grausamkeit standen auf diesem dennoch unerhört schönen Antlitze zu lesen. Wahrlich, je länger man diese wunderbare Statue anschaute, ein um so peinlicheres Gefühl empfand man, daß eine so wundersame Schönheit sich mit vollkommener Fühllosigkeit paaren konnte.

»Wenn das Modell je gelebt hat,« sagte ich zu Herrn von Peyrehorade, »aber ich glaube nicht, daß der Himmel jemals ein solches Weib hervorgebracht hat, wie bedauere ich dann ihre Liebhaber. Ihr hat's Freude machen müssen sie vor Verzweiflung sterben zu lassen. Ihr Ausdruck hat etwas so Wildes und doch hab' ich nimmer etwas so Schönes gesehen.«

»Es ist Venus, die an ihrer Beute hängt!« rief Herr von Peyrehorade hoch befriedigt über meine Begeisterung.

Dieser Ausdruck teuflischen Hohnes wurde vielleicht durch den Gegensatz zwischen ihren mit Silber ausgelegten und stark glänzenden Augen und der schwärzlichgrünen Patina, mit welcher die Zeit die ganze Statue überzogen hatte, noch gesteigert. Die glänzenden Augen riefen eine gewisse Illusion hervor, die an die Wirklichkeit, das Leben gemahnte. Ich erinnerte mich der Aussage meines Führers, daß sie die sie Betrachtenden zwinge, die Augen niederzuschlagen. Beinahe traf das zu, und ich konnte mich einer Regung des Zornes gegen mich selber nicht erwehren, als ich mich vor diesem Bronzegesicht etwas bedrückt fühlte.

»Nun, wo Sie vollauf im einzelnen bewundert haben, mein lieber Kollege in Altertümelei,« sagte mein Wirt, »wollen wir, wenn's beliebt, eine kleine wissenschaftliche Besprechung eröffnen. Was sagen Sie zu der Inschrift da, die Sie noch nicht bemerkt haben?«

Er zeigte mir den Sockel der Statue und ich las folgende Worte:

Cave amentem.

» *Quid dicis, doctissime?*« fragte er mich, sich die Hände reibend. »Wollen sehen, ob wir über den Sinn dieses *cave amantem* einer Meinung sein werden.«

»Aber das ist doppelsinnig,« sagte ich. »Man kann übersetzen: Hüte dich vor dem, der dich liebt, mißtraue den Liebhaber». Ich weiß aber nicht, ob *cave amantem* in dem Sinne klassisches Latein sein würde. Wenn ich den teuflischen Ausdruck der Dame sehe, möcht' ich lieber glauben, der Künstler hätte den Betrachter vor dieser schrecklichen Schönen warnen wollen. Drum würd' ich übersetzen: Nimm dich in acht, wenn sie dich liebt.«

»Hm,« sagte Herr von Peprehorade, »jedes ist eine zulässige Deutung; doch nehmen Sie's mir nicht übel, wenn ich der ersten Übersetzung, die ich noch deutlicher machen will, den Vorzug gebe. Sie kennen den Liebhaber der Venus?«

»Sie hat ihrer mehrere gehabt.«

»Ja, der erste war Vulkan. Hat man nicht sagen wollen: Trotz all deiner Schönheit, deiner verachtungsvollen Miene, wirst du einen Schmied, ein häßliches Humpelbein, als Liebsten haben? Eine weise Lehre für gefallsüchtige Weiber, mein Herr.«

Ich konnte mich eines Lächelns nicht erwehren, so sehr schien mir die Erklärung an den Haaren herbeigezogen.

»Eine gräßliche Sprache ist das Latein mit seiner Knappheit,« warf ich ein, da ich's vermeiden wollte meinem Altertümler förmlich zu widersprechen. Ich tat einige Schritte zurück, um die Statue besser betrachten zu können.

»Einen Augenblick, Kollege,« sagte Herr von Peyrehorade, mich am Arme festhaltend, »Sie haben nicht alles gesehn. Es gibt noch eine andre Inschrift. Steigen Sie auf den Sockel und sehen Sie am rechten Arme nach.« Also redend, half er mir hinauf.

Ohne viel Umstände klammerte ich mich um den Hals der Venus, mit der ich vertraut zu werden begann. Einen Augenblick sogar sah ich sie aus nächster Nähe an und fand sie da noch boshafter und noch schöner. Dann sah ich auch, daß sie auf dem Arm einige Zeichen, wie mir schien, in antiker Kursivschrift, eingegraben trug. Nur mit Hilfe der Brille buchstabierte ich das folgende, und während ich es aussprach, wiederholte Herr von Peyrehorabe jedes Wort, mit Hand und Mund seine Zustimmung gebend. Ich las also:

Veneri turbul…
Eutiches Myro
Imperio fecit.

Nach dem Worte turbul der ersten Zeile schienen mir einige Buchstaben ausgelöscht; turbul aber war vollkommen leserlich.

»Was soll das heißen?…« fragte mich voller Arglist strahlend und lächelnd mein Wirt, denn er dachte wohl, ich würde mit diesem turbul nicht so leicht fertig werden.

»Nur ein Wort kann ich mir noch nicht erklären,« sagte ich zu ihm; »alles andre ist leicht. Eutyches Myron hat Venus diese Gabe auf ihr Geheiß hin geweiht.«

»Sehr schön. Was aber fangen Sie mit dem turbul an? Was heißt turbul?«

»Turbul macht mir Kopfschmerzen. Vergebens suche ich einen bekannten Beinamen der Venus, der mich auf die Sprünge bringen könnte. Nun, was würden Sie zu turbulenta sagen? Venus, die verwirrt, erregt…Sie werden daraus ersehen, daß ich mich immer mit ihrem boshaften Gesichtsausdrucke beschäftige.« »Turbulenta ist kein allzu übel Beiname für Venus,« fügte ich bescheiden hinzu, denn mit meiner Auslegung war ich selber nicht sehr zufrieden.

»Venus, die Ungestüme, Venus, die Lärmende. Ach, sie glauben etwa, meine Venus ist eine Schenkenvenus? Keineswegs, mein Herr; sie ist eine Venus von seinem Anstand. Aber ich will Ihnen dies turbul erklären. Nur müssen Sie mir versprechen, meine Entdeckung nicht vor der Drucklegung meiner Abhandlung weiter zu geben. Auf diesen Fund, wissen Sie, bin ich nämlich stolz…Ihr müßt uns arme Provinzteufel doch manchmal ein paar Ähren stoppeln lassen, Ihr Pariser gelehrten Herren seid ja so reich!«

Von der Höhe des Piedestals herab, wo ich immer noch aufgepflanzt stand, versprach ich ihn, hoch und heilig, nie würd' ich so abscheulich sein und ihm seine Entdeckung stehlen.

»Turbul…, mein Herr,« sagte er nähertretend und in seiner Angst, ein andrer als ich könnte ihn hören, die Stimme senkend, »lesen Sie turbulnerae.«

»Ich verstehe nicht mehr.«

»Hören Sie gut zu. Eine Meile von hier, am Fuße des Gebirges, gibt's ein Dorf namens Boulternère. Das ist eine sprachliche Entartung des lateinischen Wortes Turbulnera. Nichts ist häufiger als solche Silbenumstellungen. Boulternère, mein Herr, ist eine Römerstadt gewesen. Das hab' ich mir stets gedacht, nie aber hab' ich's beweisen können. Da ist der Beweis. Diese Venus war die Ortsgöttin der Stadt Boulternère; und das Wort Voulternère, dessen antiken Ursprung ich eben nachgewiesen habe, beweist etwas noch viel Merkwürdigeres, daß Boulternère nämlich, ehe es eine Römerstadt war, eine Phönikerstadt gewesen ist.«

Einen Moment hielt er inne, um zu Atem zu kommen und sich an meiner Überraschung zu weiden. Es gelang mir, eine unbändige Lachlust zu unterdrücken. »Tatsächlich,« fuhr er fort, »ist turbulnera reines Phönikisch. Tur, Tour ausgesprochen…Tour und Sour ist das nämliche Wort, nicht wahr? Sour ist der phönikische Name von Tyrus; an den Sinn davon brauch' ich Sie nicht erst zu erinnern. Bul ist Baal; Bâl, Bel, Bul sind kleine Unterschiede in der Aussprache. Was Nera betrifft, das macht mir ein bißchen Mühe. Da ich kein passendes phönikisches Wort finden kann, bin ich zu glauben versucht, daß es von dem griechischen keros – feucht, sumpfig herrührt. Es würde also ein aus zwei Sprachen zusammengesetztes Wort sein. Um keros zu rechtfertigen, brauchte ich Ihnen nur in Boulternère zu zeigen, wie die Gebirgsgewässer dort stinkige Sümpfe bilden. Anderseits könnte die Endung nera erst sehr viel später hinzugefügt worden sein zu Ehren der Nera Pivesuvia, der Gattin des Tetricus, die der Stadt Turbul mancherlei Wohltaten könnte erwiesen haben. Doch auf Grund der Sümpfe ziehe ich die Ableitung von keros vor.«

Mit befriedigter Miene nahm er eine Prise Tabak.

»Doch lassen wir die Phönikier und kommen wir zu der Inschrift zurück. Ich übersetze also: Der Venus von Boulternère weiht Myron auf ihr Geheiß diese Statue, sein Werk.«

Ich hütete mich wohlweislich, seine Ableitung zu kritisieren, wollte aber meinerseits eine Scharfsinnsprobe ablegen und sagte zu ihm: »Halt, mein Herr. Myron hat etwas geweiht, aber ich sehe durchaus nicht ein, daß es diese Statue sein muß.«

»Wie!« rief er, »war Myron nicht ein berühmter griechischer Bildhauer? Die Begabung wird sich in seiner Familie vererbt, einer seiner Nachfahren diese Statue hergestellt haben. Das ist doch klipp und klar.«

»Doch«, warf ich ein, »seh' ich auf dem Arm ein kleines Loch. Das hat meines Erachtens dazu gedient, einen Gegenstand zu befestigen, ein Armband etwa, das dieser Myron der Venus als Sühneopfer dargebracht hat. Myron war ein unglücklich Liebender. Venus war gegen ihn aufgebracht: er besänftigte sie durch das Opfer eines goldenen Armbands. Erinnern Sie sich, daß fecit häufig für consecravit gebraucht wird. Das sind synonyme Ausdrücke. Mehr als ein Beispiel würd' ich Ihnen zeigen können, wenn ich den Grüter, oder besser den Orelli zur Hand hätte. Natürlicherweise sieht ein Liebender Venus im Traum, er bildet sich ein, er solle ihrem Befehle gemäß ihrem Bildwerk ein goldenes Armband spenden. Myron weihte ihr ein Armband... Später werden die Barbaren oder besser irgend ein tempelschänderischer Dieb...«

»Ach, daran merkt man gut, daß Sie Romane schreiben,« rief mein Wirt, mir die Hand zum Hinuntersteigen reichend. »Nein, mein Herr, es ist ein Werk aus Myrons Schule. Sehen Sie nur die Arbeit an und Sie werden mir Recht geben!«

Da ich's mir zum Gesetz gemacht habe, starrköpfige Altertumssammler nicht bis aufs Blut zu reizen, senkte ich mit überzeugter Miene den Kopf und sagte: »es ist ein wunderbares Werk.«

»Ach, mein Gott,« rief Herr von Peyrehorade, »wieder ein Vandalenstreich. Man hat meine Statue mit einem Steine geworfen.« Etwas oberhalb des Busens seiner Venus hatte er ein weißes Mal bemerkt. Eine ähnliche Spur erblickte ich an den Fingern der rechten Hand, die, wie ich nun vermutete, von dem Stein in der Wurfrichtung gestreift worden waren; auch konnte beim Treffen ein Stück davon abgesprungen und gegen die Hand geprallt sein. Ich erzählte meinem Wirte die Beleidigung, deren Zeuge ich gewesen war, und die sofort erfolgte Bestrafung. Herzlich lachte er darüber und den Lehrling mit Diomedes vergleichend wünschte er ihm gleich dem griechischen Helden den Anblick aller seiner in weiße Vögel verwandelten Gefährten.

Die Frühstücksglocke unterbrach unsere klassische Unterhaltung und wie am Vorabend ward ich genötigt für viere zu essen. Dann kamen Herrn von Peyrehorades Pächter, und während er ihnen Gehör schenkte, ließ sein Sohn mich eine für seine Braut gekaufte Kutsche sehen, die ich selbstverständlich bewunderte. Dann ging ich mit ihm in den Stall, wo er mich eine halbe Stunde festhielt, um seine Pferde zu rühmen, mir ihren Stammbaum herzusagen und mir zu erzählen, welche Preise sie bei den Bezirksrennen gewonnen hätten. Endlich fiel es ihm ein mir von seiner Zukünftigen zu erzählen, worauf ihn eine graue Stute brachte, die er für sie bestimmte.

»Heut' sollen wir sie sehen,« sagte er. »Ich weiß nicht, ob Sie sie hübsch finden werden. Ihr in Paris seid so schwer zufrieden zu stellen, hier aber und in Perpignan findet sie jedermann reizend. Das Gute ist, sie ist sehr reich. Ihre Prader Tante hat ihr ihr Vermögen hinterlassen. Oh, ich werd' sehr glücklich sein!« Sehr empört war ich über einen jungen Mann, auf welchen seiner Braut Mitgift mehr Eindruck machte als ihre schönen Augen.

»Sie kennen sich in Geschmeiden aus,« fuhr Herr Alfons fort; »wie finden Sie das hier? Den Ring will ich ihr morgen schenken.«

Und also redend, zog er vom obersten Gliede seines kleinen Fingers einen mit Diamanten besetzten schweren Ring, der aus zwei verschlungenen Händen gebildet wurde, eine Anspielung, die mir überaus poetisch vorkam. Die Arbeit war alt, man hatte den Ring aber, wie mir schien, umgeändert, um die Diamanten einzusetzen. Drinnen stand in gotischen Lettern zu lesen: *Semper ab ti*, das heißt: immer mit dir.

»Es ist ein hübscher Ring,« sagte ich, »die eingesetzten Diamanten aber nehmen ihm seinen Charakter in etwas.«

»Oh, er ist viel schöner so,« antwortete er lächelnd. »Für zwölfhundert Franken Diamanten stecken drin. Meine Mutter hat ihn mir geschenkt. Ein Familienring, sehr alt…aus der Ritterzeit. Meine Großmutter hat ihn getragen, die erhielt ihn von ihrer. Gott weiß, wann das Ding gefertigt worden ist.«

»In Paris ist's üblich,« sagte ich, »nur einen ganz schlichten Ring zu schenken, der gewöhnlich aus zwei verschiedenen Metallen, wie etwa Gold und Platin, hergestellt wird. Der andre Ring, den Sie da am Finger tragen, würde sich sehr gut eignen. Der mit seinen Diamanten und hervortretenden Händen ist so dick, daß man keinen Handschuh wird drüberziehn können.« »Oh, Frau Alfons mag das einrichten, wie sie will. Ihn zu besitzen, wird sie, glaub' ich, immer sehr zufrieden sein. Zwölfhundert Franken am Finger zu tragen ist angenehm. Den kleinen Ring da«, fuhr er mit selbstgefälliger Miene den einfachen Reif an seiner Hand betrachtend fort, »hat mir an einem Fastnachtstage eine Frau in Paris geschenkt. Ach, wie ich mich aufgeführt habe, als ich in Paris war, vor zwei Jahren! Dort kann man sich amüsieren!…« Und er seufzte bedauernd.

An diesem Tage sollten wir bei den Eltern der Zukünftigen in Pygarrig zu Abend speisen. In der Kutsche fuhren wir nach dem etwa zwei und eine halbe Meile von Ille entfernten Schloß. Ich wurde vorgestellt und wie ein Hausfreund aufgenommen. Weder von dem Diner noch von der nachfolgenden Unterhaltung, an der ich mich wenig beteiligte, will ich erzählen. Der neben seiner Braut sitzende Herr Alfons flüsterte dieser alle Viertelstunden etwas ins Ohr. Sie hob kaum die Augen auf; und jedesmal, wenn ihr Bräutigam mit ihr sprach, errötete sie sittsam, antwortete ihm aber, ohne verlegen zu werden.

Fräulein von Pygarrig war achtzehn Jahre alt; ihre biegsame, zarte Figur bildete einen Gegensatz zu den knochigen Gliedmaßen ihres derben Bräutigams. Nicht nur schön war sie, sondern auch verführerisch. Ich bewunderte die vollkommene Natürlichkeit all ihrer Antworten. Ihre gütige Miene, der ein leichter Schimmer von Bosheit nicht ganz fehlte, erinnerte mich wider meinen Willen an meines Gastgebers Venus. Bei diesem im stillen angestellten Vergleiche fragte ich mich, ob das Überragende an Schönheit, das man der Statue zusprechen mußte, nicht zum großen Teil von ihrem raubtierhaften Ausdruck herrühre; denn die selbst bei bösen Leidenschaften sich äußernde Energie ruft stets in uns Erstaunen und eine gewisse unwillkürliche Bewunderung hervor.

»Wie schade,« sagte ich mir beim Verlassen von Pygarrig, »daß ein so liebenswürdiges Wesen reich ist und um ihrer Mitgift willen von einem ihrer unwürdigen Manne begehrt wird.«

Als wir nach Ille zurückkehrten und ich nicht recht wußte, was ich zu Frau von Peyrehorade sagen sollte, an die ich schicklicherweise auch einmal das Wort richten zu müssen glaubte, rief ich aus:

»Sie im Roussillon sind rechte Freigeister! Wie, gnädige Frau, an einem Freitage veranstalten Sie eine Hochzeit? In Paris sind wir abergläubischer, kein Mensch würde an dem Tage dort zu heiraten wagen.«

»Mein Gott, sagen Sie mir das nicht,« antwortete sie, »wenn's nur von mir abgehangen hätte, wär' sicherlich ein anderer Tag genommen worden. Peyrehorade hat's aber gewollt und ihm mußte man nachgeben. Dennoch macht's mir Sorgen. Wenn ein Unglück geschähe? Es muß doch wohl einen Grund haben, warum hat denn alle Welt Angst vorm Freitage?«

»Freitag!« rief ihr Gatte, »es ist der Venus Tag; ein guter Hochzeitstag. Sie sehn, mein lieber Kollege, ich denke nur an meine Venus. Auf Ehre, ihretwegen hab' ich den Freitag gewählt. Morgen vor der Trauung wollen wir ihr, wenn Sie Lust haben, ein kleines Opfer darbringen; wir werden ihr zwei Ringeltauben opfern, und wenn ich Weihrauch aufzutreiben wüßte…«

»Pfui, Peyrehorade,« unterbrach ihn aufs äußerste entrüstet seine Frau; »einem Götzenbilde Weihrauch! Eine Schandtat wäre das. Was sollte man von uns im Lande denken?«

»Wenigstens«, sagte Herr von Peyrehorade, »wirst du mir erlauben, daß ich ihr einen Rosen- und Lilienkranz aufs Haupt setze:

Manibus date lilia plenis.

Wie Sie sehn, mein Herr, ist die Verfassung ein eitler Begriff: Kulturfreiheit haben wir nicht.«

Die Maßnahmen für den nächsten Tag wurden in folgender Weise getroffen: Punkt zehn Uhr hatte jedweder bereit und angezogen zu sein. Nach der Schokolade würde man sich im Wagen nach Pygarrig begeben. Die Ziviltrauung sollte auf der Bürgermeisterei des Dorfes vollzogen werden, die kirchliche Feier in der Schloßkapelle. Darauf würde ein Frühstück folgen. Nach dem Frühstück könnte man seine Zeit nach Belieben bis sieben Uhr totschlagen. Um sieben Uhr würde man nach Ille zu Herrn von Peyrehorade zurückkehren, wo beide Familien gemeinsam zu Abend essen sollten. Das übrige ergab sich von selbst. Da man nicht tanzen konnte, wollte man sich mit möglichst gutem Essen entschädigen.

Seit acht Uhr hatte ich mit einem Bleistift in der Hand vor der Venus gesessen und zum zwanzigsten Male den Kopf der Statue begonnen, ohne daß es mir gelungen wäre, den Ausdruck herauszubekommen. Herr von Peyrehorade ging und kam, gab mir Ratschläge, wiederholte mir seine phönikischen Etymologien, legte dann Bengalrosen auf den Sockel der Statue und richtete in tragikomischem Tone Gelübde für das junge Paar, das unter einem Dache mit ihr leben sollte, an sie. Gegen neun Uhr ging er hinein, um an seinen Anzug zu denken, und gleichzeitig erschien in einen neuen Anzug gezwängt Herr Alfons, in weißen Handschuhen, Lackstiefeln, ziselierten Knöpfen und einer Rose im Knopfloch.

»Werden Sie das Porträt meiner Frau zeichnen?« sagte er, sich über meine Zeichnung beugend zu mir, »sie ist auch hübsch.«

In diesem Moment begann auf dem schon erwähnten Ballspielplatz ein Spiel, das Herrn Alfons Aufmerksamkeit sofort auf sich lenkte. Ermüdet und schier verzweifelt, dies dämonische Gesicht nicht wiedergeben zu können, verließ ich bald meine Zeichnung, um den Spielern zuzuschaun. Unter ihnen gab's einige am Vorabend eingetroffene spanische Maultiertreiber. Es waren Aragonesen und Navarresen, fast alle besaßen eine erstaunliche Geschicklichkeit. Obwohl sie durch Herrn Alfons Gegenwart und Ratschläge ermuntert wurden, sahen sich die Illoiser denn auch bald durch diese neuen Kämpfer geschlagen. Die einheimischen Zuschauer waren bestürzt. Herr Alfons sah auf seine Uhr. Es war erst halb zehn. Seine Mutter war noch nicht frisiert. Er zauderte nicht länger, zog seinen Rock aus, bat um ein Wams und forderte die Spanier zum Spiele heraus.

Lächelnd und ein bißchen verwundert sah ich ihn das tun. – »Es gilt die Ehre des Landes zu behaupten,« sagte er.

Jetzt fand ich ihn wirklich schön. Er war leidenschaftlich erregt. Seine Kleidung, die ihn eben allzu sehr beschäftigt hatte, existierte nicht mehr für ihn. Einige Augenblicke vorher hatte er beileibe nicht seinen Kopf umgedreht, um seine Halsbinde nicht in Unordnung zu bringen, jetzt dachte er weder an seine frisierten Haare noch an seine schöngefaltete Hemdbrust. Und seine Braut?...Meiner Treu, wenn's nötig gewesen wäre, würde er, glaub' ich, seine Hochzeit haben verschieben lassen. Eilends sah ich ihn ein Paar Sandalen anziehen, seine Hemdärmel umkrempeln und sich mit sicherer Miene, wie Cäsar seine Soldaten bei Dyrrachium um sich scharend, an die Spitze der geschlagenen Partei stellen.

Ich sprang über die Hecke und setzte mich bequem in den Schatten eines Zürgelbaums, so daß ich beide Felder bequem überblicken konnte.

Wider allgemeines Erwarten verfehlte Herr Alfons den ersten Ball. Wahrlich hatte er auch nur den Boden gestreift und war von einem Aragonesen, der das Haupt der Spanier zu sein schien, mit überraschender Kraft geschleudert worden. Der war ein hagerer, sehniger, wohl sechs Fuß hoher, etwa vierzigjähriger Mann und seine olivengelbe Haut hatte eine fast ebenso dunkle Farbe wie die Bronze der Venus.

Wütend warf Herr Alfons seinen Schläger zu Boden.

»Der verfluchte Ring«, schrie er, »drückt mir den Finger und läßt mich einen sicheren Ball verfehlen.«

Nicht ohne Mühe zog er den Diamantring ab: ich trat näher, um ihn hinzunehmen. Doch er kam mir zuvor, lief zu der Venus, steckte ihr den Reif an den Ringfinger und nahm seinen Platz an der Spitze der Illoiser wieder ein.

Bleich war er aber ruhig und entschlossen. Von nun an tat er auch keinen Fehlschlag mehr und die Spanier wurden völlig geschlagen. Die Begeisterung der Zuschauer war herrlich anzusehen. Die einen stießen, ihre Mützen in die Luft werfend, tausend Freudenschreie aus, andre drückten ihm die Hand und nannten ihn den Stolz des Landes. Wenn er einen feindlichen Einfall zurückgeschlagen hätte, würde er, glaub' ich, nicht lebhafter und ehrlicher beglückwünscht worden sein. Der Kummer der Besiegten erhöhte noch den Ruhm seines Sieges.

»Wir werden noch andre Spiele machen, mein Lieber,« sagte er zu dem Aragonesen, »doch ich will euch dann etwas vorgeben.«

Ich hätte mir Herrn Alfons etwas bescheidener gewünscht und war von des Gegners Demütigung fast peinlich berührt.

Der spanische Riese fühlte diese Beleidigung bitter. Unter seiner gebräunten Haut sah ich ihn erbleichen. Zähneknirschend blickte er mit finsterer Miene auf seinen Schläger. Dann sagte er mit erstickter Stimme ganz leise: *»Me lo qagaras.«* (Das sollst du mir büßen.)

Herrn von Peyrehorades Stimme fuhr störend in seines Sohnes Triumph. Mein Wirt, schon sehr erstaunt, ihn nicht das Anspannen der neuen Kutsche überwachen zu sehen, war es noch viel mehr, als er ihn schweißgebadet mit dem Ballschläger in der Hand erblickte. Herr Alfons lief ins Haus, wusch sich Gesicht und Hände und zog seinen neuen Anzug und die Lackschuhe wieder an und fünf Minuten später fuhren wir in scharfem Trab auf der Straße nach Pygarrig. Alle Ballspieler der Stadt und eine große Zahl Zuschauer folgten uns mit Freudenrufen. Nur mit Mühe konnten die kräftigen Pferde, die uns zogen, ihren Vorsprung vor den unermüdlichen Kataloniern einhalten.

Wir waren in Pygarrig und der Zug nach der Bürgermeisterei sollte sich in Bewegung setzen, als Herr Alfons, sich vor den Kopf schlagend, ganz leise zu mir sagte:

»Solch eine Eselei! Den Ring hab' ich vergessen! Er steckt am Finger der Venus, die der Teufel holen soll! Sagen Sie's wenigstens meiner Mutter nicht! Vielleicht wird sie es nicht merken.«

»Sie könnten jemanden hinschicken,« sagte ich zu ihm.

»Bah, mein Diener ist in Ille geblieben. Denen hier traue ich nicht. Für zwölfhundert Franken Diamanten, das könnte mehr als einen in Versuchung führen. Was würde man übrigens hier von meiner Zerstreutheit denken? Zu sehr würden sie sich über mich lustig machen. Würden mich den Mann der Statue nennen... Wenn man ihn mir nur nicht stiehlt! Glücklicherweise macht das Götzenbild meinen Kerlen bange. Auf Armlänge wagen sie sich nicht an es heran. Ah, es macht nichts, ich hab' einen andern Ring.«

Die beiden Trauungen, die zivile und die kirchliche, vollzogen sich mit dem schicklichen Gepränge; und Fräulein von Pygarrig erhielt einer Pariser Modistin Ring, ohne zu ahnen, daß ihr Bräutigam ihr ein Liebespfand opferte. Dann setzte man sich zu Tisch, aß, trank, sang sogar, das alles dauerte ziemlich lange. Für die Neuvermählte litt ich unter der plumpen Lustigkeit, die um sie herum einsetzte. Dennoch wahrte sie eine bessere Haltung, als ich erwartet hätte, und ihre Verlegenheit äußerte sich weder in ungeschicktem Benehmen noch in Ziererei.

Vielleicht wächst mit schwierigen Lagen auch der Mut.

Als nach Gottes gnädigem Ratschlusse das Frühstück zu Ende war, schlug's vier Uhr. Die Männer gingen im wundervollen Parke spazieren oder schauten den mit ihrem Sonntagsstaat geputzten Pygarriger Bäuerinnen zu, die auf dem Schloßrasen tanzten. Die Frauen waren inzwischen um die Neuvermählte beschäftigt, die ihre Brautgeschenke bewundern ließ. Dann wechselte sie ihr Kleid und ich bemerkte, daß sie ihre schönen Haare mit einer Haube und einem Federhute bedeckte, denn die Weiber haben nichts Eiligeres zu tun, als so bald wie möglich sich in den Staat zu werfen, den ihnen das Herkommen zu tragen verbietet, so lange sie noch Mädchen sind.

Fast acht Uhr war's, als man sich nach Ille zu fahren entschloß. Erst aber fand noch eine pathetische Szene statt. Fräulein von Pygarrigs Tante, die Mutterstelle an ihr vertrat, eine sehr alte und fromme Dame, konnte nicht mit uns in die Stadt kommen. Bei der Abfahrt hielt sie ihrer Nichte einen feierlichen Sermon über ihre Gattinnenpflichten, welchem ein Sturzbach von Tränen und nicht endenwollende Umarmungen folgten. Herr von Peyrehorade verglich diese

Trennung dem Raube der Sabinerinnen. Trotzdem fuhren wir ab und den ganzen Weg über
war jeder bemüht, die Neuvermählte zu zerstreuen und zum Lachen zu bringen; doch war's
ein eitles Mühen.

In Ille harrte ein Abendessen unser und was für ein Abendessen! Wenn mich die plumpe
Fröhlichkeit am Morgen verletzt hatte, wieviel mehr taten es noch die Zweideutigkeiten und
Scherze, deren Zielscheibe der junge Ehemann und die junge Frau vor allem wurde. Der junge
Ehemann, der sich für einen Augenblick, ehe man zur Tafel ging, entfernt hatte, war bleich und
eisig ernst. Alle Augenblicke trank er alten Colliourewein, der fast ebenso stark wie Branntwein
ist. Ich saß an seiner Seite und fühlte mich verpflichtet ihn darauf aufmerksam zu machen:

»Nehmen Sie sich in acht! Wie es heißt, ist dieser Wein...«

Ich weiß nicht, welche Dummheit ich ihm sagte, um mich in Übereinstimmung mit den
Gästen zu bringen.

Er stieß mich ans Knie und sagte ganz leise zu mir:

»Wenn man von Tisch aufsteht...daß ich Ihnen dann zwei Worte sagen kann!«

Sein feierlicher Ton überraschte mich. Ich schaute ihn aufmerksamer an und bemerkte eine
seltsame Verwirrung in seinem Gesichte.

»Fühlen Sie sich schlecht?« fragte ich ihn.

»Nein.«

Und er hub wieder mit Trinken an.

Unterdessen war unter Schreien und Händeklatschen ein elfjähriges Kind unter den Tisch
gekrabbelt und zeigte den Anwesenden ein hübsches rosaweißes Band, das es der jungen Frau
vom Knöchel gelöst hatte. Man nennt das ihr Strumpfband.

Sofort war es einem alten Brauche gemäß, der sich in manchen patriarchalischen Familien
noch erhält, in Stücke geschnitten und an die jungen Männer verteilt, die sich das Knopfloch
damit schmückten. Für die Neuvermählte war das ein Anlaß bis ins Weiße der Augen zu erröten...Ihre Verwirrung erreichte aber den Höhepunkt, als Herr von Peyrehorade, nachdem er
um Ruhe gebeten, ihr einige katalonische Verse vorsang, Stegreifverse, wie er sagte. Wenn ich
recht verstanden habe, war der Sinn der:

»Was gibt's, liebe Freunde? Läßt mich der Wein, den ich getrunken, doppelt sehn: Zwei
Venuse seh' ich hier...«

Mit so verstörter Miene wandte sich der junge Ehemann jäh um, daß alles zu lachen begann.

»Ja,« fuhr Herr von Peyrehorade fort, »zwei Venuse gibt's unter meinem Dache. Die eine hab'
ich wie eine Trüffel in der Erde gefunden, die andre ist aus den Himmeln herab gestiegen und
hat soeben ihren Gürtel unter uns verteilt.«

Er wollte ihr Strumpfband andeuten.

»Lieber Sohn, wähle nach deiner Neigung entweder die römische oder die katalonische Venus.
Der Schelm nimmt die katalonische und wählt das bessere Teil. Die Römerin ist schwarz, die
Katalonierin weiß. Die Römerin ist kalt. Die Katalonierin aber entflammt alles, was in ihre
Nähe kommt.«

Dieser Schluß rief ein solches Hurra, so hitzige Beifallstürme und so schallendes Gelächter
hervor, daß man meinte, die Decke würde einem auf den Kopf fallen. Um die Tafel herum gab's
nur drei ernste Gesichter: die der Neuvermählten und meins. Ich hatte heftige Kopfschmerzen;
und dann macht mich eine Hochzeitsfeier, warum weiß ich nicht, immer traurig. Die hier wi-
derte mich überdies etwas an.

Nachdem der Bürgermeister die letzten Lieder gesungen hatte – und die waren sehr schlüpf-
rig –, ging man in den Salon, um seinen Spaß am Verschwinden der jungen Frau zu haben, die
bald in ihr Gemach geführt werden sollte, denn es war fast Mitternacht.

Herr Alfons zog mich in eine Fensternische und sagte mit abgewandten Augen zu mir:

»Sie werden sich über mich lustig machen...Aber ich weiß nicht, was ich habe...ich bin wie
behext...der Teufel soll mich holen!«

Mein erster Gedanke war, er fühle sich von einem derartigen Unglück bedroht, wie Mon-
taigne und Frau von Sévigné sie schildern:

»Jegliche Liebesnacht ist voller tragischer Geschichten.« Ich glaubte, derartige Mißgeschicke träfen nur geistreiche Männer, sagte ich mir im stillen.

»Sie haben zu viel Colliourewein getrunken, mein lieber Herr Alfons,« erklärte ich ihm. »Ich hab' Sie gewarnt.«

»Ja, vielleicht. Aber 's ist was viel Schrecklicheres.«

Er sprach abgebrochen. Ich hielt ihn für sinnlos betrunken.

»Sie kennen die Ringgeschichte?« fuhr er nach einem Schweigen fort.

»Gewiß. Hat man ihn gestohlen?« »Nein.« »Nun also. Was haben Sie?«

»Nein… ich… ich kann ihn der verteufelten Venus nicht vom Finger ziehn.«

»Schön. Sie haben nicht fest genug gezogen.«

»Doch… Die Venus aber… hat die Finger zugedrückt!«

Mit düsterer Miene schaute er mich fest an und stützte sich dabei, um nicht umzufallen, auf den Fensterriegel.

»Welch ein Märchen,« sagte ich. »Sie haben den Ring zu fest aufgesteckt. Mit Zangen können Sie ihn morgen losmachen. Nehmen Sie sich aber in acht und beschädigen Sie die Statue nicht.«

»Nein, sage ich Ihnen. Der Venus Finger ist eingezogen, gekrümmt; sie preßt die Hand zu, verstehen Sie?… Offenbar ist sie meine Frau, da ich ihr meinen Ring gegeben habe… Zurückgeben will sie ihn nicht.«

Ein plötzlicher Schauder überkam mich, einen Augenblick hatte ich eine Gänsehaut. Ein tiefer Seufzer seinerseits führte mir starken Weingeruch zu und all meine Erregung verschwand.

»Der Unglücksrabe ist völlig betrunken,« sagte ich mir.

»Sie sind Altertumsforscher, mein Herr,« fügte der junge Ehemann mit kläglichem Tone hinzu; »Sie kennen sich mit solchen Statuen aus… Vielleicht gibt's da eine Feder, irgend welche Teufelei, von der ich nichts weiß… Wenn Sie mal nachsähen?…«

»Gern,« sagte ich, »kommen Sie mit.«

»Nein. Lieber säh' ich's, Sie gingen allein.«

Ich verließ den Salon.

Das Wetter hatte sich während dem Abendessen verändert, ein starker Regen setzte ein. Ich wollte um einen Regenschirm bitten, als mich ein Gedanke davon abhielt. Ein großer Narr würde ich sein, sagte ich mir, wenn ich eines Trunkenen Aussage auf ihre Richtigkeit hin prüfen wollte. Überdies hat er mir vielleicht einen schlechten Streich spielen wollen, um den biederen Spießbürgern Stoff zum Lachen zu geben. Und das mindeste, was für mich dabei herausspringt, ist, daß ich bis auf die Knochen naß werde und mir einen tüchtigen Schnupfen hole.

Von der Tür aus warf ich einen Blick auf die regentriefende Statue und ging in mein Zimmer hinauf, ohne in den Besuchsraum zurückzukehren; legte mich zu Bett, doch der Schlaf ließ lange auf sich warten. Alle Szenen des Tages zogen vor meinem Geiste vorüber. Ich dachte an das so schöne und reine, einem rohen Trunkenbold ausgelieferte junge Mädchen. Eine Vernunftheirat, sagte ich mir, ist etwas Ödes. Ein Bürgermeister bammelt sich 'ne dreifarbige Schärpe um, ein Pfaffe eine Stola und dann ist das anständigste Mädchen der Welt einem Ungeheuer ausgeliefert. Was können zwei Wesen, die sich nicht lieb haben, sich in solchem Augenblicke sagen, den zwei Liebende mit ihrem Leben erkaufen würden? Kann ein Weib einen Mann lieb haben, den sie auch nur einmal roh gesehen hat? Die ersten Eindrücke verlieren sich niemals und sicherlich verdient es dieser Herr Alfons gehaßt zu werden…

Während dieses Monologs, den ich nur im Auszuge wiedergebe, hatte ich viel Kommen und Gehen im Hause gehört; Türen wurden auf-und zugemacht, Wagen fuhren ab. Dann schien es mir, als hätte ich auf der Treppe die leichten Schritte einiger Frauen gehört, die sich nach dem meinem Gemach entgegengesetzten Flurende begaben. Wahrscheinlich war es das Geleite der Braut, die man zu Bett brachte. Dann war man die Treppe wieder hinuntergegangen. Frau von Peyrehorades Tür hatte sich geschlossen. Das arme Wesen, sagte ich mir, muß recht verwirrt sein und sich bedrückt fühlen. Übelgelaunt drehte ich mich in meinem Bett um. In einem Hause, wo es eine Brautnacht gibt, spielt ein Junggeselle eine törichte Rolle. Seit einiger

Zeit herrschte Schweigen, plötzlich ward es durch dumpfe Schritte gestört, welche die Treppe hinaufstiegen. Die Holzstufen krachten laut.

»Welch ein Tölpel,« rief ich, »ich wette, er wird auf der Treppe noch hinfallen.«

Alles ward wieder ruhig. Ich griff nach einem Buch, um auf andre Gedanken zu kommen. Es war eine Provinzialstatistik, die ein Aufsatz des Herrn von Peyrchorade über die Druidendenkmäler des Prader Bezirks schmückte. Nach der dritten Seite schlummerte ich ein.

Schlecht schlief ich und wachte mehrmals auf. Es mochte fünf Uhr früh sein und seit länger als zwanzig Minuten war ich wach, als der Hahn krähte. Dann hörte ich deutlich die nämlichen dumpfen Schritte, das nämliche Treppenkrachen, welches ich vorm Einschlafen vernommen. Das kam mir merkwürdig vor. Gähnend versuchte ich zu erraten, warum Herr Alfons so zeitig aufstünde. Was Wahrscheinliches wollte mir nicht in den Sinn kommen. Ich wollte die Augen wieder zumachen, als meine Aufmerksamkeit von Neuem gereizt wurde: merkwürdiges Fußstampfen hörte ich, in das sich Glockenläuten und das Geräusch von Türen mischte, die heftig aufgerissen wurden. Dann unterschied ich verworrene Schreie.

»Mein Trunkenbold wird irgendwo einen Brand verursacht haben,« dachte ich, aus meinem Bette springend.

Schnell zog ich mich an und trat auf den Flur. Vom entgegengesetzten Ende gingen Schreie und Wehklagen aus und eine herzzerreißende Stimme beherrschte all die andern: »Mein Sohn, mein Sohn!« Augenscheinlich war Herrn Alfons ein Unglück zugestoßen. Ich lief zum Brautgemach. Es war voller Leute. Das erste Schauspiel, das sich meinen Blicken bot, war der halbbekleidete junge Mann, der quer über dem zerbrochenen Holzbette lag. Leichenblaß war er, rührte sich nicht. An seiner Seite weinte und schrie seine Mutter. Herr von Peyrehorade lief hin und her, rieb ihm die Schläfen mit kölnischem Wasser ein oder hielt ihm Riechsalz unter die Nase. Ach, sein Sohn war schon lange tot! Auf einem Sofa am andern Zimmerende wand sich die junge Frau in furchtbaren Krämpfen. Unartikulierte Schreie stieß sie aus und zwei kräftige Mägde vermochten sie nur mit knapper Not festzuhalten.

»Mein Gott!« rief ich, »was ist denn nur geschehen?«

Ich näherte mich dem Bett und richtete des unglücklichen jungen Mannes Körper auf; steif und kalt war er bereits. Seine zusammengekrampften Zähne und sein schwarz gewordenes Gesicht drückten entsetzliche Ängste aus. Man konnte durchaus sehen, daß er gewaltsam gestorben war und einen furchtbaren Todeskampf durchgemacht hatte.

Doch keine Blutspur auf seinen Kleidern. Ich machte sein Hemd auf und sah auf der Brust eine fahlgrüne Druckstelle, die sich nach den Seiten und dem Rücken hin fortsetzte.

Man hätte meinen mögen, er wäre von einem Eisenringe erdrosselt worden. Mein Fuß ruhte auf etwas Hartem, das auf dem Teppiche lag; ich bückte mich und sah den Diamantring.

Herrn von Peyrehorade und seine Frau führte ich in ihr Zimmer; dann ließ ich die junge Frau dorthin bringen. – »Sie haben noch eine Tochter,« sagte ich zu ihnen, »für die müssen Sie Sorge tragen.« Darauf ließ ich sie allein.

Nicht zweifelhaft schien es mir, daß Herr Alfons einem Mordanschlage zum Opfer gefallen war, dessen Täter Mittel und Wege gefunden hatten, sich nachts ins Brautgemach einzuschleichen. Jene Brustquetschungen aber und ihre ringförmige Richtung beunruhigten mich dennoch sehr, denn ein Stock oder eine Eisenstange konnten sie nicht hervorgerufen haben. Plötzlich fiel mir ein, gehört zu haben, daß sich in Valencia Bravi langer mit feinem Sande gefüllter Säcke bedienten, um Leute, für deren Tod man sie bezahlt hat, umzubringen. Sofort dachte ich an den aragonesischen Maultiertreiber und seine Drohung. Immerhin wagte ich kaum anzunehmen, daß er sich eines harmlosen Scherzes wegen so schrecklich rächen würde. Im Hause ging ich herum und suchte überall nach Einbruchspuren, fand aber keine. Ich ging in den Garten, um nachzusehen, ob die Mörder von der Seite her hätten eindringen können. Fand jedoch kein sicheres Anzeichen. Der Regen des Vorabends hatte den Boden überdies so aufgeweicht, daß er keinen halbwegs deutlichen Eindruck hätte behalten können. Dennoch entdeckte ich einige tief in den Erdboden eingedrückte Schritte; es gab welche in zwei entgegengesetzten

Richtungen doch auf ein und derselben Linie, sie gingen von der an den Ballspielplatz grenzenden Gartenecke aus und mündeten bei der Haustür. Es konnten Herrn Alfons Schritte sein, als er seinen Ring vom Statuenfinger hatte holen wollen. Anderseits war die Hecke an dieser Stelle weniger dicht als anderswo, und an dieser Stelle würden die Mörder herübergekommen sein. Als ich vor der Statue hin und her ging, blieb ich einen Moment stehen, um sie zu betrachten. Dieses Mal, muß ich zugeben, konnt' ich ihren Ausdruck höhnischer Bosheit nicht ohne Schauder ertragen, und den Kopf ganz voll von den gräßlichen Szenen, deren Zeuge ich eben gewesen war, schien ich eine höllische Gottheit zu sehen, die sich des Unglücks, das dies Haus überkommen war, freute.

Ich ging wieder in mein Zimmer, wo ich bis Mittag blieb. Dann ging ich hinaus und erkundigte mich nach meinen Gastgebern. Sie waren etwas ruhiger. Fräulein von Pygarrig, eigentlich sollte ich Herrn Alfons Witwe sagen, war wieder zu Bewußtsein gekommen. Hatte sogar mit dem Perpignaner Staatsanwalt, der auf seiner Amtsreise zufällig in Ille war, gesprochen und der Beamte hatte ihre Aussagen entgegengenommen. Er fragte mich nach meiner Meinung. Ich sagte ihm, was ich wußte, und verbarg ihm meinen Verdacht auf den aragonesischen Maultiertreiber nicht. Er ordnete seine sofortige Verhaftung an.

»Haben Sie von Frau Alfons etwas gehört?« fragte ich den Staatsanwalt, als meine Aussagen schriftlich festgelegt und unterschrieben worden waren.

»Das unglückliche junge Wesen ist wahnsinnig geworden,« sagte er traurig lächelnd. »Verrückt. Total verrückt. Folgendes erzählt sie:

Seit einigen Minuten habe sie, sagte sie, hinter verschlossenen Vorhängen im Bette gelegen, als sich ihre Zimmertür aufgetan habe und jemand eingetreten sei. Dann hatte Frau Alfons sich hinten ins Bett zurückgezogen und das Gesicht der Wand zugekehrt. In der Überzeugung, es sei ihr Mann, hatte sie sich nicht bewegt. Einen Augenblick später krachte das Bett wie unter einer ungeheuren Last. Sie hatte Angst gekriegt, den Kopf aber nicht umzudrehen gewagt. Fünf, zehn Minuten vielleicht – über die Zeit konnte sie sich keine Rechenschaft ablegen – verstrichen so. Dann machte sie eine unwillkürliche Bewegung, oder vielmehr die Person, die im Bette war, machte eine, und sie fühlte die Berührung mit etwas Eiskaltem, wie sie sagt. An allen Gliedern zitternd drängte sie sich hart an die Bettwand. Kurz hernach tat sich, die Tür ein zweitesmal auf, jemand trat ein und sagte: »Guten Abend, mein Frauchen!« Bald darauf zog man die Bettvorhänge auseinander. Sie hörte einen erstickten Schrei. Die Person, die im Bette neben ihr war, setzte sich hoch und streckte scheinbar die Arme aus. Da wandte sie den Kopf, und sah, sagt sie, ihren Gatten neben dem Bette knieend, den Kopf in Kissenhöhe in den Armen eines riesenhaften grünlichen Wesens, das ihn mit Gewalt umschlungen hielt. Sie sagt, und zwanzigmal hat's die arme Frau wiederholt … sie behauptet … erraten Sie was? … wiedererkannt zu haben. Die Bronzevenus, Herrn von Peyrehorades Statue … Seit sie im Land ist, träumt alle Welt von ihr. Doch will ich mit der Erzählung der armen Wahnsinnigen fortfahren. Bei diesem Anblicke verlor sie das Bewußtsein und seit einigen Augenblicken hatte sie höchstwahrscheinlich die Vernunft verloren. In keiner Weise kann sie angeben, wie lange sie ohnmächtig gewesen ist. Als sie wieder zu sich kam, sah sie das Gespenst oder die Statue, wie sie immer sagt, unbeweglich, Beine und Unterkörper im Bett, Brust und Arme vorgestreckt und zwischen den Armen regungslos ihren Gatten. Ein Hahn krähte. Da sprang die Statue aus dem Bette, ließ die Leiche fallen und ging fort. Frau Alfons schleppte sich nach der Klingel und das übrige wissen Sie ja.«

Man brachte den Spanier; er war ruhig und verteidigte sich mit sehr viel Kaltblütigkeit und Geistesgegenwart. Übrigens leugnete er die von mir gehörten Redensarten nicht ab; erklärte aber nichts anderes damit gemeint zu haben, als daß er andern Tags, wenn er ausgeruht wäre, seinem Sieger schon eine Ballpartie abgewinnen würde. Wie ich mich erinnere, fügte er folgendes hinzu:

»Ein beleidigter Aragonier wartet mit seiner Rache nicht bis zum andern Tag. Wenn ich geglaubt haben würde, Herr Alfons wollte mich beleidigen, hätt' ich ihm mein Messer sofort in den Bauch gerannt.«

Man verglich seine Schuhe mit den Fußeindrücken im Garten; seine Schuhe waren viel größer.

Endlich versicherte der Schenkenwirt, bei dem der Mann wohnte, er habe die ganze Nacht über eins seiner Maultiere, welches krank wäre, abgerieben und ihm Heilmittel beigebracht.

Überdies war der Aragonese im ganzen Lande, wohin er alljährlich seines Handels wegen kam, wohlbeleumundet. Man entließ ihn also mit vielen Entschuldigungen.

Eines Bedienten Aussage vergaß ich, der Herrn Alfons als letzter lebend gesehn hatte. Das war im Augenblicke, wo er zu seiner Frau hinauf ging. Er hatte den Mann gerufen und ihn mit besorgter Miene gefragt, ob er nicht wisse, wo ich sei.

Der Diener erklärte, mich nicht gesehen zu haben. Dann seufzte Herr Alfons, blieb länger als eine Minute schweigend stehen und sagte: »Also zu, auch ihn wird der Teufel geholt haben!«

Ich fragte den Mann, ob Herr Alfons, als er mit ihm sprach, seinen Diamantring gehabt habe. Der Diener wollte nicht mit der Antwort heraus; endlich sagte er, er glaube nicht, im übrigen habe er nicht acht darauf gegeben. »Wenn er den Ring am Finger gehabt hätte,« fügte er sich berichtigend hinzu, »würd' ich das sicherlich gesehen haben, denn ich glaubte, er hätte ihn Frau Alfons geschenkt.«

Als ich den Menschen ausfragte, verspürte ich etwas von dem abergläubischen Schrecken, den Frau Alfons Aussage im ganzen Hause verbreitet hatte. Lächelnd sah mich der Staatsanwalt an und ich hütete mich sehr wohl dabei zu beharren.

Einige Stunden nach Herrn Alfons Beerdigung machte ich mich fertig Ille zu verlassen. Herrn von Peyrehorades Wagen sollte mich nach Perpignan bringen. Trotz seines geschwächten Zustandes wollte der arme Greis mich bis an die Tür seines Gartens begleiten. Schweigend durchschritten wir ihn, auf meinen Arm gestützt schleppte er sich nur mühsam fort. Im Augenblick unserer Trennung warf ich einen Scheideblick auf die Venus. Ich sah ja voraus, daß mein Gastgeber, obwohl er die Furcht und den Haß, welchen sie einem Teile seiner Familie einflößte, nicht teilte, sich eines Gegenstandes entäußern würde, der ihn unaufhörlich an ein furchtbares Unglück erinnerte. Meine Absicht ging dahin, ihn zu verpflichten, sie in einem Museum unterzubringen. Ich zauderte, die Sache anzuschneiden, als Herr von Peyrehorade den Kopf mechanisch nach der Seite hinwandte, wohin er mich fortgesetzt blicken sah. Er bemerkte die Statue und brach sogleich in Tränen aus. Ohne es zu wagen, ihm gegenüber auch nur ein Wort zu äußern, umarmte ich ihn und stieg in den Wagen.

Seit meiner Abreise habe ich nicht gehört, daß sich irgend etwas, das diese geheimnisvolle Katastrophe aufgeklärt hätte, ereignete.

Wenige Monate nach seinem Sohne starb Herr von Peyrehorade. Testamentarisch hat er mir seine Manuskripte vermacht, die ich eines Tages vielleicht veröffentlichen werde. Den Aufsatz über die Venusinschriften hab' ich nicht dabei gefunden. P. S. Mein Freund P. von M… schreibt mir eben, daß die Statue nicht mehr existiert. Nach ihres Gatten Tode war es Frau von Peyrehorades erste Sorge, eine Glocke daraus gießen zu lassen. In dieser neuen Gestalt dient sie der Iller Kirche. Doch, fügte M. von P… hinzu, scheint die Besitzer dieser Bronze ein Unstern zu verfolgen. Seit die Glocke in Ille läutet, sind die Weinberge zweimal erfroren.

Das Gäßchen der Madama Lucrezia

Fünfundzwanzig Jahre war ich alt, als ich nach Rom reiste. Mein Vater gab mir ein Dutzend Empfehlungsschreiben mit, von denen eins, das nicht weniger als vier Seiten umfaßte, versiegelt war. Auf der Adresse stand: »An die Marchesa Aldobrandi.«

»Schreiben sollst du mir,« sagte mein Vater, »ob die Marchesa noch schön ist.«

Seit meiner Jugend nun sah ich in seinem Arbeitszimmer am Kamin das Miniaturporträt einer sehr hübschen Frau hängen, der Kopf war gepudert und mit Efeu bekränzt, um die Schulter trug sie ein Tigerfell. Unten las man: Roma 18.. Das Kostüm erschien mir seltsam und viele Male geschah es, daß ich fragte, wer die Dame sei. Man antwortete mir:

»Eine Bacchantin.«

Diese Antwort befriedigte mich aber nicht sehr, ich argwöhnte sogar ein Geheimnis; denn bei der so harmlosen Frage kniff meine Mutter die Lippen zusammen und mein Vater nahm eine ernste Miene an.

Diesmal, als er mir den versiegelten Brief gab, blickte er das Porträt verstohlen an; unwillkürlich tat ich das nämliche und mir kam der Gedanke, diese gepuderte Dame könnte wohl die Marchesa Aldobrandi sein. Da ich dieser Welt Dinge zu begreifen begann, zog ich aus meiner Mutter Mienen und meines Vaters Blicken alle möglichen Schlüsse.

Der erste Brief, den ich nach meiner Ankunft in Rom abgab, war der an die Marchesa. Sie bewohnte einen schönen Palazzo bei der Piazza di San Marco.

Meinen Brief und meine Karte übergab ich einem gelblivrierten Diener, der mich in einen weiten, düstern, traurigen und schlechtmöblierten Salon führte. In allen römischen Palazzi gibt es Gemälde erster Meister. Dieser Salon enthielt ihrer eine ziemlich große Anzahl, von denen mehrere bemerkenswert waren.

Gleich zuerst fiel mir ein Frauenporträt auf, das mir ein Leonardo da Vinci zu sein schien. Am reichen Rahmen, an der Palisanderstaffelei, auf der es stand, war ersichtlich, daß es ein Hauptstück der Sammlung bildete. Da die Marchesa nicht gleich erschien, hatte ich alle Muße es zu betrachten. Ich trug es sogar ans Fenster, um es im günstigen Licht anzusehen. Augenscheinlich war es ein Porträt, kein Phantasiekopf, denn solche Gesichter erfindet man nicht: eine schöne Frau mit etwas vollen Lippen, fast zusammengewachsenen Brauen, einem hochmütigen und zugleich liebkosenden Blick. Unten sah man ihr Wappen mit einer Herzogkrone darüber. Am meisten aber überraschte mich, daß das Kostüm bis auf den Puder das nämliche wie das von meines Vaters Bacchantin war.

Ich hielt das Porträt noch in der Hand, als die Marchesa eintrat.

»Just wie sein Vater!« rief sie sich mir nähernd. »Ach, die Franzosen! Kaum angekommen ist er und schon bemächtigt er sich Madama Lucrezias.« Eilig entschuldigte ich mich meiner Unbescheidenheit wegen und erging mich ins Blaue hinein in Lobsprüchen über Leonardos Meisterwerk, das ich so kühn gewesen war von seinem Platze zu nehmen.

»Tatsächlich ist's ein Leonardo,« sagte die Marchesa, »und zwar das Porträt der allzu berühmten Lucrezia Borgia. Von all meinen Gemälden hat Ihr Vater grade das am meisten bewundert... Aber, lieber Gott, welch eine Ähnlichkeit! Ich glaube Ihren Vater zu sehen, wie er vor fünfundzwanzig Jahren ausschaute. Wie geht's ihm? Was treibt er? Will er uns nicht eines Tages in Rom besuchen?«

Obwohl die Marchesa weder gepudert war noch ein Tigerfell trug, erkannte ich kraft meines Genies auf den ersten Blick meines Vaters Bacchantin in ihr wieder. Fünfundzwanzig Jahre hatten die Spuren einer großen Schönheit nicht völlig verwischen können. Nur ihr Ausdruck hatte sich wie ihre Kleidung verändert. Sie war ganz in Schwarz und ihr dreifaches Kinn, ihr ernstes Lächeln, ihre feierliche und doch strahlende Miene verrieten mir, daß sie fromm geworden war.

Sie empfing mich übrigens aufs liebenswürdigste. In drei Worten bot sie mir ihr Haus, ihren Geldbeutel und ihre Freunde an, unter denen sie mir mehrere Kardinale nannte.

»Betrachten Sie mich«, sagte sie, »als Ihre Mutter...«

Sittsam schlug sie die Augen nieder.

»Ihr Vater beauftragt mich, Sie zu überwachen und Ihnen mit Rat und Tat beizustehn.«

Und um mir zu beweisen, daß sie in ihrer Mission keine Sinecure sähe, fing sie gleich an, mich vor den Gefahren zu warnen, die ein junger Mann meines Alters in Rom laufen konnte, und ermahnte mich sehr, ihnen aus dem Wege zu gehn. Schlechte Gesellschaft, besonders die Künstler, solle ich meiden, und nur mit Leuten, die sie mir bezeichnen werde, in Verbindung treten. Kurz, eine langweilige Ermahnung in drei Teilen. Ehrfurchtsvoll und mit schicklicher Scheinheiligkeit antwortete ich.

Als ich aufstand, um mich zu verabschieden, sagte sie:

»Zu meinem Bedauern ist mein Sohn, der Marchese, augenblicklich auf unsern Besitzungen in der Romagna, doch will ich Ihnen meinen zweiten Sohn, Don Ottavio, vorstellen, der bald Monsignore sein wird. Er wird Ihnen, hoffe ich, gefallen, und sie werden Freunde werden, denn die müssen sie wirklich sein...«

Schnell fügte sie hinzu:

»Denn sie sind fast gleichen Alters und er ist ein sehr sanfter und ordentlicher Junge wie Sie.«

Sofort ließ sie Don Ottavio holen. Ich sah einen hochgewachsenen, bleichen jungen Mann, der mit melancholischer Miene, immer gesenkten Augen bereits den Scheinheiligen spielte.

Ohne ihm Zeit zum Sprechen zu lassen, machte die Marchesa mir in seinem Namen die liebenswürdigsten Dienstanerbietungen. Mit tiefen Verneigungen bekräftigte er alle Phrasen seiner Mutter und es wurde abgemacht, daß er mich folgenden Morgens aufsuchen sollte, um mir die Stadt zu zeigen; hernach würde er mich zum Familiendiner in den Palazzo Aldobrandi führen.

Kaum hatte ich einige zwanzig Schritte auf der Straße getan, als jemand mit gebieterischer Stimme hinter mir herrief:

»Wohin gehen Sie denn allein zu solcher Stunde, Don Ottavio?«

Ich drehte mich um und sah einen dicken Abbate, der, die Augen aufsperrend, mich vom Kopf bis zu den Füßen betrachtete.

»Ich bin nicht Don Ottavio,« sagte ich zu ihm.

Bis zur Erde dienernd, erging sich der Abbate in Entschuldigungen und einen Augenblick später sah ich ihn in den Palazzo Aldobrandi treten. Nur mäßig geschmeichelt, für einen zukünftigen Monsignore gehalten worden zu sein, setzte ich meinen Weg fort.

Trotz der Warnungen der Marchesa, vielleicht sogar ihrer Warnungen wegen, hatte ich nichts Eiligeres zu tun, als die Wohnung eines mir bekannten Malers ausfindig zu machen. Ich verbrachte eine Stunde in seinem Atelier, um mit ihm über die erlaubten oder unerlaubten Vergnügungsmöglichkeiten; die Rom mir zu bieten hatte, zu plaudern. Ich brachte ihn auf das Kapitel Aldobrandi.

Die Marchesa, sagte er mir, habe sich, nachdem sie sehr leichtfertig gewesen, als sie erkannt, daß das Alter der Eroberungen für sie zu Ende sei, der hohen Frömmigkeit ergeben. Ihr ältester Sohn wäre ein roher Patron, der seine Zeit mit Jagen und Einsacken des Geldes verbrächte, das ihm die Pächter seiner ausgedehnten Besitzungen zutrugen. Man war dabei, den zweiten Sohn, Don Ottavio, kaltzustellen, aus welchem man eines Tages einen Kardinal machen wollte. Inzwischen war er den Jesuiten ausgeliefert. Nie ging er allein aus. Durfte keine Frauen ansehen, auch keinen Schritt tun, ohne nicht einen Abbate auf den Hacken zu haben, der ihn für den Dienst Gottes erzogen hatte und nachdem er der Marchesa letzter »Amico« gewesen, jetzt ihr Haus mit fast despotischer Autorität beherrschte.

Am folgenden Morgen holte mich Don Ottavio in Begleitung des Abbate Negroni, des nämlichen, der mich am Vorabend für seinen Zögling gehalten hatte, im Wagen ab und bot mir seine Dienste als Cicerone an.

Das erste Bauwerk, das wir besichtigten, war eine Kirche. Nach seines Abbate Beispiele kniete Don Ottavio nieder, schlug sich an die Brust und machte unzählige Male das Kreuzeszeichen. Nachdem er wieder aufgestanden, zeigte er mir Fresken und Statuen und sprach wie ein vernünftiger und geschmackvoller Mensch darüber. Das überraschte mich angenehm. Wir fingen zu plaudern an und seine Unterhaltung gefiel mir. Einige Zeit über hatten wir Italienisch gesprochen. Plötzlich sagte er französisch zu mir:

»Mein Erzieher versteht kein Wort von Ihrer Sprache. Lassen sie uns Französisch reden, wir sind dann viel ungezwungener.«

Meinen hätte man mögen, der Sprachwechsel habe den jungen Mann verwandelt. Nichts in seinen Reden schmeckte nach Priester. Ich glaubte einen unserer Provinzialliberalen zu hören. Ich merkte, daß er alles im nämlichen monotonen Tone herleierte, und daß diese Leierei seltsam mit seinen lebhaften Ausdrücken kontrastierte. Wahrscheinlich hatte er sich das angewöhnt, um Negroni irrezuführen, der sich dann und wann, was wir sprachen, auseinandersetzen ließ.

Wir übertrugen das wohlverstanden sehr frei.

Wir sahen einen jungen Mann in violetten Strümpfen vorübergehn.

»Das«, sagte Don Otavio zu mir, »sind unsere heutigen Patrizier. Eine niederträchtige Livrée! Und in einigen Monaten soll sie meine sein. Welch Glück,« fügte er nach einem augenblicklichen Schweigen hinzu, »in einem Lande wie dem Ihrigen zu leben. Wenn ich Franzose wäre, würd' ich eines Tages vielleicht Deputierter werden!«

Solch edler Ehrgeiz verursachte mir einen lebhaften Lachreiz; und da unser Abbate darum merkte, mußte ich ihm notgedrungen erklären, daß wir über den Irrtum eines Archäologen redeten, der eine Vernini-Statue für eine Antike hielte.

Zum Essen kehrten wir in den Palazzo Aldobrandi zurück. Fast sofort nach dem Kaffee bat mich die Marchesa für ihren Sohn um Entschuldigung, der bestimmter frommer Pflichten wegen sich in sein Gemach zurückziehen müsse. Ich blieb allein mit ihr und Abbate Negroni, der, in einen großen Sessel sich zurücklegend, den Schlaf des Gerechten schlief.

Währenddem fragte die Marchesa mich im einzelnen nach meinem Vater, nach Paris, nach meinem früheren Leben und meinen Zukunftsplänen aus. Sie erschien mir gut und liebenswürdig, doch ein bißchen zu neugierig und vor allem allzusehr mit meinem Wohle beschäftigt, übrigens sprach sie ein wunderbares Italienisch und ich hatte eine gute Aussprachestunde bei ihr, die ich mir recht oft zu wiederholen versprach.

Ich besuchte sie häufig. Fast jeden Morgen besichtigte ich Altertümer mit ihrem Sohn und dem ewigen Negroni, und abends speiste ich mit ihnen im Palazzo Aldobrandi. Die Marchesa empfing wenig Besuch und fast nur Geistliche.

Einmal indessen stellte sie mich einer deutschen Dame vor, einer neuen Konvertitin und ihrer intimen Freundin. Es war das eine Frau von Strahlenheim, eine sehr schöne Person, die seit langem in Rom lebte. Während die Damen miteinander über einen renommierten Prediger sprachen und ich bei Lampenlicht das Porträt der Lucrezia betrachtete, glaubte ich ein Wort anbringen zu müssen.

»Welche Augen,« rief ich, »man möchte meinen, die Wimpern bewegten sich.«

Bei dieser etwas prätentiösen Übertreibung, mit der ich mich bei Frau von Strahlenheim als Kenner zu beweisen gedachte, zitterte sie vor Entsetzen und verbarg ihr Gesicht in ihrem Taschentuch.

»Was haben Sie, meine Liebe?« fragte die Marchesa.

»Ach, nichts; doch was der Herr eben sagt...«

Man bedrängte sie mit Fragen, und als sie uns einmal gesagt hatte, daß mein Ausdruck sie an eine schreckliche Geschichte erinnere, war sie genötigt, die zu erzählen.

Hier ist sie in zwei Worten:

Frau von Strahlenheim hatte eine Stiefschwester namens Wilhelmine, die mit einem jungen Westfalen verlobt war, Julius von Katzenellenbogen, einem Freiwilligen in General Kleists Division. Ich bin sehr ärgerlich, so viele barbarische Namen wiederholen zu müssen, doch wunderbare Geschichten passieren immer nur Leuten, deren Namen schwer auszusprechen sind.

Julius war ein reizender Junge, glühender Patriot und Metaphysiker. Als ich zum Heer abging, hatte er Wilhelminen sein Bild geschenkt, und Wilhelmine hatte ihm das ihrige geschenkt, welches er stets auf seinem Herzen trug. Das tut man viel in Deutschland. Am neunzehnten

Oktober eintausendachthundertdreizehn war Wilhelmine gegen fünf Uhr abends mit ihrer Mutter und Stiefschwester in einem Salon mit Stricken beschäftigt. Mitten im Arbeiten sah sie ihres Bräutigams Bild an, das auf einem kleinen Arbeitstisch ihr gegenüber aufgestellt stand. Plötzlich stieß sie einen furchtbaren Schrei aus, führte die Hand an ihr Herz und wurde ohnmächtig. Alles nur Erdenkliche mußte man aufstellen, um sie wieder zur Besinnung zu bringen; und sowie sie zu sprechen vermochte, rief sie:

»Julius ist tot! Julius ist getötet!«

Sie versicherte, und das all ihren Zügen aufgemalte Entsetzen bewies ihre Überzeugung genugsam, sie habe das Porträt seine Augen schließen sehen und im nämlichen Moment einen wütenden Schmerz verspürt, wie wenn ein rotglühendes Eisen ihr durchs Herz führe.

Vergebens bemühte jedweder sich, ihr zu beweisen, daß ihre Vision nicht der Wirklichkeit entspräche und sie ihr keine Bedeutung beimessen dürfte. Das arme Kind war untröstlich; sie verbrachte die Nacht in Tränen und wollte sich andern Tages in Trauer kleiden, wie wenn sie des Unglücks, das ihr geoffenbart worden war, schon versichert wäre.

Zwei Tage später erhielt man die Nachricht von der blutigen Schlacht bei Leipzig. Julius schrieb seiner Braut ein vom neunzehnten drei Uhr nachmittags datiertes Briefchen. Er war nicht verwundet worden, hatte sich ausgezeichnet und war eben mit in Leipzig eingezogen, wo er die Nacht im Hauptquartier, folglich fern von jeglicher Gefahr, zu verbringen hoffte. Dieser so beruhigende Brief vermochte Wilhelminen nicht gelassener zu machen; da sie bemerkte, daß er zwei Stunden früher datiert worden war, verharrte sie in ihrem Glauben, ihr Bräutigam sei um fünf gestorben.

Die Unglückliche täuschte sich nicht. Bald erfuhr man, daß Julius, mit einer Order versehen, Leipzig um halb fünf verlassen hatte. Dreiviertel Meilen vor der Stadt, jenseits der Elster, wurde er von einem, in einem Graben versteckten Nachzügler der feindlichen Armee durch einen Flintenschuß getötet. Als die Kugel durch sein Herz fuhr, hatte sie Wilhelmines Porträt zerbrochen.

»Und was ist aus dem armen jungen Wesen geworden?« fragte ich Frau von Strahlenheim.

»Oh, sehr krank ist sie gewesen. Jetzt ist sie mit dem Justizrat von Werner verheiratet, und wenn Sie nach Dessau kommen sollten, würde sie Ihnen Julius' Bild zeigen.«

»All so etwas geschieht durch des Teufels Vermittlung,« sagte der Abbate, der während Frau von Strahlenheims Erzählung nur mit einem Auge geschlafen hatte. »Der der Helden Orakel sprechen macht, kann auch die Augen eines Bildes bewegen, wenn es ihn gut dünkt. Keine zwanzig Jahre ist's her, daß ein Engländer in Tivoli von einer Statue erdrosselt worden ist.«

»Von einer Statue!« rief ich, »und wie das?«

»Es war ein Mylord, der in Tivoli Ausgrabungen vorgenommen hatte. Er hatte eine Kaiserinnenstatue gefunden, Agrippina, Messalina... was weiß ich? Soviel ist sicher, daß er sie zu sich schaffen ließ; und vom vielen Betrachten und Bewundern ist er verrückt geworden. Alle diese protestantischen Herren sind es ja schon mehr als halb. Er nannte sie seine Frau, seine Mylady und umarmte sie, marmorn wie sie war. Er behauptete, die Statue bekomme allabendlich Leben für ihn. Und zwar so viel, daß man meinen Mylord eines schönen Morgens steif und tot in seinem Bette fand. Es hat sich ein andrer Engländer gefunden, der die Statue kaufte. Ich, ich würde sie zu Kalk haben verbrennen lassen.«

Da man das Kapitel der übernatürlichen Erlebnisse einmal angeschnitten hatte, hörte man nicht mehr auf. Jeder hatte seine Geschichte zu erzählen. Ich selber leistete mein Teil an gruseligen Geschichten, so daß wir alle im Augenblicke des Auseinandergehns ziemlich erregt und von Respekt vor des Teufels Macht durchdrungen waren.

Zu Fuß ging ich nach meiner Behausung zurück und um auf den Corso zu gelangen, bog ich in eine winklige kleine Gasse ein, durch die ich noch nie gegangen war. Sie war einsam. Man sah nur lange Gartenmauern oder etwelche elenden Häuser, von welchen nicht eines erleuchtet war. Mitternacht hatte es geschlagen; es war sehr duster. Ich war mitten in der Straße und ging ziemlich schnell, als ich über meinem Kopf ein leises Geräusch und ein: Pst! hörte. Und im nämlichen Augenblicke fiel eine Rose zu meinen Füßen nieder. Ich hob die Augen auf und trotz der Dunkelheit bemerkte ich ein weißgekleidetes Weib an einem Fenster, den Arm nach mir ausgestreckt. In fremdem Lande sind wir Franzosen sehr übermütig und unsere Väter, die Besieger Europas, haben uns, was den Nationalstolz anlangt, mit schmeichelhaften Traditionen gewiegt. Kindlich glaubte ich, daß die deutschen, spanischen und italienischen Damen, nur wenn sie einen Franzosen sähen, schon entflammt wären. Kurz, zu jener Zeit stand mein Vaterland noch gut bei mir angeschrieben und sprach denn überdies die Rose nicht deutlich?

»Gnädigste,« sagte ich mit leiser Stimme, die Rose aufhebend, »Sie haben Ihren Strauß fallen lassen...«

Doch schon war das Weib verschwunden und das Fenster geschlossen worden, ohne das geringste Geräusch zu verursachen. Ich tat, was jeder andre an meiner Stelle auch getan hätte. Ich suchte die nächste Tür; zwei Schritte war sie von dem Fenster entfernt; ich fand sie und harrte, daß man mir öffnen würde. Fünf Minuten verstrichen in tiefem Schweigen. Dann hustete ich, darauf scharrte ich leis, die Tür aber öffnete sich nicht. Ich prüfte sie mit mehr Aufmerksamkeit in der Hoffnung, einen Schlüssel oder eine Klinke zu finden, fand aber zu meiner großen Überraschung ein Vorlegeschloß daran.

»Der Eifersüchtige ist also noch nicht heimgekehrt,« sagte ich mir.

Ich hob einen kleinen Stein auf und warf ihn gegen das Fenster. Er traf an einen hölzernen Fensterladen und fiel vor meine Füße zurück.

Verflucht, dachte ich, die römischen Damen bilden sich also ein, man hätte immer Strickleitern in der Tasche. Von solch einem Brauche hatte man mir nichts gesagt.

Ebenso vergeblich wartete ich noch einige Minuten. Nun schien es mir, als sähe ich ein-oder zweimal leicht den innern Fensterladen zittern, wie wenn man ihn hätte entfernen wollen, um auf die Straße zu schauen. Nach einer Viertelstunde war meine Geduld zu Ende, ich steckte mir eine Zigarre an und setzte, nicht ohne mir die Lage des Hauses mit dem Vorlegeschloß genau gemerkt zu haben, meinen Weg fort.

Am andern Morgen, als ich über dies Erlebnis nachdachte, blieb ich bei folgenden Schlüssen stehn: eine junge römische Dame, von wahrscheinlich großer Schönheit, hatte mich bei meinen Fahrten durch die Stadt gesehn und sich in meine mäßigen Reize verliebt. Wenn sie mir ihre Flamme nur durch das Schenken einer geheimnisvollen Blume kundgetan, so geschah das, weil eine ehrenwerte Scham sie zurückgehalten hatte oder sie durch die Anwesenheit irgend einer Duenna, vielleicht durch einen verfluchten Vormund wie Rosines Bartolo gestört worden war. Ich entschloß mich also vor dem von der Schönen bewohnten Hause eine regelrechte Belagerung zu eröffnen. Mit diesem herrlichen Vorsatze ging ich von Hause fort, nachdem ich meinen Haaren einen kühnen Bürstenstrich gegeben. Meinen neuen Überrock und gelbe Handschuhe hatte ich angezogen. In diesem Anzuge, den Hut auf dem Ohre, die welke Rose im Knopfloch, wandte ich mich nach der Straße, deren Namen ich noch nicht wußte, die ich aber mühelos entdecken konnte. Eine Aufschrift über einer Madonna lehrte mich, daß sie das Gäßchen der Madama Lucrezia hieß.

Der Name setzte mich in Erstaunen. Sofort erinnerte ich mich an Leonardo da Vincis Porträt und die Vorgefühls-und Teufelsgeschichten, die man am Vorabend bei der Marchesa erzählt hatte. Dann dachte ich, es gäbe im Himmel vorherbestimmte Liebschaften. Warum sollte mein Gegenstand nicht Lucrezia heißen? Warum sollte er nicht der Lucrezia der Aldobrandischen Galerie gleichen? Es war der Tag, ich war zwei Schritte fern von einer reizenden Person und kein erschreckender Gedanke hatte Teil an der Erregung, die ich verspürte.

Ich war vor dem Hause. Es führte die Nummer dreizehn. Das war unheilverkündend...Ach, es entsprach nicht grade dem Begriffe, den ich mir Nachts von ihm gemacht hatte. Es war kein Palazzo, weit gefehlt. Ich sah einen Platz, eingeschlossen von Mauern, die durch die Zeit geschwärzt und moosbewachsen waren, über welche die Zweige einiger mit Raupen bedeckten Obstbäume hingen. In einer Ecke des eingezäunten Platzes erhob sich ein nur einstöckiger Pavillon, der zwei Fenster nach der Straße hin hatte, die beiden mit alten, außen mit zahlreichen Eisenstäben versehenen Fensterläden verschlossen waren. Die Tür war niedrig, darüber ein verwittertes Wappenschild; zugesperrt war sie wie am Vorabend durch ein an einer Kette hängendes Vorlegeschloß. Auf dieser Tür las man mit Kreide geschrieben: Dies Haus ist zu verkaufen oder zu vermieten.

Dennoch hatte ich mich nicht geirrt. Auf dieser Straßenseite waren Häuser ziemlich selten; jeder Irrtum war ausgeschlossen. Sowohl mein Vorhängeschloß, und, was mehr heißt, zwei Rosenblätter auf dem Pflaster bei der Tür kündeten genau den Ort an, wo ich die Erklärung durch Zeichen meiner Vielgeliebten erhalten hatte, und bewiesen, daß man vor ihrem Hause nicht viel kehrte.

Ich wandte mich an arme Leute der Nachbarschaft, um zu erfahren, wo der Hüter dieser geheimnisvollen Behausung wohne.

»Das ist nicht hier,« antwortete man mir kurz angebunden.

Meine Frage schien denen, an die ich sie stellte, zu mißfallen, und das reizte meine Neugierde nur noch mehr. So von Tür zu Tür gehend, trat ich schließlich in eine Art dunklen Keller ein, wo sich ein altes Weib aufhielt, die man der Zauberei verdächtigen konnte, denn die hatte einen schwarzen Kater und kochte in einem Kessel, ich weiß nicht, was.

»Ihr wollt das Haus von Madama Lucrezia sehn,« sagte sie, »ich hab' den Schlüssel dazu.«

»Schön, zeigt mir's!«

»Möchtet Ihr's etwa mieten?« fragte sie lächelnd mit zweifelnder Miene.

»Ja, wenn's mir zusagt.«

»Es wird Euch nicht zusagen. Doch laßt sehn, wollt Ihr mir einen Paolo geben, wenn ich's Euch zeige?« »Sehr gern.«

Auf diese Versicherung hin stand sie schnell von ihrem Schemel auf, nahm einen ganz verrosteten Schlüssel von der Wand herunter und führte mich vor Nummer dreizehn.

»Warum nennt man dies Haus«, sagte er zu ihr, »das Haus der Lucrezia?«

Darauf entgegnete die Alte grinsend:

»Warum nennt man Euch einen Fremdling? Doch nur, weil Ihr ein Fremdling seid.«

»Schön; wer aber war diese Madama Lucrezia? Eine römische Dame?«

»Was! Ihr kommt nach Rom und habt nichts von Madama Lucrezia reden hören? Wenn wir drinnen sind, will ich Euch ihre Geschichte erzählen. Doch da ist wieder 'ne andre Teufelei. Ich weiß nicht, was mit dem Schlüssel los ist; er dreht sich nicht. Versucht 's selber.«

Tatsächlich hatten Vorhängeschloß und Schlüssel sich lange nicht gesehn. Doch nach drei Flüchen und ebenso vielem Zähneknirschen gelang es mir den Schlüssel umzudrehen; ich zerriß mir dabei aber meine gelben Handschuhe und verstauchte mir die Handfläche. Wir traten in einen dunklen Gang, der Zugang zu mehreren Erdgeschoßzimmern gewährte.

Die merkwürdig getäfelten Decken waren mit Spinneweben bespannt, unter welchen man mit Mühe einige Spuren von Vergoldungen entdeckte. Dem modrigen Geruche nach, den all diese Gemächer ausströmten, war es augenscheinlich, daß sie seit langem unbewohnt waren. Man sah nicht ein einziges Möbelstück dort. Einige alte Lederfetzen hingen längs der salpetrigen Mauern. Aus den Skulpturen einiger Konsolen und der Kaminform schloß ich, daß das Haus aus dem fünfzehnten Jahrhundert stamme; wahrscheinlich war es früher mit einiger Eleganz geschmückt gewesen. Die Fenster mit kleinen Scheiben, von denen die meisten zerbrochen waren, gingen auf einen Garten, wo ich einen blühenden Rosenbusch, einige Obstbäume und eine Masse Brokkoli sah.

Nachdem ich durch alle Erdgeschoßräume gegangen war, stieg ich in den oberen Stock, wo ich meine Unbekannte gesehen hatte. Die Alte versuchte mich zurückzuhalten. Behauptete, dort gäb's nichts zu sehen und die Treppe wäre sehr schlecht.

Als sie mich hartnäckig sah, folgte sie mir, jedoch mit deutlichem Widerwillen. Die Gemächer dieses Stockwerks ähnelten den andern sehr, nur waren sie weniger feucht, auch waren Diele und Fenster in besserem Zustand. Im letzten Räume, den ich betrat, gab's einen großen schwarzledernen Sessel, der – eine merkwürdige Sache – nicht mit Staub bedeckt war. Ich setzte mich hinein und da ich ihn zum Geschichtenanhören geeignet fand, bat ich die Alte, mir von Madama Lucrezia zu erzählen. Zur Auffrischung ihres Gedächtnisses aber schenkte ich ihr vorher einige Paoli. Sie hustete, schneuzte sich und begann solcherart:

»Zu heidnischen Zeiten war Alexander Kaiser und hatte eine Tochter, schön wie der Tag war die, und man nannte sie Madama Lucrezia. Seht, da ist sie!«…

Lebhaft wandte ich mich um. Die Alte zeigte mir eine skulpierte Konsole, welche den Hauptbalken des Saales stützte. Es war eine sehr plump ausgeführte Sirene.

»Donnerwetter,« fuhr die Alte fort, »die liebte es, sich die Zeit zu vertreiben. Und da ihr Vater mancherlei daran hätte tadeln können, hatte sie sich das Haus, wo wir sind, bauen lassen.

Allnächtlich kam sie vom Quirinal herunter und hierher, um sich zu belustigen. Sie stellte sich an dies Fenster, und wenn ein schöner Ritter, wie Ihr hier, Herr, durch die Straße kam, rief sie ihn an. Ob er gut aufgenommen ward, mögt Ihr Euch selber ausmalen. Männer aber sind Plaudertaschen, manche wenigstens, und hätten ihr durch Klatschereien schaden können. Auch hierin schaffte sie gute Ordnung. Wenn sie dem Galan Lebewohl gesagt, standen ihre bewaffneten Diener an der Treppe, die wir hinaufgestiegen sind. Sie beförderten ihn in die andere Welt und verscharrten ihn dann in den Brokkolifeldern dort. Ja, man hat in dem Garten da manche Gebeine gefunden.

So trieb sie's 'ne lange Zeit. Eines Abends aber kommt ihr Bruder, der Sixtus Tarquinius hieß, unter ihrem Fenster vorbei. Sie erkennt ihn nicht. Ruft ihn. Er kommt rauf. Nachts sind alle Katzen grau. Dem erging's wie allen andern. Er aber hatte sein Taschentuch vergessen, in das sein Name gestickt war. Nicht sobald hat sie den bösen Streich gemerkt, den sie begangen, als sie Verzweiflung überkommt. Schnell macht sie ihr Strumpfband los und hängt sich an dem Deckenbalken da auf. Nun wohl, das ist ein Beispiel für die Jugend.«

Während die Alte so alle Zeiten durcheinander brachte, die Tarquinier mit den Borgias vermengte, hatte ich die Augen auf den Estrich geheftet und dort einige noch frische Rosenblätter entdeckt, die mir viel zu denken gaben.

»Wer bestellt denn den Garten da?« fragte ich die Alte.

»Mein Sohn, Herr, der Gärtner von Signor Banozzi, dem der Garten daneben gehört; Signor Banozzi ist immer in den Maremmen; er kommt nicht nach Rom. Darum ist der Garten auch nicht allzu gut in Ordnung. Mein Sohn ist bei ihm. Und ich fürchte, sie kommen nicht sobald zurück,« fügte sie seufzend hinzu.

»Er ist also sehr beschäftigt bei Signor Banozzi?«

»Ach, das ist ein durchtriebener Kerl, der sich mit allzuvielen Dingen abgibt… Ich fürchte, er wird sich in üble Geschichten einlassen… Ach, mein armer Sohn!«

Sie tat einen Schritt nach der Tür hin, um die Unterhaltung abzubrechen.

»Niemand wohnt also hier?« fuhr ich, sie aufhaltend, fort.

»Keine Menschenseele.«

»Und warum nicht?«

Sie zuckte die Achseln.

»Hört,« sagte ich, ihr einen Piaster zeigend, »sagt mir die Wahrheit. Eine Frau kommt hierher.«

»Eine Frau, heiliger Christ!«

»Ja, ich habe sie gestern am Abend gesehn. Hab' mit ihr gesprochen.«

»Heilige Madonna!« schrie die Alte, auf die Treppe losstürzend. »Es war also Madama Lucrezia? Gehn wir, gehn wir fort von hier, mein guter Herr. Man hat mir wohl erzählt, daß sie nachts hier herumgeistere, doch hab' ich's Euch nicht sagen wollen, um dem Besitzer nicht zu schaden, weil ich glaubte, Ihr waret mietelustig.«

Ich konnte sie unmöglich zurückhalten. Eilig hatte sie das Haus verlassen, um, wie sie sagte, stehenden Fußes in die nächste Kirche eine Kerze zu stiften. Ich selber ging hinaus und ließ sie gehn, da ich aus ihr nicht mehr herauszubekommen glaubte.

Man kann sich denken, daß ich meine Geschichte nicht im Palazzo Aldobrandi erzählte: die Marchesa war zu prüde, Don Ottavio zu ausschließlich mit Politik beschäftigt, um in Liebesdingen ein guter Berater zu sein. Aber meinen Malersmann suchte ich auf, der in Rom alles bis ins kleinste kannte.

»Ich meine,« sagte er, »Sie haben Lucrezia Borgias Gespenst gesehn. Welche Gefahr sind sie gelaufen! Wenn die zu ihren Lebzeiten schon so gefährlich war, denken Sie doch, wie sehr muß sie's jetzt erst sein, wo sie tot ist! Das macht einen ja schuppern!«

»Scherz beiseite, kann das möglich sein?«

»Das heißt, der Herr ist Atheist und Philosoph und glaubt an die respektabelsten Dinge nicht. Sehr schön; was aber sagen Sie zu dieser andern Hypothese? Nehmen wir an, die Alte vermietet, leiht ihr Haus Weibern, die es darauf anlegen, durch die Straße gehende Männer anzurufen. Man kennt alte Weiber, die verderbt genug sind sich auf solch ein Gewerbe einzulassen.«

»Herrlich,« sagte ich, »aber seh' ich denn wie ein Heiliger aus, daß die Alte mir keine Dienstanerbietungen macht? Das beleidigt mich. Und dann, mein Lieber, denken Sie an des Hauses innere Ausstattung. Man müßte ja den Teufel im Leibe haben, um sich damit zufrieden zu geben.«

»Dann läßt sich an einem Geiste nicht länger zweifeln. Halt, doch! Noch eine letzte Hypothese. Sie werden sich im Hause geirrt haben. Potzblitz! Was mir einfällt: bei einem Garten? Eine kleine niedrige Tür?... Nun wohl, das ist meine Busenfreundin, die Rosina. Seit achtzehn Monden bildet sie die Zierde der Straße. Wahrlich ist sie einäugig geworden, doch das ist Nebensache... Sie hat noch ein sehr schönes Profil.«

Alle diese Erklärungen befriedigten mich nicht. Als es Abend geworden war, ging ich langsam an Lucrezias Hause vorüber. Sah nichts. Ich drehte um, wieder nichts. Drei oder vier Abende nacheinander stand ich mir, wenn ich aus dem Palazzo Aldobrandi kam, immer erfolglos die Beine unter ihrem Fenster steif. Ich begann die geheimnisvolle Bewohnerin des Hauses Nummer dreizehn zu vergessen, als ich auf meinem mitternächtlichen Wege durch das Gäßchen deutlich ein leises Frauenlachen hinter dem Flügel des Fensters vernahm, wo mir die Blumenspenderin erschienen war. Zweimal hört' ich dies leise Lachen und konnte mich eines gewissen Schreckens nicht erwehren, als ich gleichzeitig am andern Straßenende eine vermummte Büßerschar mit Kerzen in der Hand einschwenken sah, die einen Toten zu Grabe brachten. Als sie vorüber gegangen waren, stellte ich mich lauschend unter dem Fenster auf, doch hörte ich dann nichts mehr. Versuchte Steinchen zu werfen, rief mehr oder minder laut, niemand erschien und ein einsetzender Platzregen nötigte mich den Rückzug anzutreten.

Ich schäme mich zu sagen, wieviele Male ich vor dem verfluchten Hause stehen blieb, ohne das Rätsel, das mich peinigte, lösen zu können. Ein einziges Mal ging ich mit Don Ottavio und seinem unvermeidlichen Abbate durch Madama Lucrezias Gäßchen.

»Das ist Lucretias Haus,« sagte ich.

Ich sah ihn die Farbe wechseln.

»Ja,« antwortete er, »eine sehr ungewisse Volksüberlieferung will, daß Lucrezia Borgia hier ihr Haus für geheime Vergnügungen gehabt habe. Welche Greueltaten würden uns diese Mauern berichten, wenn sie reden könnten! Und doch, lieber Freund, wenn ich die Zeit mit unserer vergleiche, trauere ich ihr nach. Unter Alexander dem Sechsten gab's doch noch Römer. Jetzt gibt's keine mehr. Cäsare Borgia war ein Ungeheuer aber ein großer Kerl. Er wollte die Barbaren aus Italien vertreiben, und wenn sein Vater länger gelebt hätte, würde er diesen großen Plan vielleicht ausgeführt haben. Ach, wollte der Himmel uns doch einen Tyrannen wie Borgia senden und von jenen menschlichen Despoten erlösen, die uns verblöden lassen!«

Wenn Don Ottavio sich in politische Regionen schwang, konnte man ihn niemals zurückhalten. Wir waren auf der Piazza del Popolo, als sein Panegyrikus auf einen aufgeklärten Despotismus noch nicht zu Ende war. Von meiner Lucrezia und mir aber waren wir hundert Meilen fern.

An einem bestimmten Abend hatte ich der Marchesa sehr spät erst meine Aufwartung gemacht. Sie sagte mir, ihr Sohn fühle sich nicht wohl, und bat mich auf sein Zimmer zu gehn. Angekleidet fand ich ihn auf seinem Bette liegen; er las eine französische Zeitung, die ich ihm am Morgen sorgfältig in einem Bande Kirchenväter versteckt zugeschickt hatte. Seit einiger Zeit diente uns die Sammlung Kirchenväter zu all jenen Mitteilungen, die man vor dem Abbate und der Marchesa verheimlichen mußte. An Tagen, wo der französische Kurier anlangte, brachte man mir einen Folioband. Ich gab einen andern zurück, in welchen ich eine Zeitung versteckte, die mir der Gesandschaftssekretär lieh. Das gab der Marchesa und ihrem Beichtvater einen hohen Begriff von meiner Frömmigkeit. Letzterer wollte manchmal sogar theologische Gespräche mit mir anknüpfen.

Nachdem ich einige Zeit mit Don Ottavio geplaudert hatte, merkte ich, daß er sehr erregt war. Selbst die Politik konnte seine Aufmerksamkeit nicht fesseln. Ich riet ihm, sich niederzulegen und sagte ihm Lebewohl. Es war kalt und ich hatte keinen Mantel. Don Ottavio drängte mich seinen zu nehmen. Das tat ich und ließ mir dabei Unterricht in der schweren Kunst geben, mich als echten Römer zu drapieren.

Eingemummt bis an die Nasenspitze verließ ich den Palazzo Aldobrandi.

Kaum hatte ich einige Schritte auf den Steinfliesen der Piazza di San Marco getan, als sich ein Mann aus dem Volke, den ich auf einer Bank beim Palazzotor hatte sitzen sehn, mir näherte und mir ein zerknittertes Papier hinhielt.

»Um Gottes willen,« sagte er, »lesen Sie das hier.«

Die Beine nur so werfend verschwand er sofort. Ich hatte das Papier genommen, und suchte nach Licht, um es zu lesen. Beim Schein einer vor der Madonna angezündeten Lampe sah ich, daß es ein mit Bleistift und, wie mir schien, mit zitternder Hand geschriebenes Briefchen war.

»Komm heute Abend nicht oder wir sind verloren! Alles, außer Deinem Namen weiß man; nichts soll uns trennen. Deine Lucrezia.«

»Lucrezia!« rief ich, »nochmals Lucrezia! Welch eine verteufelte Mystifikation liegt all dem zu Grunde? ›Komm nicht.‹ Aber, meine Liebe, welchen Weg muß man denn einschlagen, um zu dir zu gelangen?«

Indem ich so hin und her überlegte und an das Briefchen dachte, schlug ich denn ganz mechanisch den Weg nach dem Gäßchen der Madama Lucrezia ein und befand mich bald dem Hause Nummer dreizehn gegenüber.

Wie gewöhnlich lag die Straße einsam da und nur das Geräusch meiner Schritte störte das tiefe Schweigen, welches in der Nachbarschaft herrschte. Ich blieb stehen und hob die Augen zu einem wohlbekannten Fenster auf. Diesmal täuschte ich mich nicht. Der innere Fensterladen ging auseinander.

Nun war das Fenster ganz offen.

Ich glaubte eine menschliche Gestalt zu sehen, die sich vom schwarzen Zimmerhintergrunde abhob.

»Lucrezia, seid Ihr's?« sagte ich mit leiser Stimme.

Im nächsten Moment erhielt ich einen furchtbaren Stoß vor die Brust, ein Knall ließ sich hören und ich sah mich auf den Boden gestreckt.

Eine rauhe Stimme schrie mir zu: »Von Signora Lucrezias Seiten!«

Und geräuschlos schloß sich der Fensterladen.

Wankend erhob ich mich sofort und tastete ich mich als erstes ab, da ich mitten im Bauch ein großes Loch zu haben wähnte. Der Mantel war durchlöchert, mein Anzug desgleichen, die Kugel aber durch die Stoffalten abgeschwächt worden und ich war mit einer starken Prellung davongekommen.

Der Gedanke kam mir, eine zweite Kugel würde wohl nicht auf sich warten lassen, und ich schleppte mich sogleich aus der Gegend dieses ungastlichen Hauses, indem ich mich so dicht an die Mauer preßte, daß man nicht auf mich zielen konnte.

Keuchend entfernte ich mich, so schnell ich's vermochte, plötzlich faßte mich ein Mann, den ich hinter mir hatte herkommen hören am Arm und fragte mich voller Besorgnis, ob ich verwundet sei.

An der Stimme erkannte ich Don Ottavio. Es war jedoch nicht der Augenblick ihn mit Fragen zu bestürmen, wie überrascht ich auch war, ihn zu dieser Nachtstunde allein und auf der Straße zu sehen. Mit zwei Worten sagte ich ihm, man habe aus irgend einem Fenster einen Schuß auf mich gefeuert, und ich sei mit einer Quetschung davongekommen.

»Es ist ein Irrtum!« rief er. »Aber ich höre Leute kommen. Können Sie gehn? Verloren wäre ich, wenn man uns zusammen fände. Und doch kann ich Sie nicht allein lassen.«

Er griff mich beim Arm und zog mich eilends fort. Wir gingen ober vielmehr liefen, so schnell ich nur vorwärts konnte. Bald aber mußte ich mich auf einen Prellstein setzen, um zu Atem zu kommen. Glücklicherweise war das in geringer Entfernung von einem großen Hause, wo man einen Ball gab. Eine Menge Wagen standen vor der Tür. Don Ottavio holte einen, ließ mich einsteigen und brachte mich in mein Hotel zurück.

Als ein großes Glas Wasser, das ich hinunterschüttete, mich völlig wieder hergestellt hatte, erzählte ich ihm im einzelnen, was mir von dem Rosengeschenke an bis zu dem der Bleikugel alles vor diesem verhängnisvollen Hause geschehen war.

Mit gesenktem Haupte, das zur Hälfte in einer seiner Hände verborgen war, hörte er mir zu. Als ich ihm das mir zugesteckte Briefchen zeigte, riß er es an sich, las es gierig und schrie nochmals:

»Das ist ein Irrtum! Ein furchtbarer Irrtum!«

»Sie müssen zugeben, mein Lieber,« sagte ich zu ihm, »er ist für mich und auch für Sie sehr unangenehm. Mich hat man beinahe getötet und Ihnen zehn bis zwölf Löcher in Ihren schönen Mantel geschossen. Donnerwetter, wie eifersüchtig ihre Landsleute sind!«

Mit bekümmerter Miene drückte er mir die Hände und las das Briefchen nochmals, ohne mir zu antworten.

»Versuchen Sie doch,« sagte ich zu ihm, »mir diese ganze Angelegenheit zu erklären. Der Teufel soll mich holen, wenn ich auch nur ein Wort davon verstehe.«

Er zuckte die Achseln.

»Was soll ich denn nur tun?« fragte ich, »an wen in der heiligen Stadt hier muß ich mich wenden, um jenen Mann zur Rechenschaft zu ziehen, der aus gedeckter Stellung auf die Vorübergehenden feuert, ohne sie auch nur nach ihrem Namen zu fragen. Ich muß Ihnen sagen, entzückt wäre ich, wenn er aufgehängt würde.«

»Hüten Sie sich ja davor,« rief er, »Sie kennen das Land hier nicht! Sagen Sie keinem Menschen ein Wort von dem, was Ihnen geschehen ist. Einer viel größeren Gefahr würden Sie sich aussetzen.«

»Wie, ich würde mich einer Gefahr aussetzen? Potzblitz, ich will doch meine Rache haben. Wenn ich den Lümmel beleidigt hätte, sagte ich ja nichts; doch weil ich eine Rose aufgehoben habe... wahrhaftig, dafür verdien' ich noch eine Kugel.«

»Lassen Sie mich nur machen,« sagte Don Ottavio; »vielleicht gelingt es mir das Geheimnis zu enträtseln. Doch als eine Gunst, als einen entschiedenen Beweis Ihrer Freundschaft für mich verlange ich von Ihnen, reden Sie mit niemandem auf der Welt darüber. Versprechen Sie mir das?«

Als er mich flehentlich bat, sah er so traurig aus, daß ich nicht den Mut hatte zu widerstehn, und ich versprach ihm alles, was er wollte. Überschwänglich dankte er mir, und nachdem er mir selber eine Kompresse mit Kölnischem Wasser auf die Brust gelegt hatte, drückte er mir die Hand und sagte mir Lebewohl.

»Was ich noch sagen wollte,« fragte ich ihn, als er die Tür öffnete, um hinauszugehen, »erklären Sie mir doch, wie grade Sie, um mir zu helfen, haben dort sein können?«

»Ich hatte den Flintenschuß gehört,« sagte er nicht ohne einige Verwirrung, »und bin sofort aus dem Hause gelaufen, da ich irgend ein Unglück für Sie fürchtete.«

Schnell verließ er mich, nachdem er mir von neuem Verschwiegenheit anempfohlen hatte.

Am Morgen besuchte mich ein zweifelsohne von Don Ottavio gesandter Chirurg. Er verordnete mir einen Breiumschlag, stellte aber keinerlei Fragen an mich, wer oder was diese Veilchen auf meinem Lilienteint gestreut habe. In Rom ist man verschwiegen und ich wollte mich in den Landesbrauch schicken. Einige Tage verstrichen, ohne daß ich ungestört mit Don Ottavio sprechen konnte. Er war in Gedanken, noch finsterer als gewöhnlich, und suchte meinen Fragen anscheinend aus dem Wege zu gehen. Während der seltenen Augenblicke, die ich mit ihm zusammen war, sagte er nicht ein Wort über die merkwürdigen Gäste des Gäßchens der Madama Lucrezia. Der für die Zeremonie seiner Priesterweihe festgesetzte Termin näherte sich und ich schrieb seine Trauer seiner Abneigung gegen einen ihm aufgezwungenen Beruf zu.

Ich aber bereitete mich vor Rom zu verlassen, um nach Florenz zu reisen. Als ich der Marchesa Aldobrandi meine Abreise anzeigte, bat Don Ottavio mich unter ich weiß nicht welchem Vorwande mit in sein Zimmer zu kommen.

Dort faßte er mich bei beiden Händen.

»Mein lieber Freund,« sagte er, »wenn Sie mir nicht die Gunst gewähren, um die ich Sie bitten will, jage ich mir ganz gewiß eine Kugel in den Kopf, denn ein andres Mittel, mich aus meiner schwierigen Lage zu befreien, weiß ich nicht. Völlig entschlossen bin ich, das elende Kleid, das man mir aufzwingen will, niemals anzuziehen. Ich will aus dem Lande fliehn. Worum ich Sie bitten möchte, ist, Sie sollen mich mit sich nehmen. Sie geben mich für Ihren Diener aus. Ein Ihrem Passe hinzugefügtes Wort wird genügen, um meine Flucht zu erleichtern.«

Anfangs versuchte ich ihn von seinem Vorhaben abzubringen, indem ich ihm den Kummer vor Augen hielt, welchen er seiner Mutter bereiten würde. Da ich ihn aber unerschütterlich in seinem Entschlüsse fand, versprach ich ihm schließlich ihn mit mir zu nehmen und meinen Paß darauf hin einrichten zu lassen.

»Das ist nicht alles,« sagte er. »Meine Abreise hängt noch von dem Erfolge eines Unternehmens ab, bei dem ich beteiligt bin. Übermorgen wollen Sie abreisen. Übermorgen werd' ich vielleicht Erfolg haben und dann gehöre ich Ihnen ganz.«

»Sollten Sie so töricht gewesen sein,« fragte ich ihn nicht ohne Besorgnis, »sich in eine Verschwörung eingelassen zu haben?«

»Nein,« sagte er, »es handelt sich um weniger ernste Angelegenheiten als das Wohl meines Vaterlandes; immerhin sind sie ernst genug, da Leben und Glück von dem Erfolge meines Vorhabens abhängen. Mehr kann ich Ihnen jetzt nicht darüber sagen. In zwei Tagen sollen Sie alles wissen.«

Ich begann mich an Geheimnisse zu gewöhnen; fügte mich drein. Abgemacht wurde, daß wir um drei Uhr morgens abfahren wollten, und erst, nachdem wir toskanisches Gebiet erreicht, sollte Halt gemacht werden. Da ich es für zwecklos hielt, mich vor einer so zeitigen Abreise schlafen zu legen, benutzte ich den letzten Abend, den ich in Rom verbringen sollte, um in allen Häusern, wo ich empfangen worden war. Besuch zu machen. Ich verabschiedete mich von der Marchesa und drückte ihrem Sohn offiziell und der Form wegen die Hand. Ich fühlte sie in meiner zittern. Ganz leise sagte er zu mir:

»In diesem Augenblicke heißt's für mein Leben: Kopf oder Schrift. Bei Ihrer Rückkehr ins Hotel werden Sie einen Brief von mir vorfinden. Wenn ich Punkt drei Uhr nicht bei Ihnen bin, so warten Sie nicht auf mich.«

Die Erregtheit seiner Züge überraschte mich, doch schrieb ich sie einer sehr natürlichen Bewegung seinerseits zu im Augenblicke, wo er sich vielleicht für immer von seiner Familie trennen wollte.

Gegen ein Uhr etwa ging ich nach meiner Behausung zurück. Noch einmal wollte ich durch das Gäßchen der Madama Lucrezia wandern. Etwas Weißes hing an dem Fenster, wo ich zwei so verschiedene Erscheinungen gesehen hatte. Vorsichtig näherte ich mich. Es war eine Strickleiter. War's eine Einladung, mich von der Signora zu verabschieden? Es sah ganz darnach aus und die Versuchung war sehr groß. Dennoch gab ich ihr nicht nach, da ich mich meines Versprechens Don Ottavio gegenüber und auch des – ich muß es schon sagen – unangenehmen Empfangs erinnerte, den einige Tage vorher eine minder große Unbesonnenheit zur Folge gehabt hatte.

Ich setzte langsam meinen Weg fort und war tief betrübt, daß ich die letzte Gelegenheit, die Geheimnisse des Hauses Nummer dreizehn zu lüften, vorbei gehen lassen mußte. Bei jedem Schritte, den ich tat, wandte ich den Kopf um, da ich immer erwartete, irgend eine menschliche Gestalt die Leiter hinauf-oder heruntersteigen zu sehn. Nichts geschah. Endlich erreichte ich des Gäßchens Ende; ich bog in den Korso ein.

»Leben Sie wohl, Frau Lucrezia,« rief ich, meinen Hut vor dem Haus abziehend, das ich noch sah. »Suchen Sie sich gefälligst einen andern als mich, um sich an einem Eifersüchtigen zu rächen, der sie eingesperrt hält.«

Zwei Uhr schlug's, als ich in mein Hotel eintrat. Der Wagen stand im Hof, alles war aufgeladen. Einer der Gasthofdiener überreichte mir einen Brief. Es war Don Ottavios und da er mir zu ausführlich schien, dachte ich, es sei besser ihn in meinem Zimmer zu lesen, und sagte dem Diener, daß er mir leuchten solle.

»Herr,« sagte er, »Ihr Diener, den Sie uns angekündigt hatten, der, welcher mit dem Herrn reisen soll...«

»Nun, ist er gekommen?«

»Nein, Herr...«

»Er ist auf der Post; wird mit den Pferden kommen.«

»Herr, es ist eben eine Dame gekommen, die mit des Herrn Diener zu sprechen verlangt hat. Sie wollte durchaus in des Herrn Zimmer gehn und hat mich beauftragt, des Herrn Diener, sobald er kommen sollte, zu sagen, daß Frau Lucrezia in Ihrem Zimmer sei.« »In meinem Zimmer?« rief ich, mich krampfhaft am Treppengeländer festhaltend.

»Ja, Herr. Und es scheint, sie reist ebenfalls, denn sie hat mir ein kleines Bündel gegeben; ich hab's auf den Lederkoffer gelegt.

Mein Herz schlug laut. Ich weiß nicht, welch ein Gemisch von abergläubischem Schrecken und Neugierde sich meiner bemächtigt hatte. Stufe für Stufe ging ich die Treppe hinauf. Als ich im ersten Stock angelangt war (ich wohnte im zweiten) tat der Diener, der vor mir herging, einen Fehltritt, die Kerze, die er in der Hand hielt, fiel und erlosch. Er bat mich tausendmal um Entschuldigung und eilte hinunter, um sie wieder anzuzünden. Währenddem ging ich weiter.

Bereits hatte ich die Hand an meinem Zimmerschlüssel. Ich zauderte. Was für eine neue Vision sollte ich haben? Mehr als einmal war mir in der Dunkelheit die Geschichte von der blutenden Nonne wieder ins Gedächtnis gekommen. War ich wie Don Alonso von einem Dämon besessen? Mir schien, der Diener lasse schrecklich lange auf sich warten.

Ich öffnete meine Tür. Gott sei Dank! In meinem Schlafzimmer brannte Licht. Schnell durchschritt ich den vor ihm liegenden kleinen Salon. Ein flüchtiger Blick genügte, um mich zu überzeugen, daß niemand in meinem Schlafzimmer sei. Doch sofort hörte ich hinter mir leichte Schritte und das Knistern eines Frauenkleides. Ich glaube, die Haare standen auf meinem Kopfe zu Berge. Hastig drehte ich mich um.

Eine weißgekleidete Dame, den Kopf mit einer schwarzen Mantilla bekleidet, näherte sich mir mit ausgebreiteten Armen:

»Endlich bist du also da, mein Vielgeliebter!« rief sie, meine Hand ergreifend. Ihre war kalt wie Eis und ihre Gesichtszüge waren totenblaß. Ich wich bis an die Wand zurück.

»Heilige Madonna, er ist es nicht!... Ach, mein Herr, sind Sie Don Ottavios Freund?«

Bei diesem Worte war mir alles klar. Trotz ihrer Blässe sah die junge Frau nicht gespensterhaft aus. Sie schlug die Augen nieder, was Geister niemals tun und hielt ihre beiden Hände in Gürtelhöhe gekreuzt, eine bescheidene Haltung, die mich aber davon überzeugte, daß mein Freund Don Ottavio kein so großer Politikus war, als ich mir vorgestellt hatte. Kurz, es war höchste Zeit, Lucretia zu entführen, und leider war die Vertrautenrolle die einzige, die mir bei diesem Abenteuer zugedacht war.

Einen Moment später kam Don Ottavio verkleidet. Die Pferde erschienen und wir reisten ab. Lucrezia hatte keinen Paß, aber eine Frau, eine hübsche dazu, erregt nicht viel Verdacht. Ein Gendarm indessen machte Schwierigkeiten. Ich sagte zu ihm, er sei ein tapferer Kerl, sicherlich habe er unter dem großen Napoleon gedient. Das gab er zu. Ich machte ihm ein Porträt des großen Mannes in Gold zum Geschenk und sagte ihm, ich sei es gewohnt, mit einer »Amica« zu meiner Gesellschaft zu reisen, und da ich die sehr häufig wechsle, hielte ich es für zwecklos, sie in meinen Paß eintragen zu lassen.

»Die hier«, fügte ich hinzu, »bringe mich in die nächste Stadt. Dort, hat man mir gesagt, würd' ich ihrer andre finden, die sie aufwögen.«

»Sie täten Unrecht, wenn Sie sie fortschicken wollten, « sagte der Gendarm, als er ehrerbietigst den Wagenschlag zumachte.

Wenn man Ihnen schon alles sagen muß, gnädige Frau: der Verräter Don Ottavio hatte Bekanntschaft mit diesem hübschen Wesen, der Schwester eines gewissen Banozzi, gemacht. Der war ein reicher Landwirt, der als ein wenig zu liberal und als großer Schmuggler schlecht angeschrieben war. Don Ottavio wußte genau, daß selbst, wenn seine Familie ihn nicht zum Geistlichen bestimmt, sie nie darein gewilligt hätte, ihn ein Mädchen heiraten zu lassen, die aus einer so weit unter seinem Stande stehenden Familie hervorgegangen war. Liebe ist erfinderisch. Abbate Regronis Schüler gelang es einen heimlichen Briefwechsel mit seiner Geliebten zu unterhalten. Allnächtlich entschlüpfte er dem Palazzo Aldobrandi, und da es wenig sicher gewesen wäre in Banozzis Haus einzusteigen, gab sich das Liebespaar in dem der Madama Lurezia, dessen schlechter Ruf ihm zu Hilfe kam, immer sein Stelldichein. Eine kleine, durch einen Feigenbaum verborgene Tür stellte die Verbindung zwischen beiden Gärten her. Jung und verliebt wie sie waren, beklagten Lucrezia und Ottavio sich nicht über ihren ungenügenden Hausrat, der sich – ich glaube es schon gesagt zu haben – auf einen alten Ledersessel beschränkte.

Als Lucrezia eines Abends Ottavio erwartete, hielt sie mich für ihn und machte mir das an Ort und Stelle erwähnte Geschenk. Wahrlich gab's eine gewisse Ähnlichkeit in Figur und Haltung zwischen Ottavio und mir, und einige böse Zungen, die meinen Vater in Rom gekannt hatten, behaupteten, dazu sei einiger Grund vorhanden. Schließlich war der verwünschte Bruder hinter den Liebeshandel gekommen; seine Drohungen aber konnten Lucrezia nicht bewegen ihres Verführers Namen preiszugeben. Wie er sich rächte, weiß man; ebenso, daß ich für alle zu zahlen hatte. Man braucht Ihnen nicht zu erzählen, wie die beiden Liebenden, jeder seinerseits, an die Gartenschlüssel kamen.

Schluß. – Alle drei kamen wir in Florenz an. Don Ottavio heiratete Lucrezia und reiste sofort mit ihr nach Paris. Mein Vater nahm ihn ebenso liebenswürdig auf, wie mir die Marchesa entgegengekommen war. Er übernahm es die Versöhnung zu betreiben, die ihm nicht ohne einige Mühe gelang. Zur rechten Zeit bekam der Marchese Fieber in den Maremmen und starb daran. Ottavio hat seinen Titel mitsamt seinem Vermögen geerbt und ich bin seines ersten Kindes Pate.

27. April 1846.

Djuman

Am 21. Mai 18.. kehrten wir nach Tlemcen zurück. Die Unternehmung war glücklich gewesen; Rinder, Schafe, Kamele, Gefangene und Geiseln brachten wir mit.

Nach siebenunddreißigtägigem Feldzug oder vielmehr unaufhörlicher Jagd waren unsere Pferde mager, abgetrieben, hatten aber immer noch das lebhafte Auge voller Feuer; nicht eins war unter dem Sattel wundgerieben. Unsere von der Sonne bronzierten Leute mit langen Haaren, schmutzigem Lederzeug, abgetragenen Uniformen zeigten jene Gefahren und Unglück gegenüber sorglose Miene, die den echten Soldaten kennzeichnet.

Welcher General würde unsere Jäger nicht den schmucksten, neu eingekleideten Schwadronen für einen Sturmangriff vorgezogen haben?

Seit dem Morgen dachte ich an all die kleinen Glückseligkeiten, die meiner harrten.

Wie wollte ich in meinem Eisenbette schlafen, nachdem ich siebenunddreißig Nächte auf einem Wachstuchrechteck zugebracht hatte. Auf einem Stuhle sitzend würd' ich speisen. Würde weiches Brot und Salz nach Belieben haben. Dann fragte ich mich, ob Fräulein Concha eine Granaten-oder Jasminblüte im Haare tragen würde und die bei meinem Fortgehen geleisteten Schwüre gehalten hätte; doch treu oder unbeständig, ich fühlte, daß sie auf den großen Überschuß an Zärtlichkeit rechnen konnte, den man aus der Wüste mitbringt. Keinen Menschen gab's in der Schwadron, der für den Abend nicht seine Pläne gehabt hätte.

Väterlich empfing uns der Oberst und sagte sogar, daß er mit uns zufrieden sei; dann nahm er unsern Major bei Seite und hatte fünf Minuten lang ein leise geführtes, und, soviel wir ihren Gesichtsausdrücken entnehmen konnten, mäßig angenehmes Gespräch mit ihm.

Wir beobachteten die Bewegung der oberstlichen Schnurrbartspitzen, die sich bis in Augenbrauenhöhe erhoben, während die des Majors kläglich wirr bis auf seine Brust hinunter hingen. Ein junger Jäger, den ich nicht verstehen wollte, behauptete, des Majors Nase verlängere sich zusehends; unsere verlängerten sich bald aber ebenso, als der Major zurückkam und zu uns sagte: »Man soll die Pferde fressen lassen und sich zu einem Aufbruch bei Sonnenuntergang bereit halten. Die Offiziere speisen um fünf Uhr in Felduniform beim Oberst; nach dem Kaffee wird aufgesessen... Sind Sie etwa nicht zufrieden, meine Herren?...«

Das gaben wir nicht zu und salutierten schweigend vor ihm, indem wir ihn und ebenso den Oberst im stillen zu allen Teufeln wünschten.

Nur wenig Zeit hatten wir, um unsere kleinen Vorbereitungen zu treffen. Eiligst zog ich mich um, wechselte die Kleider, und nachdem ich meinen Anzug beendigt hatte, besaß ich die Selbstüberwindung mich nicht in meinen bequemen Lehnsessel zu setzen, da ich dort einzuschlafen fürchtete.

Um fünf Uhr trat ich beim Oberst ein. Er bewohnte ein großes maurisches Haus, dessen Patio ich voller Menschen fand, Franzosen und Eingeborene, die sich um eine aus dem Süden kommende Pilger-oder Gauklerschar drängten.

Ein Greis, häßlich wie ein Affe, halb nackt unter einem durchlöcherten Burnus, mit einer Haut von Wasserschokoladenfarbe, in allen Farben tätowiert, mit krausen und so buschigen Haaren, daß man von weitem gemeint hätte, er trüge einen Kolpak auf dem Kopfe, mit einem ihn umstarrenden weißen Barte, leitete die Vorstellung.

Er sei, hieß es, ein großer Heiliger und großer Zauberer.

Vor ihm vollführte eine aus zwei Flötenspielern und drei Tamburinschlägern bestehende Musikbande einen, des Stückes, das man spielen wollte, würdigen Höllenlärm. Nach seiner Behauptung hatte er von einem sehr berühmten Marabut jegliche Macht über Dämonen und wilde Tiere erlangt, und nach einer kleinen feierlichen Ansprache an den Oberst und das verehrliche Publikum schritt er zu einer Art Gebet oder Beschwörung unter Musikbegleitung, während seine Mitspieler unter seinen Befehlen tanzten, sprangen, sich auf einem Fuße drehten und sich mit derben Faustschlägen gegen die Brust schlugen.

Währenddem spielten die Flötenbläser und Tamburinschläger in immer beschleunigterem Tempo.

Als Müdigkeit und Taumel die Leute das bißchen Verstand, das sie besaßen, hatten verlieren lassen, nahm der Hauptzauberer aus einigen um ihn herum stehenden Körben Skorpione und Schlangen und warf sie, nachdem er gezeigt hatte, daß sie voller Leben waren, seinen Possenreißern zu, die wie Hunde über einen Knochen über sie herfielen und sie, wie's ihnen behagte, wacker verspeisten. Von einer hohen Galerie aus sahen wir uns dies merkwürdige Schauspiel an, das uns der Oberst zweifelsohne bot, damit wir seinem Essen tüchtig Ehre antun sollten. Ich aber wandte den Blick von diesen mich anekelnden Schuften ab und belustigte mich damit, ein hübsches dreizehn-oder vierzehnjähriges Mädchen anzuschauen, das sich in die Menge einschmuggelte, um sich dem Schauspiele zu nähern.

Sie hatte die schönsten Augen der Welt und ihre Haare fielen in dünnen Flechten auf die Schultern; kleine Silberstücke hingen unten daran, die sie, wenn sie ihren Kopf voller Anmut bewegte, klingen machte. Ausgesuchter als die meisten Töchter des Landes war sie gekleidet: ein golddurchwirktes Seidentuch auf dem Kopf, ein gesticktes Seidenwams, kurze blaue Atlashosen, die ihre nackten Beine zeigten, um welche Silberringe lagen. Kein Schleier vor dem Gesicht.

War sie eine Jüdin, eine Götzendienerin? Oder gehörte sie jenen herumschweifenden Horden an, deren Ursprung unbekannt ist und die keine religiösen Vorurteile verwirren?

Während ich all ihre Bewegungen mit, ich weiß nicht welchem, Interesse verfolgte, war sie in die erste Reihe des Kreises gelangt, wo die Rasenden ihre Kunststücke ausführten.

Als sie sich noch weiter vorwagen wollte, brachte sie ein langer Korb mit schmaler Basis zu Fall. Fast zu nämlicher Zeit ließen der Zauberer und das Kind einen furchtbaren Schrei hören und eine lebhafte Bewegung entstand im Kreise, da jeder entsetzt zurückprallte.

Eine sehr große Schlange war eben dem Korbe entwischt und die Kleine hatte sie mit ihrem Fuße gedrückt. In einem Augenblicke hatte das Reptil sich um ihr Bein gerollt. Einige Bluttropfen sah ich unter dem Ringe hervorrinnen, den sie um den Knöchel trug. Weinend und die Zähne knirschend fiel sie rücklings hin. Ein weißer Schaum bedeckte ihre Lippen, während sie sich im Staube wälzte.

»Laufen Sie doch, lieber Doktor!« rief ich unserm Stabsarzte zu. »Um Gottes willen, retten Sie das arme Kind.«

»Sie Unschuldsengel,« antwortete der Stabsarzt, »sehn Sie denn nicht, daß das auf dem Programme steht? Im übrigen ist es nur mein Amt Ihnen Arme und Beine abzusäbeln. Von Schlangen gebissene Mädchen zu heilen ist Sache meines Kollegen da unten!«

Indessen war der alte Zauberer herbeigeeilt und seine erste Sorge war sich der Schlange zu bemächtigen.

»Djuman, Djuman,« sagte er im Tone freundschaftlichen Vorwurfs zu ihr.

Die Schlange rollte sich auseinander, verließ ihre Beute und fing zu kriechen an. Hurtig packte der Zauberer sie beim Schwanzende und sie mit ausgestrecktem Arme haltend, drehte er sich um sich selber und zeigte das Reptil, welches sich zischend wand, ohne sich aufrichten zu können.

Bekanntlich ist eine Schlange, die man am Schwanze hält, in jeder Beziehung wehrlos. Nur höchstens bis zu einem Drittel ihrer Länge kann sie sich aufrichten und infolgedessen nicht in die sie haltende Hand beißen.

Nach einer Minute wurde die Schlange wieder in ihren Korb gesteckt, der Deckel wohl verwahrt, und der Zauberer beschäftigte sich mit dem kleinen Mädchen, das ständig schrie und mit den Beinen zappelte. Auf die Wunde streute er eine Fingerspitze weißen Pulvers, das er aus seinem Gürtel nahm, murmelte dann dem Kind eine Beschwörung ins Ohr, deren Wirkung nicht auf sich warten ließ. Die Zuckungen hörten auf, das kleine Mädchen wischte sich den Mund ab, raffte sein Seidentuch auf, schüttelte den Staub heraus, band es wieder auf seinem Kopfe fest, stand auf, und bald sah man es fortgehen.

Einen Augenblick später kam es auf unsere Galerie, um eine Sammlung vorzunehmen, und wir legten manches Fünfzig-Centimesstück auf seine Stirn und auf seine Schultern.

Das war das Ende der Vorstellung und wir gingen zum Essen.

Ich hatte tüchtigen Hunger und wollte einem prächtigen Aal in kalter Senftunke alle Ehre erweisen, als unser Doktor, neben dem ich saß, mir sagte, er erkenne die Schlange von vorhin wieder. Unmöglich war's mir, nur einen Mund voll davon zu essen.

Nachdem er sich über meine Vorurteile tüchtig lustig gemacht hatte, forderte der Doktor meinen Aalanteil für sich und versicherte mir, die Schlange hätte einen köstlichen Geschmack.

»Die Schufte, die wir da eben gesehen haben,« sagte er zu mir, »sind Kenner. Wie Troglodyten leben sie mit ihren Schlangen in Höhlen; sie haben hübsche Töchter. Beweis, die Kleine in blauen Hosen. Man weiß nicht, was für eine Religion sie haben, Schlauköpfe aber sind sie und mit ihrem Cheik will ich Bekanntschaft machen.«

Beim Essen hörten wir, aus welchem Grunde wir wieder auf den Feldzug mußten.

Der hitzig von Oberst R.... verfolgte Sidi-Lala suchte die marokkanischen Gebirge zu gewinnen.

Zwei Wege konnte man einschlagen: den einen im Süden von Tlemcen, indem man die Mulaia an der einzigen Stelle durchwatete, wo steile Böschungen sie nicht überschreitbar machen; den andern durch die Ebene im Norden unseres Bezirks. Dort sollte er unsern Oberst und den Hauptteil des Regiments finden.

Unsere Schwadron hatte den Auftrag, ihm den Flußübergang zu verlegen, wenn er, was wenig wahrscheinlich war, dort auf unsere Seite zu kommen versuchen sollte.

Bekanntlich fließt die Mulaia zwischen zwei hohen Felsenmauern und nur an einem Punkte, einer Art ziemlich engen Bresche, können Pferde sie überschreiten. Der Ort war mir wohlbekannt und ich begreife nicht, warum man dort noch kein Blockhaus aufgeführt hatte. Soviel stand fest, der Oberst hatte alle Aussichten dem Feinde zu begegnen, wir aber machten einen vergeblichen Ritt.

Vor dem Ende der Mahlzeit hatten mehrere Reiter des Maghzen Depeschen vom Oberst R.... gebracht Der Feind hatte Stellung genommen und zeigte scheinbar Kampflust. Er hatte Zeit verloren. Des Obersten R.... Infanterie sollte eintreffen und ihn über den Haufen werfen.

Wohin aber sollte er entfliehen? Wir wußten das nicht und mußten ihm auf beiden Wegen zuvorkommen. Ich rede nicht von einem letzten Entschlusse, den er fassen konnte, nämlich sich in die Wüste zu werfen; seine Herden und seine Smalah (Familie und ganzes Gefolge eines Häuptlings) würden dort bald verhungert und verdurstet sein. Man machte einige Signale ab, um sich über die feindliche Bewegung auf dem Laufenden zu halten.

Drei in Tlemcen abgegebene Kanonenschüsse sollten uns davon in Kenntnis setzen, daß Sidi-Lala in der Ebene erschiene, wir aber sollten Raketen abbrennen, um wissen zu lassen, daß wir der Unterstützung bedürften. Aller Wahrscheinlichkeit nach konnte der Feind sich nicht vor Tagesanbruch zeigen und unsere beiden Obersten hatten mehrere Stunden Vorsprung vor ihm.

Die Nacht war voll hereingebrochen, als wir aufsaßen. Ich aber befehligte den Vortrab. Ich fühlte mich müde, mir war kalt; zog meinen Mantel an und schlug den Kragen hoch. Ich fuhr in die Steigbügel und ließ meine Stute ruhig in gutem Schritte gehn, indem ich zerstreut auf den Unteroffizier Wagner hörte, der mir seine Liebschaftsgeschichte erzählte, die leider mit der Flucht einer Treulosen endigte, die ihm mit seinem Herzen eine silberne Uhr und ein Paar neue Stiefel ausgespannt hatte. Die Geschichte kannte ich schon, und sie erschien mir noch langweiliger als gewöhnlich.

Der Mond ging auf, als wir uns auf den Weg machten. Der Himmel war rein, vom Boden aber erhob sich ein leiser weißer Nebel, der dicht an der Erde dahin kroch, welche mit Baumwollflocken bedeckt schien. Auf diesen weißen Grund warf der Mond lange Schatten und alle Gegenstände nahmen ein phantastisches Aussehen an. Bald glaubte ich arabische Reiterposten zu sehen; beim Näherkommen fand ich blühende Tamarinden. Bald machte ich Halt, weil ich die Signal-Kanonenschüsse zu hören meinte: Wagner erklärte mir, es sei ein laufendes Pferd.

Wir langten an der Furt an und der Rittmeister traf seine Vorkehrungen.

Wunderbar eignete sich der Ort zu einer Verteidigung, unsere Schwadron würde genügt haben, um ein beträchtliches Korps anzuhalten. Völlige Einsamkeit auf der andern Flußseite.

Nach ziemlich langem Warten hörten wir Pferdegalopp und bald erschien ein auf einem prachtvollen Rosse sitzender Araber, der auf uns zu kam. An seinem Strohhut mit wehenden Straußenfedern, an seinem gestickten Sattel, woran eine mit Korallen und goldenen Blumen verzierte Gebira hing, erkannte man einen Häuptling; unser Führer sagte uns, es sei Sidi-Lala in eigener Person. Es war ein schöner, schlanker und kräftiger junger Mann, der sein Pferd wunderbar ritt.

Er ließ es galoppieren, warf seine lange Flinte in die Luft, fing sie wieder auf und rief uns dabei, ich weiß nicht welche verächtlichen Worte zu.

Die Zeiten der Ritterschaft sind vorüber und Wagner forderte eine Flinte, um den Marabut, wie er sagte, eins aufzubrennen. Ich aber widersetzte mich dem und bat, damit nicht gesagt würde, die Franzosen hätten sich geweigert, mit einem Araber auf einem Kampfplatze zu kämpfen, den Rittmeister um Erlaubnis, über die Furt zu reiten und mit Sidi-Lala die Klinge zu kreuzen. Die Erlaubnis wurde mir gewährt und sofort überschritt ich den Fluß, während der feindliche Häuptling sich in kleinem Galopp entfernte, um einen Anlauf zu nehmen.

Sobald er mich am andern Ufer sah, raste er, die Flinte auf der Schulter, auf mich los.

»Nehmen Sie sich in acht!« schrie Wagner mir zu.

Vor Flintenschüssen eines Reiters hab' ich keine große Angst, und nach der uns vorgeführten Fantasia konnte Sidi-Lalas Flinte kaum mehr im stande sein Feuer zu geben. Tatsächlich drückte er drei Schritte von mir auf den Abzug, doch, wie ich es erwartet hatte, versagte die Flinte. Sofort ließ mein Mann sein Roß so schnell kehrt machen, daß ich, anstatt meinen Säbel in seine Brust zu pflanzen, nur seinen fliegenden Burnus erwischte.

Doch verfolgte ich ihn hart, ihn immer an meiner Rechten haltend und ihn wohl oder übel gegen die den Fluß umrandenden steilen Böschungen treibend. Vergebens versuchte er plötzlich die Richtung zu verändern, ich bedrängte ihn mehr und mehr.

Nach einigen Minuten rasenden Reitens sah ich sein Pferd sich plötzlich bäumen und ihn die Zügel mit beiden Händen anziehen. Ohne mich zu fragen, warum er diese seltsame Bewegung mache, prallte ich wie eine Kugel auf ihn und pflanzte ihm meinen Pallasch zu der nämlichen Zeit mitten auf den Rücken, wo der Huf meiner Stute seinen linken Schenkel berührte. Mann und Roß verschwanden; meine Stute und ich fielen ihnen nach.

Ohne es gemerkt zu haben, waren wir am Rand eines Absturzes angelangt und hatten uns hinuntergestürzt... Während ich noch in der Luft war – das Gehirn arbeitet ja so schnell – sagte ich mir, daß des Arabers Körper meinen Sturz abschwächen würde. Deutlich unter mir sah ich einen weißen Burnus mit einem großen roten Flecken: auf gut Glück würd' ich dort niederfallen.

Der Sprung war nicht so schrecklich, wie ich geglaubt hatte, dank der Tiefe des Wassers; es schlug mir über den Ohren zusammen; ganz betäubt schnatterte ich einen Moment im Schlamm, und dann fand ich mich, ich weiß nicht recht wie, mitten im hohen Schilfrohr an des Flusses Ufer.

Was aus Sidi-Lala und den Pferden geworden war, davon weiß ich nichts. Völlig durchnäßt, vor Kälte zitternd stand ich zwischen zwei über hundert Meter hohen Felsmauern im Schlamm. Ich machte einige Schritte in der Hoffnung eine Stelle zu finden, wo die Böschungen weniger steil waren; je weiter ich drang, desto steiler aber und unzugänglicher erschienen sie mir.

Plötzlich hörte ich über meinem Kopfe Pferdegetrappel und Klirren von Säbelscheiden, die gegen Steigbügel und Sporen stießen. Augenscheinlich war's unsere Schwadron. Ich wollte rufen, kein Ton aber drang aus meiner Kehle; zweifelsohne hatte ich mir bei meinem Sturze die Brust verletzt.

Stellen Sie sich meine Lage vor. Ich hörte unserer Leute Stimmen, erkannte sie und konnte sie nicht zu Hilfe rufen. Der alte Wagner sagte:

»Wenn er mich nur hätte machen lassen, da lebte er noch und wäre bald Oberst geworden.«

Bald verminderte sich das Geräusch, wurde schwächer, ich hörte nichts mehr.

Über meinem Kopfe hing eine dicke Wurzel; wenn ich sie faßte, hoffte ich mich das steile Ufer hinaufziehen zu können...Eine verzweifelte Anstrengung, ich schwang mich zu ihr hoch und... Sss!... die Wurzel windet sich und entschlüpft mit einem abscheulichen Zischen... Es war eine ungeheure Schlange...

Ich fiel ins Wasser zurück; die zwischen meinen Beinen hingleitende Schlange warf sich in den Fluß, wo sie, wie mir vorkam, etwas wie eine Feuerspur hinterließ.

Eine Minute später hatte ich meine Kaltblütigkeit wiedererlangt; dies auf dem Wasser zitternde Licht war nicht verschwunden. Es war, wie ich dann merkte, der Widerschein einer Fackel. Zwanzig Schritte von mir entfernt, füllte ein Weib mit einer Hand einen Krug im Flusse und in der andern hielt sie ein Stück harzigen Holzes, das brannte. Meine Gegenwart ahnte sie nicht. Ruhig setzte sie ihren Krug auf den Kopf und verschwand mit der Fackel in der Hand in den Schilfflächen. Ich folgte ihr und befand mich an einem Höhleneingang.

Ganz ruhig ging das Weib weiter und stieg einen ziemlich steilen Abhang hinan, eine Art Treppe, die in die Seitenwand eines riesenweiten Saales eingehauen war. Beim Fackelschimmer sah ich den Boden dieses Saales, der sich nicht viel über die Wasserfläche erhob, konnte aber nicht entdecken, wie groß seine Ausdehnung war. Ohne allzu genau zu wissen, was ich tat, ging ich auf der Treppe dem fackeltragenden Weibe nach und folgte ihr in einiger Entfernung. Von Zeit zu Zeit verschwand ihr Licht hinter einer Felskrümmung, dann aber fand ich es bald wieder.

Ich glaubte noch die dunkle Öffnung großer Galerien zu sehen, die mit dem Hauptsaal in Verbindung standen. Man hätte es eine unterirdische Stadt mit ihren Straßen und Straßenecken nennen können. Ich machte Halt, da es vermutlich gefährlich war allein in diesem ungeheuren Labyrinth auf Abenteuer auszugehen.

Plötzlich erstrahlte eine der Galerien unter mir in einer lebhaften Helligkeit. Ich sah eine große Masse Fackeln, die gleichsam aus den Flanken des Felsens hervorkamen, um etwas wie eine große Prozession zu bilden. Zur nämlichen Zeit erhob sich ein monotoner Gesang, der an die Psalmodie der Araber erinnerte, wenn sie ihre Gebete aufsagen.

Bald unterschied ich eine große Menschenmenge, die langsam vorwärts schritt. Voran ging ein schwarzer, fast nackter Mann, dessen Kopf mit einer ungeheuren Menge gesträubter Haare bedeckt war. Sein weißer, auf die Brust fallender Bart stach grell ab gegen die braune Farbe seiner mit bläulichen Tätowierungen bedeckten Brust. Sofort erkannte ich in ihm meinen Zauberer vom Nachmittage wieder und gleich darauf sah ich bei ihm das kleine Mädchen, das die Rolle der Euridyke gespielt, mit seinen schönen Augen, seinen seidenen Hosen und seinem gestickten Kopftuche.

Weiber und Kinder, Männer jeglichen Alters folgten ihnen, alle mit Fackeln, alle in seltsamen Gewändern in lebhaften Farben, Schleppkleidern und hohen Mützen, einige waren aus Metall, und spiegelten auf allen Seiten das Fackellicht wider.

Gerade unter mir blieb der alte Zauberer stehen, und die ganze Prozession mit ihm. Tiefes Schweigen ward. Ich befand mich zwanzig Schritte über ihm, von großen Steinen geschützt, hinter denen ich alles zu sehen hoffte, ohne selber bemerkt zu werden. Zu des Greises Füßen bemerkte ich eine breite fast runde Steinplatte, in deren Mitte ein eherner Ring eingelassen war.

Er stieß einige Worte in einer mir unbekannten Sprache aus, die – dessen glaube ich sicher zu sein – weder arabisch noch kabylisch war. Ein ich weiß nicht wo an Rollen aufgehängter Strick fiel zu seinen Füßen nieder; einige der Anwesenden knüpften ihn an dem Ringe fest und auf ein Zeichen zogen zwanzig kräftige Arme zugleich an. Der Stein, welcher sehr schwer zu sein schien, richtete sich auf und man stellte ihn zur Seite.

Ich sah dann etwas wie die Öffnung eines Brunnens, dessen Wasser einen Meter wenigstens unter dem Rande stand. Wasser, hab' ich gesagt? Ich weiß nicht was für eine gräßliche Flüssigkeit es war, die eine irisierende Haut bedeckte, welche wiederum von freien Stellen unterbrochen und zerrissen ward und einen schwarzen und häßlichen Schlamm sehen ließ.

Aufrecht bei der Brunnenbrüstung hielt der Zauberer seine linke Hand auf das Haupt des kleinen Mädchens. Mit der Rechten beschrieb er seltsame Gesten, während er inmitten der allgemeinen Andacht eine Art Beschwörung hersagte.

Von Zeit zu Zeit erhob er die Stimme, wie wenn er jemanden riefe; Djuman! Djuman! schrie er. Niemand aber kam. Währenddem rollte er die Augen, fletschte er die Zähne und ließ rauhe Schreie hören, die aus keiner Menschenbrust hervorzugehen schienen. Des alten Schurken Gaukeleien reizten und entrüsteten mich. Ich war versucht ihm einen der Steine, die ich unter der Hand hatte, an den Kopf zu werfen. Zum dreißigstenmal etwa hatte er den Namen Djuman gebrüllt, als ich die irisierende Haut des Brunnens beben sah. Auf dies Zeichen hin warf sich die ganze Menge rückwärts; der Greis und das kleine Mädchen blieben allein am Rande des Loches.

Plötzlich erhob sich ein breiter Sprudel bläulichen Schlammes im Brunnen und aus diesem Schlamm kam der ungeheure Kopf einer fahlgrauen Schlange mit ihren phosphoreszierenden Augen hervor...

Unwillkürlich tat ich einen Schritt zurück; ich hörte einen leisen Schrei und das Geräusch eines schweren Körpers, der ins Wasser fiel...

Als ich wieder nach unten blickte, zehn Sekunden etwa später, bemerkte ich den Zauberer allein am Rande des Brunnens, dessen Wasser noch sprudelte.

Inmitten der Überbleibsel der irisierenden Haut schwamm das Tuch, welches des kleinen Mädchens Kopf bedeckt hatte...

Schon war der Stein in Bewegung und fiel auf die Öffnung des gräßlichen Schlundes zurück. Dann erloschen alle Fackeln zugleich, und ich blieb in der Finsternis inmitten so tiefen Schweigens, daß ich deutlich das Klopfen meines Herzens hörte...

Sobald ich mich von der furchtbaren Szene ein bißchen erholt hatte, wollte ich aus der Höhle herausgehen. Wenn ich meine Kameraden je wieder erreichte, beabsichtigte ich, das schwor ich, zurückzukommen und die abscheulichen Gäste dieser Orte, Menschen und Schlangen, auszurotten.

Es handelte sich darum einen Weg zu finden; meiner Berechnung nach hatte ich etwa hundert Schritte in die Höhle hineingetan; die Felsmauer hatte ich zu meiner Rechten.

Ich machte eine halbe Wendung, bemerkte aber kein Licht, das die Öffnung des unterirdischen Gewölbes anzeigte. Doch erstreckte es sich nicht in gerader Linie. Und überdies war ich vom Flußufer ab immer gestiegen. Mit der linken Hand tastete ich den Felsen ab, in der Rechten hielt ich meinen Säbel, mit dem ich das Terrain untersuchte, indem ich langsam und vorsichtig vorwärts ging.

Eine Viertelstunde, zwanzig Minuten... eine halbe Stunde vielleicht marschierte ich, ohne den Eingang zu finden.

Unruhe überkam mich. Sollte ich, ohne es gemerkt zu haben, in eine Seitengalerie eingeschwenkt sein, anstatt auf den Weg zurück zu kommen, dem ich zuerst gefolgt war?...

Immer ging ich weiter, mich dem Felsen entlang tastend, als ich plötzlich statt des kalten Steines einen Teppich fühlte, der, unter meiner Hand zurückweichend, einen Lichtstrahl durchließ. Mit verdoppelter Vorsicht entfernte ich geräuschlos den Teppich und befand mich in einem kleinen Verbindungsgang, der zu einem sehr hellen Zimmer führte, dessen Tür offen stand. Ich sah, daß dies Zimmer mit geblümten Goldbrokatstoff bespannt war. Unterschied einen türkischen Teppich, ein Stück von einem Sammetdivan. Auf dem Teppich gab's ein silbernes Nargileh und Räucherpfannen, kurz, es war ein prunkvoll eingerichtetes Gemach in türkischem Geschmack.

Auf Zehenspitzen näherte ich mich bis zur Tür. Ein junges Weib saß zusammengekauert auf dem Divan, neben den ein kleiner niedriger eingelegter Tisch gestellt worden war, der ein großes hochrotes Präsentierbrett trug, auf welchem Tassen, Flaschen und Blumensträuße standen.

Beim Betreten dieses unterirdischen Raumes fühlte man sich von ich weiß nicht was für einem köstlichen Parfüm berauscht.

Alles in diesem Stübchen atmete Wollust, überall sah ich Gold, reiche Stoffe, seltene Blumen und die verschiedensten Farben gleißen. Zuerst erblickte mich das junge Weib nicht, sie neigte das Haupt und rollte mit nachdenklicher Miene die gelben Perlen eines bernsteinernen

Rosenkranzes zwischen den Fingern. Sie war wirklich schön. Ihre Züge glichen denen des unglücklichen Kindes, das ich eben gesehen hatte, besaßen aber mehr Form, waren regelmäßiger, wollüstiger... Schwarz wie Rabenflügel war ihr Haar.

»Und von der Länge eines Königsmantels.«

Es flutete über die Schultern, den Divan und bis auf den Teppich zu ihren Füßen. Ein durchschimmerndes Seidenhemd mit breiten Streifen ließ wunderbare Arme und Brüste erraten. Ein mit Gold benähtes Sammetwams schnürte ihre Taille ein und aus ihren blauatlassenen kurzen Hosen kam ein wunderbar kleiner Fuß hervor, an dem ein vergoldeter Pantoffel hing, den sie mit einer neckischen und anmutsvollen Bewegung tanzen ließ.

Meine Stiefel knarrten, sie hob den Kopf und erblickte mich.

Ohne sich stören zu lassen, ohne die mindeste Überraschung zu zeigen, einen Fremdling mit dem Säbel in der Hand bei sich eintreten zu sehen, klatschte sie vor Freude in die Hände und gab mir ein Zeichen näher zu treten. Ich grüßte sie, indem ich die Hand an Herz und Kopf führte, um ihr zu beweisen, daß ich mit muselmanischen Sitten vertraut sei. Sie lächelte mir zu und entfernte mit ihren beiden Händen die den Divan bedeckenden Haare; damit wollte sie mir bedeuten; an ihrer Seite Platz zu nehmen. Ich glaube alle Wohlgerüche Arabiens entströmten diesen schönen Haaren.

Mit bescheidener Miene setzte ich mich auf das äußerste Divanende, indem ich mir versprach, sogleich näher zu rücken. Sie nahm eine Tasse von dem Brett, und sie an der filigranenen Untertasse haltend, goß sie einen sprudelnden Kaffee hinein, und, nachdem sie daran genippt, bot sie ihn mir an:

»Ach, Rumi, Rumi!...« sagte sie.

»Nicht wahr, wir trinken doch am frühen Morgen kein Schnäpschen, Herr Leutnant?«...

Bei diesen Worten riß ich die Augen wie Scheunentore so groß auf. Die junge Frau hatte einen enormen Schnurrbart; sie war das wirkliche Abbild des Unteroffiziers Wagner... Tatsächlich stand Wagner vor mir und bot mir eine Tasse Kaffee an, während ich, auf dem Halse meines Pferdes liegend, ihn ganz verblüfft anschaute.

»Es scheint, wir haben grade geschlafen, Herr Leutnant. Wir find hier an der Furt und der Kaffee ist kochend heiß!«

Die Seelen des Fegefeuers

Cicero sagt irgendwo, ich glaube in dem Traktat über die Natur der Götter, daß es mehrere Jupiter gegeben habe, – einen Jupiter auf Kreta, – einen andern in Olympia, – einen andern anderswo; – so daß nicht eine in etwas berühmte Stadt in Griechenland war, welche nicht ihren Jupiter für sich hatte. Aus allen diesen Jupitern hat man einen einzigen gebildet, dem man alle Abenteuer jedes seiner Namensvettern zuschrieb, was die erstaunliche Menge Weibergeschichten erklärt, die man dem Gott unterschiebt.

Die nämliche Verschmelzung ist bei Don Juan geschehen, einer Persönlichkeit, die an Berühmtheit Jupiter etwa nahekommt. Sevilla allein hat mehrere Don Juans besessen; manch andre Stadt führt den ihrigen an. Jeden umgab früher seine besondere Legende. Mit der Zeit sind alle zu einer einzigen verschmolzen worden.

Wenn man sich näher damit befaßt, kann man dennoch jeden herausfinden oder wenigstens zwei dieser Helden unterscheiden, nämlich: Don Juan Tenorio, der bekanntlich von einem steinernen Bildnisse fortgeholt wurde, und Don Juan von Marana, dessen Ende ganz anders gewesen ist.

Des einen wie des andern Leben erzählt man in der nämlichen Weise: nur der Ausgang ihrer Geschichte unterscheidet sie voneinander. Wie in Ducis' Stücken, die je nach der Leser Mitgefühl gut oder schlecht endigen, kommt jede Geschmacksrichtung dabei auf ihre Kosten.

Was die Wahrheit dieser Geschichte oder dieser beiden Geschichten anlangt, so läßt sie sich nicht bestreiten. Es hieße den Provinzialpatriotismus der Sevillaner schwer beleidigen, wenn man die Existenz dieser Taugenichtse, welche die Genealogie ihrer vornehmsten Familien verdächtig gemacht haben, anzweifeln wollte. Man zeigt den Fremden Don Juan Tenorios Haus und kein Mensch, der ein Freund der Künste ist, hat durch Sevilla reisen können, ohne die Kirche der Barmherzigkeit zu besuchen. Dort wird er das Grab des Ritters von Marana gesehen haben mit jener von seiner Demut oder – wenn man will – von seinem Hochmute diktierten Aufschrift:

Aqui yace el peor hombre que fué en el mundo. (Hier ruht der schlechteste Mensch, der auf Erden gelebt hat.)

Kann man darnach noch Zweifel hegen? Nachdem Euch Euer Cicerone vor beide Monumente geführt hat, wird er Euch wahrlich noch erzählen, wie Don Juan (man weiß nicht welcher) der Giralda, jener Bronzefigur, welche den Maurenturm der Kathedrale überragt, seltsame Vorschläge machte, und wie die Giralda sie annahm; – wie Don Juan vom Weine heiß am linken Guadalquivirufer lustwandelte, einen Mann, der eine Zigarre rauchend auf dem rechten Ufer ging, um Feuer bat, und wie des Rauchers Arm (der kein andrer als der Teufel in höchsteigener Person war) länger und länger ward, bis er über den Fluß reichte und Don Juan seine Zigarre hinhielt, welcher, ohne mit der Wimper zu zucken und ohne – so verhärtet war er – diese Warnung zu beherzigen, seine daran ansteckte...

Ich habe mich bemüht, für jeden Don Juan das in Anschlag zu bringen, was ihm aus ihrem gemeinsamen Vorrat an bösen Streichen und Verbrechen zukommt. Mangels einer besseren Methode habe ich mich befleißigt, von Don Juan von Marana, meinem Helden, nur Abenteuer zu erzählen, die nicht durch Verjährungsrecht Don Juan von Tenorio gehören, der uns durch Molières und Mozarts Meisterwerke so bekannt ist.

Der Graf Don Carlos von Marana war einer der reichsten und angesehensten Edelleute, die es in Sevilla gab. Er war von erlauchter Geburt und hatte im Kriege gegen die aufständischen Mauren bewiesen, daß er; was den Mut seiner Ahnen anlangt, nicht aus der Art geschlagen war. Nach der Niederwerfung der Alpuxaren kehrte er mit einer Schmarre auf der Stirn und einer großen Zahl Kinder, die er den Ungläubigen abgenommen hatte, nach Sevilla zurück; er ließ sie taufen und verkaufte sie vorteilhaft in Christenhäuser. Seine Wunden, die ihn keineswegs entstellten, hinderten ihn nicht, einer jungen Dame aus gutem Hause zu gefallen; sie gab ihm den Vorzug vor einer großen Zahl Männer, welche sich um ihre Hand bewarben. Aus dieser Ehe entsprossen zuerst mehrere Töchter, von denen einige sich später verheirateten, andre ins

Kloster traten. Don Carlos von Marana war in Verzweiflung keinen Namenserben zu haben, als ihn die Geburt eines Sohnes überglücklich machte und ihn hoffen ließ, daß sein altes Majorat nicht auf eine Seitenlinie übergehen würde.

Don Juan, dieser heißersehnte Sohn und Held dieser wahrhaften Geschichte, ward von seinem Vater und seiner Mutter verzogen, wie das bei einem einzigen Erben eines berühmten Namens und eines großen Vermögens der Fall zu sein pflegt. Schon als Kind war er fast unumschränkter Herr aller seiner Handlungen und im ganzen Palaste seines Vaters würde niemand die Kühnheit besessen haben, ihm zu widersprechen. Nur wollte seine Mutter, daß er fromm würde wie sie, und sein Vater, sein Sohn sollte so tapfer werden wie er. Durch Liebkosungen und Leckereien verpflichtete sie das Kind Litaneien, Rosenkranzgebete, kurz alle notwendigen und nicht notwendigen Gebete zu lernen. Beim Schlafengehen las sie ihm die Heiligengeschichte vor. Der Vater seinerseits brachte ihm des Cid und Bernard del Carpios Romanzen bei, erzählte ihm von dem Maurenaufstand und ermunterte ihn, sich täglich im Speerwerfen, Armbrust-oder gar im Büchsenschießen auf eine Maurenpuppe zu üben, welche er hinten in seinem Parke hatte aufstellen lassen.

Im Betzimmer der Gräfin von Marana gab es ein Gemälde in Morales' ansprechendem und trockenem Stile, welches die Qualen des Fegefeuers darstellte. All die verschiedenen Strafen, die der Maler hatte ersinnen können, fanden sich dort so genau dargestellt, daß ein Folterknecht der Inquisition nichts daran hätte aussetzen können. Die Seelen des Fegefeuers befanden sich in einer Art großer Höhle, in der man oben ein Luftloch sah. Am Rande dieser Öffnung stand ein Engel und streckte die Hand nach einer Seele aus, welche den Ort der Schmerzen verließ, während ihm zur Seite ein bejahrter Mann, der einen Rosenkranz in seinen gefalteten Händen hielt, in tiefer Inbrunst zu beten schien. Dieser Mann war der Stifter des Gemäldes, welcher es für eine Kirche in Huesca hatte machen lassen. Bei ihrem Aufstande steckten die Mauren die Stadt in Brand; die Kirche ward zerstört, das Gemälde aber durch ein Wunder verschont. Der Graf von Marana hatte es an sich genommen und das Betgemach seiner Frau damit geschmückt. Jedesmal, wenn der kleine Juan zu seiner Mutter kam, verharrte er lange Zeit über unbeweglich in Betrachtung des Gemäldes, das ihn zugleich erschreckte und fesselte. Vor allem konnte er seine Augen nicht von einem Mann abwenden, dessen Eingeweide eine Schlange zu benagen schien, während er über einem glühenden Kohlenbecken mittels Haken aufgehängt war, welche durch seine Seiten gingen. Ängstlich, die Augen nach der Luftlochseite wendend, flehte der Duldende scheinbar den Stifter um Gebete an, die ihn von so vielen Leiden befreien sollten. Die Gräfin erklärte ihrem Sohne stets, der Unglückliche erlitte solche Höllenqualen, weil er seinen Katechismus nicht gut gekonnt, weil er sich über einen Priester lustig gemacht hätte, oder in der Kirche zerstreut gewesen wäre. Die Seele, welche dem Paradies zuflog, war die eines Verwandten der Familie Malana, der sich zweifelsohne einige leichte Vergehen hatte vorzuwerfen gehabt. Der Graf von Marana aber hatte für sie gebetet, dem Klerus viel geschenkt, um sie vom Feuer und von den Qualen loszukaufen, und hatte die Genugtuung gehabt, seines Verwandten Seele ins Paradies zu schicken, ohne ihr Zeit zu lassen, sich im Fegefeuer viel zu langweilen. »Gleichwohl, Juanito,« fügte die Gräfin hinzu, »werd' ich eines Tages etwa ebenso leiden und Millionen Jahre im Fegefeuer bleiben, wenn du nicht daran denkst Messen lesen zu lassen, um mich aus ihr zu befreien. Wie schlecht würde es sein, die Mutter, die dich genährt hat, in solcher Qual verharren zu lassen.« Dann weinte das Kind; und wenn es einige Realen in seiner Tasche hatte, schenkte es sie eilends dem erstbesten Almosensammler, der ihm mit einer Sammelbüchse für die Seelen des Fegefeuers begegnete.

Wenn er in seines Vaters Zimmer trat, erblickte er durch Arkebusenschüsse verbeulte Kürasse, einen Helm, den der Graf von Malana beim Sturm auf Almeria getragen hatte und der noch den Schneideabdruck einer muselmännischen Streitaxt aufwies; Lanzen, Maurensäbel und den Ungläubigen abgewonnene Standarten zierten dies Gemach.

»Den Saraß hier«, sagte der Graf, »Hab' ich dem Kadi von Bejer abgenommen, der dreimal damit auf mich einhieb, ehe ich ihm das Leben raubte. – Die Standarte da wurde von den Aufrührern des Elviragebirges getragen. Sie plünderten grade ein Christendorf; mit zwanzig Reitern eilte ich herbei. Viermal versuchte ich mitten in ihre Reihen einzudringen, um diese Fahne zu erbeuten; viermal ward ich zurückgetrieben. Beim fünftenmal machte ich ein Kreuzeszeichen und schrie: ›Sankt Jakob!‹ Dann drang ich in die Reihen der Heiden ein…Und siehst du den goldenen Kelch hier, den ich in meinem Wappen trage? Ein Alfaqui der Mauren hatte ihn in einer Kirche gestohlen, wo er tausend Greueltaten beging. Seine Pferde haben auf dem Altare Hafer gefressen und seine Soldaten die Gebeine der Heiligen zerstreut. Der Alfaqui bediente sich dieses Kelches, um mit Schnee gekühlten Sorbett daraus zu trinken. In seinem Zelte über- raschte ich ihn, als er das geweihte Gefäß an seine Lippen führte. Bevor er ›Allah‹ gesagt hatte, während das Getränk noch durch seine Kehle lief, traf ich den kahlgeschorenen Schädel dieses Hundes mit diesem guten Degen und die Klinge drang bis in die Zähne ein. Zur Erinnerung an diese heilige Rache hat mir der König erlaubt einen goldenen Kelch in meinem Wappen zu tragen. Ich sage dir das, Juanito, damit du es deinen Kindern erzählst und daß sie wissen, warum dein Wappen nicht genau dasselbe wie das deines Großvaters, Don Diegos, ist, das du da über seinem Porträt gemalt siehst.«

Zwischen Krieg und Frömmigkeit hin und her geworfen, verbrachte das Kind seine Tage damit, kleine Holzkreuze aus Latten herzustellen oder lieber mit einem hölzernen Säbel be- waffnet, im Krautgarten mit Kürbissen aus Rota zu kämpfen, deren Form seiner Ansicht nach mit Turbanen bedeckten Maurenschädeln glich. Mit achtzehn Jahren übersetzte Don Juan ziem- lich schlecht Lateinisch, bediente die Messe sehr gut und handhabte den Haudegen oder das zweihändige Ritterschwert besser als es der Cid tat. Da sein Vater meinte, daß ein Edelmann aus dem Hause Marana noch andre Talente erwerben müsse, entschloß er sich ihn nach Sala- manca zu schicken. Die Reisevorbereitungen waren bald getroffen. Seine Mutter gab ihm viele Rosenkränze, Skapuliere und geweihte Medaillen mit. Lehrte ihn auch viele Gebete, welche in einer Menge Lebensumständen von großer Hilfe seien. Don Carlos schenkte ihm einen Degen, dessen mit Silber ausgelegtes Gefäß mit seinem Familienwappen geschmückt war, und sagte zu ihm: »Bis heute hast du nur mit Kindern zusammengelebt, nun sollst du dich mit Männern zusammentun. Denk' daran, daß eines Edelmannes köstlichstes Gut seine Ehre ist; und deine Ehre ist die der Marana. Möge der letzte Sprosse unseres Hauses lieber umkommen, als daß ein Makel auf seine Ehre fällt. Nimm diesen Degen; er soll dich verteidigen, wenn man dich angreift. Zieh ihn niemals als erster; erinnere dich aber, daß deine Vorfahren den ihrigen im- mer erst in ihre Scheide zurückgesteckt haben, wenn sie gesiegt und sich gerächt hatten.« So mit geistlichen und weltlichen Waffen versehen, stieg der Stammhalter der Marana zu Pferd und verließ das Haus seiner Väter. Die Universität Salamanca stand damals in ihrem höchsten Glänze. Nie hatte es mehr Studenten und gelehrtere Professoren dort gegeben; nimmer hatten aber auch seine Bürger mehr zu leiden gehabt unter den Unverschämtheiten der zuchtlosen Jugend, welche in ihrer Stadt hauste oder sie vielmehr beherrschte. Serenaden, Katzenmusiken, alle Arten nächtlicher Ruhestörungen waren an der Tagesordnung; von Zeit zu Zeit wurde in ihre Monotonie durch Frauen-und Mädchenentführungen, durch Räubereien und Bastonaden Abwechslung gebracht. Als Don Juan in Salamanca angekommen war, brachte er mehrere Tage damit hin, Empfehlungsschreiben an seines Vaters Freunde abzugeben, seine Professoren zu be- suchen, die Kirchen zu besichtigen und sich die Reliquien, die in ihnen verwahrt wurden, zeigen zu lassen. Dem Wunsche seines Vaters gemäß händigte er einem der Professoren eine stattliche Geldsumme ein, welche unter die armen Studenten verteilt werden sollte. Diese Freigebigkeit hatte den größten Erfolg und gewann ihm sofort zahlreiche Freunde.

Don Juan besaß eine lebhafte Lernbegierde. Wie Worten des Evangeliums nahm er sich vor allem zu lauschen, was aus dem Munde seiner Professoren kam; und um sich nichts davon entgehen zu lassen, wollte er so nahe wie möglich beim Katheder sitzen. Als er in den Saal trat, wo die Vorlesung stattfand, sah er, daß ein Platz so nahe bei dem Professor, wie er es nur wünschen konnte, leer war. Dort setzte er sich hin. Ein schmutziger, schlecht gekämmter und mit Lumpen bekleideter Student, wie es ihrer so viele auf den Universitäten gibt, hob für einen Augenblick seine Augen von seinem Buch auf, um Don Juan mit einer Miene dummen

Erstaunens anzusehen. »Ihr setzt Euch auf diesen Platz,« sagte er mit einem fast erschreckten Tone; »wisset Ihr nicht, daß Don Garcia Navarro gewöhnlich dort sitzt?«

Don Juan erwiderte, er hätte immer sagen hören, daß die Plätze denen gehörten, die sie zuerst einnähmen; und da er diesen leer fände, glaube er sich auf ihn setzen zu dürfen, vor allem, wenn der edle Herr Don Garcia seinen Nachbar nicht beauftragt habe, ihn für ihn aufzuheben.

»Ihr seid fremd hier, wie ich merke,« sagte der Student, »und erst vor ganz kurzer Zeit angekommen, da Ihr Don Garcia nicht kennt. Wisset also, daß er einer der...« Hier senkte der Student die Stimme und schien ängstlich zu sein, von den andern Studenten gehört zu werden. »Don Garcia ist ein schrecklicher Mensch. Wehe dem, der ihn beleidigt. Seine Geduld ist kurz und sein Degen lang. Und seid dessen sicher, daß, wenn sich jemand auf einen Platz setzt, auf welchen, Don Garcia zweimal gesessen hat, das einen Handel nach sich zieht, denn er ist sehr empfindlich und reizbar. Wenn er sich streitet, schlägt er sich, und wenn er sich schlägt, tötet er. Ich habe Euch also gewarnt; Ihr mögt tun, was Euch gut dünkt.«

Don Juan fand es äußerst seltsam, daß dieser Don Garcia sich die besten Plätze zu belegen trachtete, ohne sich die Mühe zu machen, sie sich durch seine Pünktlichkeit zu verdienen. Gleichzeitig sah er, daß mehrere Studenten die Augen auf ihn geheftet hatten, und fühlte, wie demütigend es sei, den Platz aufzugeben, nachdem er ihn einmal eingenommen. Anderseits hatte er durchaus keine Lust, gleich nach seiner Ankunft und noch dazu mit einem so gefährlichen Menschen, wie Don Garcia einer zu sein schien, einen Handel zu haben. Als er so bestürzt war, zu keinem Entschluß kommen konnte und ganz mechanisch immer auf dem nämlichen Platze verharrte, kam ein Student herein und gerade auf ihn zu. »Da ist Don Garcia,« sagte sein Nachbar.

Dieser Garcia war ein breitschultriger, schlanker und kräftiger junger Mann mit dunkler Hautfarbe, stolzem Blick und verächtlich herabgezogenem Munde. Trug ein abgewetztes Wams, das einmal schwarz gewesen war, und einen durchlöcherten Mantel; über all dem hing eine lange goldene Kette. Bekanntlich haben zu allen Zeiten die Studenten Salamancas und andrer spanischer Universitäten gewissermaßen ihre Ehre dareingesetzt zerlumpt auszusehen, da sie dadurch anscheinend beweisen wollen, daß wahres Verdienst auf den dem Glück abgeborgten Schmuck zu verzichten weiß.

Don Garcia näherte sich der Bank, wo Don Juan noch immer saß, grüßte ihn sehr höflich und sagte: »Herr Student, Ihr seid neu unter uns angekommen; dennoch ist Euer Name mir sehr bekannt. Unsere Väter sind gute Freunde gewesen, und, wenn Ihr damit einverstanden sein wollt, werden ihre Söhne es nicht minder sein.« Also redend streckte er Don Juan mit der herzlichsten Miene die Hand hin. Don Juan, der sich auf einen ganz andern Anfang gefaßt gemacht hatte, nahm Don Garcias Liebenswürdigkeiten auf das Zuvorkommendste entgegen und antwortete ihm, daß er sich durch die Freundschaft eines Ritters wie ihn sehr geehrt halten würde.

»Ihr kennt Salamanca noch nicht,« fuhr Don Garcia fort, »und wenn Ihr mich als Euren Führer annehmen wollet, werd' ich entzückt sein, Euch in dem Lande, wo Ihr leben werdet, alles vom Größten bis zum Kleinsten zu zeigen.«

Dann wandte er sich an den neben Don Juan sitzenden Studenten. »He, Perico, mach' dich ab. Glaubst du, ein Tölpel wie du dürfe neben dem edlen Herrn Don Juan von Marana sitzen?«

Und also redend, stieß er ihn rauh fort und setzte sich auf seinen Platz, den der Student eiligst freigab.

Als die Vorlesung zu Ende war, gab Don Garcia dem neuen Freunde seine Wohnung an und ließ sich einen Besuch versprechen. Dann reichte er ihm mit liebenswürdiger und vertrauter Miene die Hand, hüllte sich malerisch in seinen, wie ein Schaumlöffel durchlöcherten Mantel und ging fort.

Mit seinen Büchern unter dem Arme war Don Juan in einer Galerie des Kollegiengebäudes stehen geblieben, um die alten Inschriften zu lesen, welche die Mauern bedeckten, als sich ihm der Student, der anfangs mit ihm gesprochen, näherte, wie wenn er die nämlichen Dinge prüfen wollte. Nachdem Don Juan ihm durch ein Neigen des Kopfes gezeigt hatte, daß er ihn wiedererkenne, schickte er sich an, fortzugehen; der Student hielt ihn aber am Mantel fest:

»Edler Herr Don Juan,« sagte er, »würdet Ihr, wenn Ihr keine Eile habt, so gut sein und mir eine ganz kurze Unterredung gewähren?« – »Gern,« entgegnete Don Juan und lehnte sich gegen einen Pfeiler, »ich höre Euch zu.« Mit unruhiger Miene sah sich Perico nach allen Seiten um, wie wenn er beobachtet zu werden fürchtete, und näherte sich Don Juan, um ihm ins Ohr zu flüstern, was eine nutzlose Vorsichtsmaßregel zu sein schien, denn außer ihnen war niemand in der weiten gotischen Galerie, wo sie sich befanden. Nach einem momentanen Schweigen fragte der Student mit leiser und schier bebender Stimme: »Könnt Ihr mir sagen … könnt Ihr mir sagen, ob Euer Vater wirklich Don Garcia Navarros Vater kannte?«

Don Juan machte eine überraschte Bewegung: »Vor einem Augenblicke habt Ihr's Don Garcia sagen hören.«

»Ja,« antwortete der Student, die Stimme noch mehr senkend, »doch habt Ihr Euren Vater wirklich jemals erwähnen hören, daß er den edlen Herrn von Navarro kannte?«

»Ja sicherlich; und er war mit ihm im Kriege wider die Mauren.«

»Schön; habt Ihr aber von dem Edelmanne sagen hören, daß er … einen Sohn hat?«

»Nie hab' ich wahrlich sehr viel acht darauf gegeben, was mein Vater darüber erzählt haben mag. … Was aber bezwecken solche Fragen? Ist Don Garcia nicht des edlen Herrn Navarro Sohn? … Sollte er ein Bastard sein?«

»Den Himmel ruf ich zum Zeugen an, daß ich niemals dergleichen gesagt habe,« rief der Student, welcher entsetzt hinter den Pfeiler blickte, gegen den Don Juan sich lehnte; »ich wollte Euch nur fragen, ob Ihr keine Kenntnis von der wunderlichen Geschichte habt, die sich viele Leute über diesen Don Garcia erzählen?«

»Kein Wort weiß ich davon.«

»Man sagt … wohlgemerkt, daß ich nur wiederhole, was ich habe sagen hören, … man sagt, daß Don Diego Navarro einen Sohn hatte, der im Alter von sechs oder sieben Jahren eine schwere und so seltsame Krankheit bekam, daß die Ärzte kein Heilmittel für sie zu finden wußten, weswegen der Vater, welcher kein andres Kind hatte, zahlreiche Opfergaben an viele Kapellen schickte und den Kranken Reliquien berühren ließ; alles war vergeblich. Verzweifelt sagte er eines Tages … wie man mir versichert hat … sagte er eines Tages, als er ein Bildnis Sankt Michaels betrachtete: ›Da du meinen Sohn nicht retten kannst, will ich sehen, ob der, welcher da unter deinen Füßen liegt, nicht mehr Macht besitzt.‹«

»Das war eine fürchterliche Gotteslästerung!« rief Don Juan aufs äußerste entrüstet.

»Kurz darauf genas das Kind, … und dies Kind … ist Don Garcia!«

»Und seit der Zeit hat Don Garcia wahrlich den Teufel im Leibe,« sagte in ein Gelächter ausbrechend Don Garcia, welcher sich im nämlichen Augenblicke zeigte und diese Unterhaltung, hinter einem nahen Pfeiler versteckt, angehört zu haben schien.

»Perico,« sagte er mit kaltem und verächtlichem Tone zu dem entsetzten Studenten, »wenn Ihr nicht ein Hasenfuß wäret, würd' ich Euch Eure Keckheit, über mich zu reden, bereuen lassen.

Edler Herr Don Juan,« fuhr er sich an Marana wendend fort, »wenn Ihr uns besser kenntet, würdet Ihr Eure Zeit nicht damit vergeuden, diesem Schwätzer zuzuhören. Und um Euch zu beweisen, daß ich kein böser Teufel bin, tut mir die Ehre an, mich in die nahe Sankt Peterskirche zu begleiten; wenn wir dann unsere Andacht verrichtet haben, will ich Euch um die Erlaubnis bitten, Euch zu einem schlechten Mittagmahle mit einigen Kameraden einzuladen.«

Also redend, nahm er Don Juans Arm; dieser schämte sich, beim Anhören von Pericos seltsamer Geschichte überrascht worden zu sein und nahm eilends das Anerbieten seines neuen Freundes an, um ihm zu beweisen, welch geringen Eindruck die eben vernommenen üblen Nachreden auf ihn machten.

Als sie in die Sankt Peterskirche eingetreten waren, knieten Don Juan und Don Garcia vor einer Kapelle nieder, um die sich eine große Schar Gläubiger drängte. Mit leiser Stimme sagte Don Juan sein Gebet auf; und wiewohl er eine schickliche Zeit über in solch frommer Beschäftigung verharrte, fand er, als er den Kopf aufhob, daß sein Kamerad noch in eine fromme Ekstase versunken zu sein schien: still bewegte er seine Lippen; man hätte meinen mögen, er wäre mit seiner Andacht noch nicht halb fertig. Etwas beschämt, so früh aufgehört zu haben, hub Don Juan an, ganz leise Litaneien, die ihm grade einfielen, aufzusagen. Als die Litaneien zu Ende waren, rührte sich Don Garcia auch noch nicht. Zerstreut murmelte Don Juan noch einige spärliche Fürbitten. Als er seinen Kameraden auch dann noch immer unbeweglich sah, glaubte er zu seinem Zeitvertreib und um das Ende dieser ewigen Beterei abzuwarten, um sich schauen zu dürfen. Zu allererst zogen drei auf einem türkischen Teppiche kniende Frauen seine Aufmerksamkeit auf sich. Dem Alter, den Augengläsern und dem ehrwürdigen Umfang ihrer Haube nach, konnte die eine nur eine Duenna sein. Die beiden andern waren jung und hübsch und hielten ihre Augen nicht derartig über ihre Rosenkränze gesenkt, daß man nicht sehen konnte, daß die groß, lebhaft und schön geschnitten waren. Viel Vergnügen bereitete es Don Juan, die eine von ihnen anzuschauen; mehr Vergnügen sogar, als er an einem heiligen Orte hätte verspüren dürfen. Er vergaß seines Kameraden Gebet, zog ihn am Ärmel und fragte ihn ganz leise, wer das Fräulein sei, die einen gelben Bernsteinrosenkranz in der Hand hielt.

»Das ist«, antwortete Garcia, ohne über seine Unterbrechung empört zu erscheinen, »Donna Theresa von Ojeda; und die dort ist Donna Fausta, ihre ältere Schwester, beide sind Töchter eines Beisitzers im Rate von Kastilien. Ich bin in die ältere verliebt; bemüht Euch, die jüngere zu gewinnen. Halt,« fügte er hinzu, »sie stehen auf und wollen die Kirche verlassen; beeilen wir uns, damit wir sie in den Wagen steigen sehen; vielleicht hebt der Wind ihre Baskinen auf und wir können ein oder zwei hübsche Füßchen erblicken.«

Don Juan war dermaßen bewegt von Donna Theresas Schönheit, daß er, ohne auf solch unanständige Worte acht zu geben, Don Garcia bis an die Kirchentür folgte und die beiden edlen Fräulein in ihren Wagen steigen und den Kirchplatz verlassen sah, um in einer der belebtesten Straßen zu verschwinden. Als sie abgefahren waren, rief Don Garcia, seinen Hut schief auf den Kopf stülpend, fröhlich:

»Das sind reizende Mädchen. Der Teufel soll mich holen, wenn mir die ältere nicht, ehe zehn Tage vergangen sind, gehört! Und Ihr, seid Ihr bei der jüngeren vorangekommen?«

»Wie, vorangekommen?« antwortete Don Juan ganz naiv, »aber ich sehe sie doch zum erstenmal.«

»Wahrlich, ein schöner Grund!« rief Don Garcia. »Meint Ihr, ich kenne die Fausta sehr viel länger? Und doch hab' ich ihr heute ein Briefchen zugesteckt, das sie recht gern annahm.«

»Ein Briefchen? Ich hab' Euch doch nicht schreiben sehn.«

»Immer hab' ich welche fertiggeschrieben bei mir, und wenn man keinen Namen einschreibt, kann man sie für alle gebrauchen. Nur müßt Ihr acht darauf geben, keine bloßstellende Beiwörter über die Farbe der Augen und Haare zu gebrauchen. Was die Seufzer, Tränen und Notschreie anlangt, so nehmen Braune und Blonde, Mädchen und Frauen sie in gleicher Weise gut auf.«

Solcherart plaudernd, befanden sich Don Garcia und Don Juan vor der Tür des Hauses, wo ihrer das Mittagessen harrte. Es war Studentenkost, die sich mehr durch Reichlichkeit als durch Feinheit und Abwechslung auszeichnete: viel gewürzte Ragouts, Salzfleisch, alles Sachen, die den Durst reizen. Überdies gab's dort einen Überfluß an manchaner und andalusischen Weinen. Einige Studenten, Don Garcias Freunde, warteten auf sein Kommen. Man setzte sich sofort zu Tisch und einige Zeit über hörte man kein andres Geräusch als das der Kinnbacken und der an die Flaschen stoßenden Gläser. Da der Wein die Gäste in beste Laune versetzte, unterhielt man sich bald auf das geräuschvollste. Es drehte sich nur um Zweikämpfe, Liebschaften und Studentenstreiche. Der eine erzählte, wie er seine Wirtin angeführt hatte, indem er am Abend vor dem Tag auszog, wo er seine Miete bezahlen mußte. Ein andrer hatte bei einem Weinhändler einige große Krüge Valdepenas im Namen eines der bedeutendsten Theologieprofessoren holen lassen, und die großen Krüge sehr geschickt heimlich beiseite geschafft; der Professor mochte die Rechnung bezahlen, wenn er Lust hatte. Der hatte den Nachtwächter verprügelt, ein andrer war trotz der Vorsichtsmaßregeln eines Eifersüchtigen auf einer Strickleiter zu seiner Geliebten gelangt. Anfangs hörte Don Juan die Erzählung all dieser Schelmenstücke etwas bestürzt an. Nach und nach entwaffneten der Wein, den er trank, und die Munterkeit der Zecher seine Zimperlichkeit. Die Geschichten, die man erzählte, brachten ihn zum Lachen und er beneidete schließlich einige um den Ruf, welchen ihre listigen Streiche und Diebsstücke ihnen eintrugen.

Er hub an, die schönen Grundsätze, die er mit auf die Universität gebracht hatte, zu vergessen, um die übliche Aufführung der Studenten zu bewundern; ein einfach und leicht zu befolgendes Vorbild, welches darin besteht, sich den Pillos, das heißt dem ganzen Teile der menschlichen Spezies gegenüber, der nicht in die Register der Universität eingeschrieben ist, alles herauszunehmen. Inmitten der Pillos befindet sich der Student im Feindesland und besitzt das Recht, sich ihnen gegenüber wie die Hebräer gegen die Kananiter aufzuführen. Einzig der Herr Corregidor hatte leider wenig Ehrfurcht vor den heiligen Gesetzen der Universität und suchte nur nach der Gelegenheit, den in sie Eingeweihten zu schaden, darum mußten sie brüderlich zusammenhalten, einander helfen und vor allem die größte Verschwiegenheit beobachten.

Diese erbauliche Unterhaltung währte solange wie Flaschen vorhanden waren. Als sie leergetrunken, war jedwedes Beurteilungsvermögen seltsam konfus und alle verspürten eine heftige Schlaflust. Da die Sonne noch hoch am Himmel stand, trennte man sich, um Siesta zu halten; Don Juan aber nahm ein Bett bei Don Garcia an. Nicht sobald hatte er sich auf einem Lederpolster ausgestreckt, als die Ermüdung und die Wirkungen des Weines ihn in einen tiefen Schlaf versenkten.

Lange Zeit über waren seine Träume so wirr und kraus, daß er kein andres Gefühl verspürte als das eines vagen Unbehagens, ohne die Wahrnehmung eines Bildes oder eines Gedankens zu haben, der es verursachen möchte. Allmählich begann er in seinem Traume klarer zu sehen – wenn man so sagen kann – und träumte im Zusammenhang. Ihm war, als wäre er in einer Barke auf einem breiteren und unruhigeren Fluß, als er den Guadalquivir zur Winterzeit gesehen hatte. Es gab da weder Segel, noch Ruder, noch Steuer, und des Flusses Ufer war einsam. Die Barke ward durch die Strömung derartig hin und her geworfen, daß er sich dem Unbehagen nach, welches er verspürte, an der Guadalquivirmündung zu befinden vermeinte, im Augenblicke, wo die Maulaffen aus Sevilla, die nach Cadix reisen, die ersten Anfälle der Seekrankheit zu verspüren beginnen. Bald befand er sich an einem sehr viel engeren Teile des Flusses, so daß er beide Ufer leicht sehen und sich sogar nach dorthin verständlich machen konnte. Dann erschienen gleichzeitig an den beiden Ufern zwei leuchtende Gestalten, welche sich, jede auf ihrer Seite, näherten, wie um ihm Hilfe zu bringen. Anfangs drehte er den Kopf nach rechts und sah einen Greis mit ernstem und strengem Antlitz, nackten Füßen und einem tristen offenen Waffenrock als ganze Bekleidung. Er schien seine Hand nach Don Juan auszustrecken. Links, wohin er dann blickte, sah er eine Frau von stolzer Gestalt, die das edelste und anziehendste Gesicht besaß; in der Hand hielt sie einen Blumenkranz, welchen sie ihm darbot. Zur nämlichen Zeit bemerkte er, daß seine Barke sich ruderlos, einzig nach seinem Willensakte ganz nach seinem Belieben lenken ließ. Er wollte auf der Seite der Frau landen, als ein von der rechten Seite ausgehender Schrei ihn den Kopf umdrehen und ihn sich dieser Seite nähern ließ. Der Greis hatte eine noch strengere Miene als vorher. Alles, was man von seinem Körper sehen konnte, war mit Wunden bedeckt, bleich von geronnenem Blute dunkel gefärbt. In der einen Hand hielt er eine Dornenkrone, in der andern eine mit Eisenspitzen besetzte Geißel. Bei diesem Schauspiel ward Don Juan von Entsetzen gepackt; ganz schnell kehrte er aufs linke Ufer zurück. Die Erscheinung, die ihn so entzückt hatte, war noch dort; die Haare der Frau wehten im Wind, ihre Augen waren von einem übernatürlichen Feuer beseelt und statt des Kranzes hielt sie einen Degen in der Hand. Don Juan hielt einen Augenblick inne, ehe er landete, und als er dann aufmerksamer hinschaute, bemerkte er, daß die Degenklinge blutgerötet war; und auch die Hand der Nymphe war rot. Erschreckt fuhr er jäh aus dem Schlaf auf. Als er die Augen aufschlug, konnte er angesichts eines nackten Degens, der zwei Schritte von seinem Lager entfernt blitzte, einen Schrei nicht unterdrücken. Don Garcia wollte seinen Freund wecken, und als er bei seinem Bett einen Degen von seltsamer Arbeit sah, prüfte er ihn mit Kennermiene. Auf der Klinge stand folgende Aufschrift: »Beweise stets Höfischkeit.« Und der Korb trug, wie wir bereits erwähnt haben, das Wappen, den Namen und den Wahlspruch der Marana.

»Einen schönen Degen habt Ihr da, mein Kamerad,« sagte Don Garcia. – »Ihr müßt nun ausgeruht sein. Die Nacht ist hereingebrochen, lustwandeln wir ein wenig; und wenn die biedern Bürger dieser Stadt in ihre Häuser zurückgekehrt sind, wollen wir, wenn's Euch beliebt, unsern Huldinnen ein Ständchen bringen.«

Einige Zeit über lustwandelten Don Juan und Don Garcia an dem Ufer der Tormes und sahen die Frauen vorbeikommen, die frische Luft schöpfen oder mit ihren Liebhabern äugeln wollten. Allmählich wurde die Schar der Spaziergänger immer kleiner und bald waren sie alle verschwunden.

»Dies ist der Augenblick,« sagte Don Garcia, »dies ist der Augenblick, wo die ganze Stadt den Studenten gehört. Die Pillos würden es nicht wagen uns in unsern harmlosen Belustigungen zu stören. Was die Wache anlangt, so brauch' ich Euch für den Fall, daß wir einen Handel mit ihr haben sollten, nicht zu sagen, daß man das Pack in keiner Weise schonen darf. Wenn aber die Schufte zu zahlreich aufträten und man sich auf die Beine machen müßte, dann habt keine Angst: ich kenne alle Winkel, macht Euch nur die Mühe mir zu folgen und seid sicher, daß alles gut gehen wird.«

Also redend, warf er seinen Mantel dergestalt über die linke Schulter, daß er den größten Teil seines Gesichts verdeckte; seinen rechten Arm aber frei ließ. Don Juan tat desgleichen und beide wandten sich nach der Straße, wo Donna Fausta und ihre Schwester wohnten. Als sie an der Vorhalle einer Kirche vorbeikamen, pfiff Don Garcia und sein Page erschien mit einer Gitarre in der Hand. Don Garcia nahm sie ihm ab und verabschiedete ihn.

»Ich sehe,« sagte Don Juan, als sie in die Valladolider Straße einzogen, »ich sehe, daß ich während Eurer Serenade Wache stehn soll; Ihr könnt sicher sein, ich werde mich so benehmen, daß ich Eure Billigung verdiene. Meine Vaterstadt Sevilla würde mich verleugnen, wenn ich nicht eine Straße vor lästigen Leuten zu bewahren wüßte.«

»Ich beabsichtige Euch nicht als Wache aufzustellen,« antwortete Don Garcia. »Ich hab' meine Liebste hier, auch Eure wohnt am nämlichen Orte. Jedem sein Wild. Pst! Hier ist das Haus. Euch gehört der Fensterladen, mir jener dort, und nun schnell!«

Nachdem Don Garcia seine Gitarre gestimmt hatte, hub er mit ziemlich angenehmer Stimme eine Romanze zu singen an, worin wie üblich von Tränen, Seufzern und allem, was sich daraus ergibt, die Rede war. Ich weiß nicht, ob er sie selbst gedichtet hatte.

Bei der dritten oder vierten Seguidilla wurden die Läden der beiden Fenster leise aufgemacht und ein leichtes Hüsteln ließ sich hören. Das sollte heißen, daß man lausche. Die Musiker, heißt es, spielen niemals, wenn man sie darum bittet oder wenn man ihnen lauscht. Don Garcia lehnte seine Gitarre an einen Prellstein und knüpfte mit leiser Stimme mit einer der lauschenden Frauen eine Unterhaltung an.

Als Don Juan die Augen erhob, sah er an dem Fenster über sich eine Frau, die ihn aufmerksam zu betrachten schien. Er zweifelte nicht, daß es Donna Faustas Schwester wäre, die ihm sein Geschmack und seines Freundes Wahl als Dame seiner Gedanken gaben. Aber er war noch ängstlich, ohne Erfahrung und wußte nicht, womit er den Anfang machen sollte. Plötzlich fiel ein Taschentuch aus dem Fenster und eine leise süße Stimme rief: »Ach, Jesus, mein Taschentuch ist hinunter gefallen!« Don Juan hob es sofort auf, steckte es an seine Degenspitze und reichte es zum Fenster hinauf. Das war ein Mittel ein Gespräch anzuknüpfen. Die Stimme begann mit Danksagungen, dann fragte sie, ob der Herr Ritter, der so höflich war, nicht am Morgen in der Sankt Peterskirche gewesen wäre. Don Juan erwiderte, daß er dort gewesen sei und dort seine Ruhe verloren habe. – »Wodurch?« – »Indem ich Euch sah!« – Das Eis war gebrochen. Don Juan stammte aus Sevilla und wußte alle maurischen Romanzen, deren Sprache so liebesheiß und reich ist, auswendig. An Beredsamkeit konnte es ihm nicht fehlen. Die Unterredung währte etwa eine Stunde. Schließlich rief Theresa, sie höre ihren Vater und müsse sich entfernen. Die beiden Galane verließen die Straße, nachdem sie aus dem Fensterladen zwei weiße Arme hatten hervorkommen und jedem von ihnen einen Jasminzweig zuwerfen sehen. Den Kopf voller reizender Bilder legte sich Don Juan schlafen. Garcia aber ging in eine Schenke, wo er den größten Teil der Nacht verbrachte.

Folgenden Tages gab's wieder Seufzer und Serenaden. Desgleichen in den folgenden Nächten. Nach einem schicklichen Widerstande willigten die beiden Damen ein, Haarlocken zu geben und zu empfangen, was man mittels eines Fadens bewerkstelligte, welcher herabgelassen wurde und die ausgetauschten Pfänder hinaufzog. Don Garcia, der nicht der Mann war, sich mit Tändeleien zufrieden zu geben, sprach von einer Strickleiter oder gar von Nachschlüsseln; doch fand man ihn keck, und sein Vorschlag wurde, wenn auch nicht verworfen, so doch auf unbestimmte Zeit hinausgeschoben.

Seit fast einem Monat schmachteten Don Juan und Don Garcia ziemlich vergeblich unter ihrer Geliebten Fenstern. In einer sehr finsteren Nacht standen sie auf ihrem üblichen Posten und die Unterhaltung verlief zur Befriedigung aller Beteiligten, als am Ende der Straße sieben bis acht Männer in Mänteln erschienen, von denen die Hälfte Musikinstrumente bei sich hatte.

»Gerechter Himmel,« rief Theresa, »da kommt Don Cristoval und will uns eine Serenade bringen. Entfernt Euch um Gottes willen oder es wird ein Unglück geschehen.«

»Niemandem treten wir einen so schönen Platz ab,« rief Don Garcia. Dann erhob er seine Stimme und sagte zu dem, der sich zuerst näherte: »Herr, der Platz ist besetzt und die Damen machen sich nichts aus Eurer Musik; sucht also Euer Glück bitte anderswo!«

»Es ist einer von den schuftigen Studenten, der sich uns hier in den Weg stellen Will!« rief Don Cristoval. »Ich werd' ihm zeigen, was es ihn kostet, daß er sich um mein Liebchen kümmert.« Mit diesen Worten nahm er den Degen zur Hand. Gleichzeitig blitzten die zweier seiner Gefährten außerhalb der Scheide. Mit bewundernswerter Schnelligkeit rollte Don Garcia seinen Mantel um den Arm, zog vom Leder und schrie: »Her zu mir die Studenten!« Es gab aber nur einen einzigen in der Nähe. Die Musiker, welche zweifelsohne fürchteten, ihre Instrumente würden bei der Rauferei in Stücke gehen, ergriffen nach der Wache schreiend die Flucht, während die Frauen am Fenster alle Heiligen des Paradieses zu ihrer Hilfe herbeiriefen.

Don Juan befand sich unter dem Fenster, das Don Cristoval am nächsten lag und hatte sich zuerst gegen ihn zur Wehr zu setzen. Sein Gegner war geschickt und hatte überdies in seiner linken Hand eine eiserne Tartsche, deren er sich zum Parieren bediente, während Don Juan nur seinen Degen und seinen Mantel besaß. Heftig ward er von Don Cristoval bedrängt. Im rechten Augenblick erinnerte er sich eines Ausfalls des Herrn Uberti, seines Fechtmeisters. Er ließ sich auf seinen linken Arm fallen und stieß mit seiner rechten seinen Degen unter Don Cristovals Tartsche, und traf ihn mit solcher Wucht in die Weichen, daß das Eisen, nachdem es eine Handlänge tief eingedrungen war, abbrach. Don Cristoval stieß einen Schrei aus und sank blutüberströmt nieder. Während dieses Vorgangs, der schneller geschah als er sich erzählen läßt, verteidigte sich Don Garcia erfolgreich gegen seine beiden Gegner, die ihren Anführer nicht sobald auf dem Pflaster sahen, als sie Hals über Kopf flüchteten.

»Bringen wir uns eiligst in Sicherheit,« sagte Don Garcia, »'s ist jetzt keine Zeit zur Belustigung. Lebt wohl, meine Schönen!« Und er zog Don Juan mit sich, der ganz verstört über seine Tat war. Zwanzig Schritte vom Hause hielt Don Garcia an, um seinen Gefährten zu fragen, was er mit seinem Degen getan hätte.

»Meinen Degen?« sagte Don Juan, welcher nun erst bemerkte, daß er ihn nicht mehr in der Hand hatte...»Ich weiß es nicht...ich werd' ihn wahrscheinlich haben fallen lassen.«

»Verflucht!« schrie Don Garcia, »und Euer Name ist in den Korb eingegraben.«

In diesem Augenblicke sah man Leute mit Fackeln aus den Nachbarhäusern herauskommen und sich um den Sterbenden bemühen. Vom andern Straßenende näherte sich eilig eine Schar Bewaffneter. Sicherlich war das eine Runde, die durch das Geschrei der Musiker und den Waffenlärm herbeigelockt worden war.

Seinen Hut tief ins Gesicht ziehend und die untere Gesichtshälfte mit seinem Mantel bedeckend, stürzte sich Don Garcia trotz der Gefahr mitten unter all die versammelten Menschen, da er den Degen wiederzufinden hoffte, durch den man unzweifelhaft den Schuldigen ermitteln würde. Don Juan sah ihn nach rechts und links um sich schlagen, die Lichter auslöschen und alles, was sich auf seinem Wege befand, über den Haufen werfen. Aus allen Kräften laufend, erschien er bald wieder; in jeder Hand hielt er einen Degen.

»Ach, Don Garcia,« rief Don Juan, den Degen nehmend, den er ihm hinhielt, »wieviel Dank schulde ich Euch.«

»Fliehen wir, fliehen wir!« schrie Don Garcia. »Folgt mir, und wenn einer von den Schuften Euch zu nahe kommt, dann macht ihn nieder, wie Ihr's eben mit dem andern getan habt!«

Beide huben sie nun an zu laufen, und zwar mit aller Schnelligkeit, die ihre natürliche Kraft hergeben mochte, welche noch durch die Angst vor dem Herrn Corregidor vermehrt ward, der von den Studenten noch mehr als von den Dieben gefürchtet wurde.

Don Garcia kannte Salamanca wie sein *Deus det*. Äußerst geschickt wußte er die Straßenecken zu nehmen und sich in die engen Gäßchen zu werfen, während sein Gefährte, der noch Neuling war, ihm nur mit großer Mühe folgen konnte. Der Atem begann ihnen auszugehn, als sie an einer Straßenecke einer Studentenschar begegneten, die, singend und Gitarre spielend, lustwandelte. Sowie die merkten, daß zwei ihrer Kameraden verfolgt wurden, griffen sie nach Steinen, Stöcken und allen möglichen Waffen. Die Häscher, welche ganz atemlos waren, hielten es nicht für geraten, sich in ein Scharmützel einzulassen. Vorsichtig entfernten sie sich, während die beiden Übeltäter sich in eine benachbarte Kirche zu flüchten beabsichtigten, um sich einen Augenblick auszuruhen.

Unter dem Portal wollte Don Juan seinen Degen in die Scheide stecken, da er es weder schicklich noch christlich fand, mit einer Waffe in der Hand in ein Gotteshaus zu treten. Die Scheide aber leistete Widerstand, die Klinge ließ sich nur mit Mühe hineinstecken; kurz, er merkte, daß der Degen, den er in der Hand hielt, nicht der seinige war. In der Eile hatte Don Garcia den ersten Degen, den er auf der Erde gefunden hatte, aufgerafft, und das war der des Toten oder eines seiner Helfershelfer gewesen. Die Sache war übel; Don Juan setzte seinen Freund, von dem er annahm, daß er überall Rat schaffte, davon in Kenntnis.

Don Garcia runzelte die Stirn, biß sich auf die Lippen, zerknitterte seine Hutkrämpe und lief auf und ab, während Don Juan, ganz bestürzt über die eben gemachte Entdeckung, sich ebensosehr seiner Unruhe wie den Gewissensbissen überließ. Nach einer Viertelstunde Nachdenkens, während welcher Don Garcia den guten Geschmack besaß, nicht ein einziges Mal zu sagen: »Warum ließet Ihr Euren Degen fallen?« nahm er Don Juan beim Arm und sagte zu ihm: »Kommt mit mir, ich weiß Rat in Eurer Sache!«

In diesem Augenblicke kam ein Priester aus der Sakristei der Kirche und wollte auf die Straße treten; Don Garcia hielt ihn an: »Hab' ich nicht die Ehre mit dem weisen Lizentiaten Gomez zu sprechen?« sagte er, sich tief vor ihm verneigend.

»Ich bin noch kein Lizentiat,« antwortete der Priester, augenscheinlich sehr geschmeichelt für einen Lizentiaten gehalten zu werden. »Ich heiße Manuel Tordoya, Euch zu Diensten.«

»Mein Vater,« sagte Don Garcia, »Ihr seid grade der, mit dem ich zu sprechen wünsche; es handelt sich um einen Gewissensfall; wenn das Gerücht mich nicht täuschte, seid Ihr der Verfasser des berühmten Traktates › *De casibus conscientiae*‹, das in Madrid solches Aufsehen hervorrief?«

Der Priester verfiel der Sünde der Eitelkeit und antwortete stotternd, daß er nicht der Verfasser dieses Buches sei (welches in Wahrheit niemals existiert hatte), sich aber eifrig mit ähnlichen Materien beschäftige. Don Garcia hatte seine Gründe, ihm nicht zuzuhören und fuhr solcherart fort: »Dies, mein Vater, ist in drei Worten die Angelegenheit, um welcher willen ich Euch um Rat fragen möchte. Einer meiner Freunde ist heute vor weniger als einer Stunde auf der Straße von einem Mann angehalten worden, der zu ihm sagte: »Edler Herr, ich will mich zwei Schritte von hier schlagen, mein Widersacher hat einen Degen, der länger als meiner ist; wollet mir Euren leihen, damit die Waffen gleich sind.« Und mein Freund hat den Degen mit ihm getauscht. Er wartet einige Zeit an der Straßenecke, daß die Sache zu Ende kommt. Als er kein Waffenklirren mehr hört, nähert er sich; was sieht er? Ein Mann liegt tot auf dem Boden, von dem nämlichen Degen durchbohrt, den er eben verliehen hat. Seit diesem Augenblick ist er verzweifelt, macht sich seine Gefälligkeit zum Vorwurf und fürchtet eine Todsünde begangen zu haben. Ich aber versuche ihn zu beruhigen; halte es für eine läßliche Sünde, weil er, wenn er seinen Degen nicht geliehen hätte, Ursache gewesen wäre, daß die beiden Männer sich mit ungleichen Waffen bekämpft hätten. Was haltet Ihr davon, mein Vater? Seid Ihr nicht meiner Meinung?«

Der Priester, welcher ein Kasuistikerschüler war, spitzte die Ohren bei dieser Geschichte und rieb sich einige Zeit lang die Stirn wie ein Mensch, der ein Zitat sucht. Don Juan wußte nicht, worauf hinaus Don Garcia wollte; fügte aber, da er eine Dummheit zu begehen fürchtete, nichts hinzu.

»Mein Vater,« fuhr Garcia fort, »die Frage ist recht kitzlich, da auch ein so großer Gelehrter wie Ihr sie zu lösen zaudert. Wenn Ihr erlaubt, werden wir morgen wiederkommen, um Eure Ansicht zu hören. Währenddem wollet bitte einige Messen für des Toten Seele lesen oder lesen lassen.« Mit diesen Worten schob er zwei oder drei Dukaten in des Priesters Hand, was diesen vollends für so fromme, so gewissenhafte und vor allem so freigebige junge Leute einnahm. Er versicherte, daß er ihnen andern Tages am nämlichen Orte seine Meinung schriftlich sagen würde. Don Garcia erging sich in unendlichen Danksagungen; dann fügte er ungezwungen, wie wenn es eine wenig wichtige Bemerkung wäre, hinzu: »Vorausgesetzt, daß uns das Gericht nicht verantwortlich für diesen Todesfall macht. Um uns mit Gott wieder auszusöhnen, vertrauen wir auf Euch.«

»Was das Gericht anlangt,« sagte der Priester, »so habt Ihr nichts von ihm zu befürchten. Euer Freund ist, da er ja nur seinen Degen lieh, gesetzlich nicht strafbar.«

»Ja, mein Vater, der Mörder hat aber die Flucht ergriffen. Man wird die Wunde untersuchen, wird vielleicht den blutigen Degen finden … was weiß ich? Die Männer des Gerichts sind schrecklich, wie es heißt.«

»Ihr seid doch Zeuge,« fragte der Priester, »daß der Degen geliehen wurde?«

»Gewiß,« sagte Don Garcia; »vor allen Gerichtshöfen des Königreichs kann ich das beschwören. Überdies«, fuhr er mit dem einschmeichelndsten Tone fort, »würdet Ihr, mein Vater, ja da sein, um die Wahrheit zu bezeugen. Lange, ehe die Sache bekannt wurde, sind wir zu Euch gekommen, um Euren geistigen Rat einzuholen. Ihr könntet den Tausch sogar bestätigen … Hier ist der Beweis.« Und er nahm Don Juans Degen. »Schaut doch den Degen hier,« sagte er, »wie er sich in dieser Scheide ausnimmt!«

Der Priester neigte den Kopf, er schien von der Wahrheit der ihm erzählten Geschichte überzeugt zu sein. Ohne zu sprechen, wog er die Dukaten, die man ihm in die Hand geschoben, ab und fand dabei abermals einen unwiderleglichen Beweis zugunsten der jungen Leute.

»Was geht uns überdies das Gericht an, mein Vater,« erklärte Don Garcia mit einem gar frommen Tone, »wir wollen ja mit dem Himmel versöhnt werden.«

»Auf morgen, meine Kinder,« sagte der Priester und zog sich zurück.

»Auf morgen,« antwortete Don Garcia, »wir küssen Euch die Hände und zählen auf Euch.«

Als der Priester weg war, machte Don Garcia einen Freudensprung. »Es lebe die Simonie!« rief er, »wir stehen nun besser da, hoff’ ich. Wenn das Gericht sich um uns bekümmert, so ist dieser gute Vater um der Dukaten, die er von uns erhalten hat, und um derer willen, die er noch von uns zu kriegen hofft, zu schwören bereit, daß wir so wenig wie ein neugeborenes Kind mit dem Tode des eben von Euch aus der Welt geschafften Edelmanns zu tun haben. Geht jetzt nach Hause, paßt aber tüchtig auf und öffnet Eure Tür nur gegen hinreichende Bürgschaft; ich, ich will durch die Stadt laufen und mich ein bißchen umhören.«

Don Juan kehrte in sein Zimmer zurück und warf sich angekleidet auf das Bett. Schlaflos verbrachte er die Nacht und dachte nur an den begangenen Mord und vor allem an seine Folgen. Jedesmal wenn er auf der Straße die Schritte eines Menschen hörte, bildete er sich ein, das Gericht wolle ihn verhaften. Da er indessen müde war und noch einen schweren Kopf von einem Studentenmahle, dem er beiwohnte, hatte, schlief er im Augenblick, wo die Sonne aufging, ein. Er ruhte bereits einige Stunden, als sein Diener ihn mit der Meldung weckte, eine verschleierte Dame wünschte ihn zu sprechen. Im nämlichen Augenblick trat eine Frau in sein Gemach. Vom Kopf bis zu den Füßen war sie in einen weiten schwarzen Mantel eingehüllt, der nur ein Auge unbedeckt ließ. Dies Auge blickte erst auf den Diener, dann auf Don Juan, wie wenn sie ihn ohne Zeugen sprechen möchte. Der Diener ging sofort hinaus. Die Dame setzte sich und blickte Don Juan mit der größten Aufmerksamkeit an. Nach einem augenblicklichen Schweigen hub sie folgendermaßen an:

»Mein Verhalten, Herr Ritter, ist etwas überraschend und Ihr müßt zweifelsohne eine recht mäßige Meinung von mir bekommen; wenn man aber die Gründe kennte, die mich hierher führen, würd' man mich gewißlich nicht tadeln. Ihr habt Euch gestern mit einem Edelmanne dieser Stadt geschlagen...«

»Ich, gnädige Frau!« rief Don Juan erbleichend; »ich bin nicht aus dem Zimmer hinausgegangen.«

»Es ist zwecklos sich mir gegenüber zu verstellen, und ich muß Euch das Beispiel des Freimutes geben.« Also redend, schlug sie ihren Mantel zurück und Don Juan erkannte Donna Theresa. »Herr Don Juan,« fuhr sie errötend fort, »ich muß Euch gestehen, daß mich Eure Tapferkeit bis aufs äußerste für Euch einnahm. Trotz all meiner Aufregung hab' ich bemerkt, daß Euer Degen zerbrach und daß Ihr ihn bei unserer Tür fortwarfet. Im Augenblick, wo man sich um den Toten bemühte, bin ich hinuntergeeilt und habe den Korb dieses Degens aufgehoben. Beim Betrachten hab' ich Euren Namen gelesen und habe begriffen, wie sehr Ihr bloßgestellt sein würdet, wenn er in Eurer Feinde Hände fiele. Hier ist er, ich bin glücklich, ihn Euch zurückgeben zu können.«

Wie recht und billig fiel Don Juan ihr zu Füßen und sagte, daß er ihr das Leben verdanke, aber es sei ein zweckloses Geschenk, da sie ihn vor Liebe sterben ließe. Donna Theresa hatte Eile und wollte sich sofort entfernen, indessen lauschte sie Don Juan mit so viel Vergnügen, daß sie sich nicht zum Weggehn entschließen konnte. Eine Stunde etwa verging so; Schwüre ewiger Liebe, Handküsse, Bitten der einen und schwache Weigerungen der andern Seite füllten sie aus. Plötzlich erschien Don Garcia und unterbrach das Gespräch unter vier Augen. Er war nicht der Mann sich zu entrüsten. Seine erste Sorge war Theresa sicher zu machen. Er lobte ihren Mut und ihre Geistesgegenwart sehr und endigte mit der Bitte sich bei ihrer Schwester zu verwenden, um ihm eine menschlichere Aufnahme zu verschaffen. Donna Theresa versprach alles, was er wollte, hüllte sich wieder dicht in ihren Mantel ein und ging fort, nachdem sie versprochen hatte, sich am selben Abend mit ihrer Schwester an einer näher bezeichneten Stelle der Promenade einzufinden.

»Unsere Sache geht gut,« sagte Don Garcia, sowie die beiden jungen Männer allein waren. »Kein Mensch hat einen Verdacht auf Euch. Der Corregidor, der mir durchaus übel will, hat mir anfangs die Ehre erwiesen, an mich zu denken. Er wäre überzeugt, sagte er, daß ich Don Cristoval getötet hätte. Wißt Ihr, was ihn seine Meinung hat ändern lassen? Man hat ihm erzählt, ich hätte den ganzen Abend mit Euch verbracht, und Ihr, mein Lieber, steht in einem so hohen Rufe von Heiligkeit, daß Ihr noch andern davon abgeben könnt. Wie man auch sein möge, an uns denkt man nicht. Der Schelmenstreich dieser wackeren kleinen Theresa beruhigt uns für die Zukunft: also denken wir nicht mehr daran und beschäftigen wir uns mit unserm Vergnügen.«

»Ach, Garcia,« rief Don Juan traurig, »einen von seinesgleichen zu töten, ist ein übel Ding!«

»Es gibt etwas viel Übleres,« antwortete Don Garcia, »nämlich von seinesgleichen getötet zu werden; und ein Drittes, welches die beiden andern Übel noch übertrifft, nämlich einen Tag ohne Mittagessen zu verbringen. Darum lad' ich Euch ein, heute mit einigen lustigen Leutchen, die entzückt sein werden Euch zu sehen, bei mir zu speisen.« Und also redend, ging er fort.

Die Liebe zerstreute unseres Helden Gewissensbisse bereits mächtig. Eitelkeit erstickte sie vollends. Die Studenten, mit welchen er bei Garcia speiste, hatten von dem gehört, wer in Wirklichkeit Don Cristovals Mörder war. Dieser Cristoval war seines Mutes und seiner Gewandtheit wegen berühmt und von den Studenten sehr gefürchtet worden: so konnte sein Tod sie nur froh stimmen, und sein glücklicher Widersacher wurde mit Glückwünschen überhäuft. Ihren Worten nach war er die Ehre, die Blüte und der starke Arm der Universität. Mit Begeisterung trank man auf sein Wohl und ein Student aus Murcia sagte aus dem Stegreif ein Sonett zu seinem Lob auf, in welchem er ihn mit dem Cid und Bernard del Carpio verglich.

Als Don Juan vom Tisch aufstand, fühlte er wohl noch einen Druck auf dem Herzen; wenn er aber die Macht besessen hätte Don Cristoval auferstehen zu lassen, würde er vielleicht nicht

Gebrauch davon gemacht haben, aus Furcht, das Ansehen und den Ruf zu verlieren, welche dieser Tod ihm auf der ganzen Universität Salamanca erworben hatte.

Als der Abend gekommen, war man auf beiden Seiten pünktlich beim Stelldichein, das an den Ufern der Tormes stattfand. Donna Theresa nahm Don Juans Hand (damals bot man Damen noch nicht seinen Arm an) und Donna Fausta Don Garcias. Nach einigen Promenadegängen trennten sich beide Paare ziemlich zufrieden mit dem Versprechen sich nicht eine Gelegenheit des Wiedersehens entgehen zu lassen.

Als sie die beiden Schwestern verließen, begegneten sie einigen Zigeunerinnen, welche mit Schellentrommeln inmitten einer Studentenschar tanzten. Sie mischten sich unter sie. Die Tänzerinnen gefielen Don Garcia und er entschloß sich sie zum Abendessen mitzunehmen. Der Vorschlag ward gleich gemacht und gleich angenommen. In seiner Eigenschaft als fidus Achates nahm Don Juan daran teil.

Gereizt über den Ausspruch einer Zigeunerin, daß er wie ein Probemönch aussähe, legte er es darauf an, alles nur Erdenkliche zu tun, um zu beweisen, daß diese Stichelrede durchaus nicht auf ihn paßte: er fluchte, tanzte, spielte und trank allein ebensoviel wie zwei Studenten im zweiten Jahre hätten trinken können. Man hatte viel Mühe ihn nach Mitternacht nach Hause zu bringen; er war etwas mehr als betrunken und in einem solchen Wutzustande, daß er Salamanca anzünden und die ganze Tormes austrinken wollte, um das Löschen des Brandes zu verhindern.

So verlor Don Juan die guten Eigenschaften, welche Natur und Erziehung ihm verliehen hatten, eine nach der andern. Nach dreimonatigem Aufenthalt in Salamanca hatte er unter Don Garcias Leitung die arme Theresa vollkommen verführt; sein Kamerad war seinerseits acht bis zehn Tage eher zum Ziele gelangt. Anfangs liebte Don Juan seine Geliebte mit der ganzen Liebe, die ein Knabe seines Alters für die erste Frau empfindet, die sich ihm hingibt. Mühelos bewies Don Garcia ihm jedoch, daß die Beständigkeit eine chimärische Tugend sei; überdies würde er, wenn er sich anders als seine Kameraden bei den auf der Universität üblichen Ausschweifungen benähme, Anlaß geben, daß Theresas Ruf dadurch schweren Schaden erlitte. »Denn«, sagte er, »nur eine sehr hitzige und befriedigte Liebe begnügt sich mit einer einzigen Frau.« Außerdem ließ Don Juan die schlechte Gesellschaft, in die er sich gestürzt hatte, nicht einen ruhigen Augenblick. Er erschien kaum in den Vorlesungen oder durch schlaflose Nächte und Ausschweifungen so geschwächt, daß er bei den weisen Lehren der berühmtesten Professoren einschlief. Auf der Promenade dagegen war er stets der erste und der letzte. Und was seine Nächte anlangte, so verbrachte er die, welche Theresa ihm nicht gewähren konnte, in der Schenke oder an einem noch übleren Orte.

Eines schönen Morgens hatte er ein Briefchen von seiner Dame empfangen, worin sie ihm das Bedauern ausdrückte, ein für die Nacht versprochenes Stelldichein absagen zu müssen. Eine alte Tante war eben in Salamanca eingetroffen und man hatte ihr Theresas Zimmer angewiesen, welche in dem ihrer Mutter schlafen sollte. Diese Enttäuschung betrübte Don Juan nur sehr mäßig; er fand schon ein Mittel seinen Abend gut anzuwenden. Im Augenblick, wo er mit seinen Plänen beschäftigt auf die Straße trat, überreichte Ihm eine verschleierte Frau ein Briefchen: es kam von Theresa. Sie hatte ein Mittel gefunden, ein andres Gemach zu bekommen, und mit ihrer Schwester alles für das Stelldichein vorbereitet. Don Juan zeigte Don Garcia den Brief. Sie zauderten einige Zeit, dann kletterten sie endlich mechanisch und wie aus Gewohnheit auf den Balkon ihrer Geliebten. Donna Theresa hatte an ihrem Busen ein ziemlich ansehnliches Muttermal. Eine außergewöhnliche Gunst war's, als Don Juan zum erstenmal die Erlaubnis bekam es betrachten zu dürfen. Einige Zeit über sah er es unaufhörlich an als das Entzückendste, was es auf Erden gab. Bald verglich er es mit einem Veilchen bald mit einer Anemone bald mit einer Alfalfablüte. In seiner Übersättigung aber hörte das Muttermal, das wirklich sehr hübsch war, bald auf, so auf ihn zu wirken. – Es ist ein großer schwarzer Fleck, das ist alles, sagte er sich seufzend…, es ist wirklich schade, daß er da sitzt. Das sieht, potzblitz wie eine Speckschwarte aus. Der Teufel hole das Muttermal. – Eines Tages fragte er Theresa sogar, ob sie nicht einen Arzt nach Mitteln, es wegzubringen, gefragt hätte. Worauf das arme Mädchen bis ins Weiße der Augen errötend, antwortete, daß nicht ein Mann außer ihm das Muttermal gesehen hätte; überdies habe Ihr ihre Amme stets gesagt, daß solche Zeichen Glück brächten.

Am besagten Abend war Don Juan ziemlich übelgelaunt zum Stelldichein gekommen und sah das fragliche Zeichen wieder, welches ihm noch größer als die früheren Male vorkam. – Es sieht, bei Gott, wie eine dicke Ratte aus, sagte er es betrachtend bei sich selber. Es ist wirklich zu unförmlich. Es ist ein Verdammungszeichen wie das, mit dem Kain gestempelt ward. Der Teufel muß einen reiten, daß man solch eine Frau zu seiner Geliebten macht.

Er war äußerst verdrießlich. Grundlos zankte er sich mit der armen Theresa, brachte sie zum Weinen und verließ sie gegen Morgengrauen, ohne sie umarmen zu wollen. Don Garcia, der zugleich mit ihm fortging, tat einige Schritte, ohne zu reden; dann blieb er plötzlich stehn:

»Gebt zu, Don Juan,« sagte er, »daß wir uns heute Nacht recht gelangweilt haben. Ich bin noch ganz erschöpft davon und hab' große Lust, die Prinzessin ernstlich zum Teufel zu jagen.«

»Unrecht habt Ihr,« sagte Don Juan, »die Fausta ist eine reizende Person, wie ein Schwan so weiß und hat immer gute Laune. Und dann liebt sie Euch doch so heiß. Wahrlich, Ihr seid glücklich daran.«

»Weiß, nun schön; ich gebe zu, daß sie weiß ist; aber sie hat keine Farbe und neben ihrer Schwester sieht sie wie eine Eule neben einer Taube aus. Ihr seid recht glücklich.«

»Mittelmäßig,« antwortete Don Juan. »Die Kleine ist recht hübsch, ist aber ein Kind. Man kann nicht vernünftig mit ihr reden. Ihr Kopf steckt voller Ritterromane und über die Liebe hat sie sich die überspanntesten Ansichten gebildet. Ihr macht Euch keinen Begriff, wie anspruchsvoll sie ist.«

»Weil Ihr zu jung seid, Don Juan, und Eure Geliebte nicht abzurichten wißt. Ein Weib, seht Ihr, ist wie ein Pferd: wenn Ihr's schlechte Gewohnheiten annehmen laßt, wenn Ihr Ihm nicht beibringt, daß Ihr ihm keine Laune durchgehen laßt, werdet Ihr niemals etwas bei ihm durchsetzen.«

»Sagt mir, Don Garcia, behandelt Ihr Eure Liebsten wie Eure Pferde? Wendet Ihr häufig die Gerte an, um sie von ihren Launen abzubringen?«

»Selten; doch ich bin zu gut. Halt, Don Juan, wollt Ihr mir nicht Eure Theresa abtreten? Nach vierzehn Tagen wird sie geschmeidig wie ein Handschuh sein, das versprech' ich Euch. Dagegen biet' ich Euch Fausta an. Seid Ihr damit einverstanden?«

»Der Handel würde ganz nach meinem Geschmacke sein,« sagte Don Juan lächelnd, »wenn die Damen ihrerseits darein einwilligten. Donna Fausta würde Euch aber niemals abtreten wollen. Zu viel würde sie beim Tausche verlieren.«

»Ihr seid zu bescheiden; beruhigt Euch aber nur. Ich habe sie gestern so in Wut gebracht, daß ihr der Nächstbeste neben mir wie ein Engel des Lichts neben einem Verdammten erscheinen würde. Wißt Ihr, Don Juan,« fuhr Don Garcia fort, »daß ich's ganz ernst meine?« Und Don Juan lachte noch stärker über den Ernst, mit dem sein Freund solche Überspanntheiten vorbrachte.

Diese erbauliche Unterhaltung wurde durch das Dazwischentreten mehrerer Studenten unterbrochen, die ihren Gedanken eine andre Richtung gaben. Als jedoch der Abend gekommen war und die beiden Freunde vor einer Flasche Montillawein saßen, neben der ein kleiner Korb voll Valenzianer Eicheln stand, hub Don Garcia wieder an sich über seine Liebste zu beklagen. Er hatte eben einen Brief von Fausta erhalten voller Zärtlichkeiten und sanfter Vorwürfe, durch die ihr heiterer Sinn und ihre Gewohnheiten, jegliches Ding von seiner lächerlichen Seite zu betrachten, durchschimmerte.

»Hier,« sagte Don Garcia, Don Juan maßlos gähnend den Brief reichend, »lest diesen Leckerbissen. Noch ein Stelldichein für heute Abend. Doch der Teufel soll mich holen, wenn ich hingehe!«

Don Juan las den Brief und fand ihn reizend. »Wahrlich,« sagte er, »wenn ich eine Geliebte wie Eure hätte, würd' ich alles daransetzen sie glücklich zu machen.«

»Nehmt sie doch, mein Lieber,« rief Don Garcia, »nehmt sie, befriedigt Eure Lust an ihr. Ich tret' Euch meine Rechte an sie ab; oder tun wir was besseres,« fügte er sich erhebend, wie durch eine plötzliche Eingebung erleuchtet, hinzu, »spielen wir um unsere Liebsten. Hier sind

Karten. Spielen wir eine Partie L'Hombre. Donna Fausta ist mein Einsatz; Ihr aber sollt Donna Theresa setzen.«

Don Juan lachte Tränen über seines Kameraden närrischen Einfall, nahm die Karten und mischte sie. Wiewohl er seinem Spiele fast gar keine Aufmerksamkeit schenkte, gewann er. Ohne Kummer über sein verlorenes Spiel zu zeigen, bat Don Garcia sich Schreibutensilien und stellte eine Art eigenen Wechsel aus, der auf Donna Fausta gezogen wurde, auf dem er ihr ausdrücklich einschärfte, sich dem Überbringer zur Verfügung zu stellen, genau so, wie wenn er an seinen Verwalter geschrieben hätte, einem seiner Gläubiger hundert Dukaten zu zahlen.

Unter stetem Gelächter bot Don Juan Don Garcia ein Revanchespiel an. Der aber lehnte es ab. »Wenn Ihr ein bißchen Mut habt,« sagte er, »so nehmt meinen Mantel und geht nach der kleinen Tür, die Ihr ja gut kennt. Dort werdet Ihr nur Fausta finden, da die Theresa Euch ja nicht erwartet. Folgt ihr, ohne ein Wort zu sagen; wenn Ihr einmal in ihrem Zimmer seid, ist's sehr gut möglich, daß sie einen Augenblick überrascht ist und sogar ein oder zwei Tränen vergießt; das aber darf Euch nicht irre machen. Seid sicher, sie wird nicht schreien. Zeigt ihr dann meinen Brief; sagt ihr, ich wäre ein schrecklicher Verbrecher, ein Ungeheuer, sagt, alles was Ihr wollt; sie kann sich leicht und schnell rächen, und diese Rache, des seid sicher, wird sie sehr süß finden.«

Jedes der Worte des verteufelten Garcia machte stärkeren Eindruck auf Don Juans Herz und sagte ihm, was er bislang für einen zwecklosen Spaß gehalten habe, könne in der angenehmsten Weise für ihn ausgehn. Er hörte zu lachen auf und des Vergnügens Röte begann sich auf seiner Stirn zu zeigen.

»Wenn ich sicher wäre,« sagte er, »das Fausta in solchen Tausch einwilligte...«

»Sie wird einwilligen!« rief der Wüstling. »Was für ein Gelbschnabel seid Ihr doch noch, Kamerad, daß Ihr glaubt, ein Weib könne, zwischen einem Liebhaber von sechs Monaten und einem Liebsten von einem Tage schwanken! Geht; beide werdet Ihr mir morgen danken, daran zweifle ich nicht; und die einzige Belohnung, um die ich Euch bitte, ist die Erlaubnis Theresa den Hof machen zu dürfen, um mich schadlos zu halten.« Als er dann sah, daß Don Juan mehr als halb überzeugt war, sagte er: »Entscheidet Euch, denn ich für meinen Teil mag Fausta heute abend nicht sehn. Wenn Ihr nicht wollt, geb' ich diesen Wechsel dem dicken Fabrique und für den wird's ein unverhoffter Bissen sein!«

»Meiner Treu', geschehe was da will,« rief Don Juan, das Schreiben an sich reißend; und um sich Mut zu machen, goß er auf einen Zug ein volles Glas Montillawein hinunter.

Die Stunde näherte sich. Don Juan, den eine Spur von Gewissen noch zurückhielt, trank Glas auf Glas, um sich zu betäuben. Endlich schlug die Stunde. Don Garcia warf seinen Mantel über Don Juans Schulter und führte ihn bis vor seiner Liebsten Tür; nachdem er das abgemachte Zeichen gegeben hatte, wünscht er ihm eine gute Nacht und entfernte sich, ohne sich die mindesten Gewissensbisse über die schlechte Handlung, die er eben beging, zu machen.

Sofort tat sich die Tür auf. Donna Fausta wartete seit einiger Zelt.

»Seid Ihr's, Don Garcia?« fragte sie mit leiser Stimme. »Ja,« antwortete Don Juan noch leiser, sein Gesicht in den Falten des weiten Mantels verbergend. Er trat ein, und als man die Tür verschlossen hatte, begann er mit seiner Führerin eine dunkle Treppe hinaufzusteigen.

»Nehmt meinen Mantillasaum,« sagte sie, »und folgt mir so leise, wie es Euch möglich ist.«

In wenigen Augenblicken befand er sich in Donna Faustas Zimmer. Eine einzige Lampe verbreitete dort eine mäßige Helligkeit. Anfangs stand Don Juan, ohne Mantel und Hut abzulegen aufrecht mit dem Rücken nach der Tür hin, da er sich noch nicht zu zeigen wagte. Donna Fausta betrachtete ihn einige Zeit, ohne ein Wort verlauten zu lassen; dann näherte sie sich ihm plötzlich mit ausgebreiteten Armen. Da ließ Don Juan seinen Mantel fallen und ahmte ihre Bewegung nach.

»Wie, Ihr seid's, Herr Don Juan?« rief sie; »Ist Don Garcia etwa krank?«

»Krank? Nein,« antwortete Don Juan...»Doch er kann nicht kommen. Darum hat er mich zu Euch gesandt.«

»O, wie mich das betrübt! Aber sagt mir doch, hindert ihn etwa eine andre Frau am Kommen?«

»Ihr wißt also, daß er recht liederlich ist?…«

»Wie wird meine Schwester sich freuen Euch zu sehen. Das arme Kind, sie meinte, Ihr würdet nicht kommen. Laßt mich vorbei, ich will sie benachrichtigen.«

»Das hat keinen Zweck.«

»Ihr seht merkwürdig aus, Don Juan… Ihr habt mir eine üble Nachricht zu bringen… Sprecht, ist Don Garcia ein Unglück zugestoßen?«

Um sich eine mißliche Antwort zu ersparen, reichte Don Juan dem armen Mädchen Don Garcias ruchloses Schreiben. Eilig verschlang sie es, ohne es anfangs zu verstehen. Nochmals las sie es und konnte ihren Augen nicht glauben. Don Juan beobachtete sie aufmerksam und sah sie nach und nach sich über die Stirn streichen und sich die Augen reiben; ihre Lippen bebten, eine Todesblässe bedeckte ihr Antlitz und sie sah sich gezwungen, das Papier mit beiden Händen festzuhalten, damit es nicht auf die Erde fiele. Endlich erhob sie sich mit einer verzweifelten Anstrengung und rief: »All das stimmt nicht. Es ist eine schreckliche Fälschung. Nimmer hat Don Garcia das geschrieben!«

Don Juan antwortete: »Ihr kennt seine Handschrift. Er kannte den Preis des Schatzes nicht, den er besaß…, und ich habe eingewilligt, weil ich Euch anbete…«

Einen Blick tiefster Verachtung warf sie ihm zu und hub an den Brief mit der Aufmerksamkeit eines Advokaten wieder zu lesen, der in einem Akt eine Fälschung argwöhnt. Ihre Augen waren übermäßig aufgerissen und auf das Papier geheftet. Von Zeit zu Zeit entquoll ihnen eine dicke Träne und rann ihre Wangen hinunter, ohne daß sie mit den Wimpern blinzelte. Plötzlich lächelte sie ein wahnsinniges Lächeln und rief: »Das ist ein Scherz, nicht wahr? Das ist ein Scherz? Don Garcia ist da… wird kommen…«

»Es ist durchaus kein Scherz, Donna Fausta. Nichts ist wahrer als die Liebe, die ich zu Euch hege.« Unglücklich würd’ ich sein, wenn Ihr mir nicht glauben wolltet.«

»Elender!« rief Donna Fausta; »doch wenn du die Wahrheit sagst, bist du ein noch größerer Verbrecher als Don Garcia.«

»Liebe entschuldigt alles, schöne Faustita. Don Garcia gibt Euch auf; nehmt mich zu Eurem Trost an. Auf der Türfüllung dort seh’ ich Bacchus und Ariadne gemalt; laßt mich Euren Bacchus sein.«

Ohne ein Wort zu erwidern, nahm sie ein Messer von dem Tisch, und es über ihrem Kopfe schwingend, fuhr sie auf Don Juan los. Er aber hatte die Bewegung gesehen; packte sie am Arm, entwaffnete sie mühelos, und, da er sich für berechtigt hielt, sie für die Eröffnung der Feindseligkeiten zu bestrafen, küßte er sie drei-oder viermal und wollte sie zu einem kleinen Ruhebette hinziehen. Donna Fausta war eine schwache und zarte Frau, der Zorn aber verlieh ihr Kräfte. Bald sich an dem Hausrate festhaltend, bald sich mit Händen, Füßen und Zähnen wehrend, widerstand sie Don Juan. Lächelnd hatte Don Juan anfangs einige Hiebe hingenommen, bald aber war sein Zorn ebenso heftig wie seine Liebe.

Wütend umschlang er Fausta, ohne sich darum zu bekümmern, ob er ihre zarte Haut zerquetschte. Er war ein gereizter Ringer, der um jeden Preis über seinen Gegner triumphieren wollte, und fähig, ihn, wenn’s sein mußte, zu ersticken, um den Sieg davonzutragen. Da nahm Fausta ihre Zuflucht zu der letzten Hilfe, die ihr blieb. Bis dahin hatte sie ein Gefühl weiblicher Scham daran gehindert, um Hilfe zu rufen; als sie sich aber fast überwunden sah, ließ sie das Haus von ihren Schreien widerhallen.

Don Juan fühlte, daß es sich für ihn nicht mehr darum handle, sein Opfer zu besitzen, und daß er vor allem auf seine Sicherheit bedacht sein müsse. Er wollte Fausta zurückstoßen und die Tür gewinnen, aber sie heftete sich an seine Gewänder und er vermochte sie nicht von sich abzuschütteln. Gleichzeitig ließ sich das beunruhigende Geräusch von sich öffnenden Türen hören; Schritte und Menschenstimmen kamen näher; nicht einen Augenblick galt’s zu verlieren. Er machte eine Anstrengung, um Donna Fausta weit von sich fort zu stoßen; sie aber hatte ihn mit solcher Kraft am Wams gepackt, daß er sich mit ihr um sich selbst drehte, ohne etwas andres als einen Stellungswechsel zu gewinnen. Fausta war jetzt auf der Seite der Tür, welche sich nach innen öffnete. Fortgesetzt schrie sie. Zu nämlicher Zeit tat sich die Tür auf; ein Mann, der eine Arkebuse in der Hand hält, erscheint im Eingang. Er stößt einen überraschten Schrei aus und ein Knall folgt sofort. Die Lampe geht aus und Don Juan fühlt, daß Donna Faustas Hände sich lösen, und daß etwas Warmes und Feuchtes über die seinigen rinnt. Sie fällt oder gleitet vielmehr auf den Estrich. Die Kugel hatte ihr das Rückgrat zerschmettert; statt ihres Entführers hatte ihr Vater sie getötet. Als Don Juan sich frei fühlte, stürzte er sich mitten durch den Rauch der Arkebuse hindurch auf die Treppe los. Zuerst erhielt er einen Kolbenhieb vom Vater und einen Degenstich von dem ihm folgenden Lakaien. Doch weder der eine noch der andre verletzte ihn schwer. Den Degen zur Hand nehmend, suchte er sich einen Weg zu bahnen und die Fackel, welche der Lakai trug, auszulöschen. Entsetzt über seine entschlossene Miene zog sich der nach rückwärts zurück. Don Alonso von Ojeda aber, ein hitziger und unerschrockener Mann, stürzte sich, ohne zu zögern, auf Don Juan los: dieser parierte einige Kolbenhiebe und hatte anfangs zweifelsohne nur die Absicht sich zu verteidigen; doch die Gewohnheit beim Fechten sorgt dafür, daß nach einer Parade ein Gegenstoß nur mehr eine mechanische und fast unwillkürliche Bewegung ist. Nach einem Augenblicke stieß Donna Faustas Vater einen lauten Seufzer aus und sank tödlich verletzt zu Boden. Als Don Juan den Weg frei sah, stürzte er sich blitzschnell nach der Treppe, von da aus nach der Haustür und war im Handumdrehen auf der Straße, ohne von den Dienern verfolgt zu werden, die sich um ihren sterbenden Herrn scharten. Donna Theresa war auf den Arkebusenschuß hin herbeigeeilt, hatte die furchtbare Szene erblickt und war ohnmächtig an ihres Vaters Seite gesunken. Nur erst die Hälfte ihres Unglücks kannte sie.

Don Garcia trank grade die letzte Flasche Montillawein, als Don Juan bleich, blutbedeckt, mit verstörtem Blicke; zerrissenem Wams und einem Spitzenkragen, der einen halben Fuß über seine gewöhnlichen Grenzen hinausragte, in sein Zimmer stürzte und sich, ohne ein Wort hervorbringen zu können, atemlos in einen Sessel warf. Der andre begriff sofort, daß sich eben etwas Ernstes ereignet hatte. Zwei- oder dreimal ließ er Don Juan mühsam atmen, dann fragte er ihn nach Einzelheiten; nach zwei Worten war er im Bilde. Don Garcia, der sein gewöhnliches Phlegma nicht leicht verlor, lauschte ohne Wimperzucken der abgerissenen Erzählung, die sein Freund herstotterte. Dann füllte er ein Glas und reichte es ihm hin: »Trinkt,« sagte er, »Ihr habt's nötig. Das ist eine üble Sache,« fügte er hinzu, nachdem er selber getrunken hatte. »Einen Vater töten ist schlimm ... Dennoch gibt's Beispiele dafür, mit dem Eid angefangen. Das Böseste ist, daß Ihr keine fünfhundert Mann habt, alle in Weiß gekleidet, alle Eure Vettern, um Euch vor den Häschern Salamancas und des Toten Verwandten zu schützen ... Beschäftigen wir uns zuerst mit dem Dringlichsten ...« Drei oder zwei Schritte tat er durchs Zimmer wie um seine Gedanken zu sammeln.

»Nach einem solchen Kladderadatsch in Salamanca bleiben,« fuhr er fort, »wäre ein Wahnsinn. Don Alonso von Ojeda ist kein Krautjunker und überdies müssen Euch die Diener erkannt haben. Nehmen wir für einen Moment an, Ihr wäret nicht erkannt worden; Ihr habt jetzt an der Universität einen so vorteilhaften Ruf erworben, daß man Euch unweigerlich eine anonyme Freveltat anhängen wird. Seht, glaubt es mir, Ihr müßt abreisen, und zwar je eher, desto besser. Dreimal weiser seid Ihr hier geworden, als es einem Edelmann aus gutem Hause wohlansteht. Verlasset Minerva und versucht's ein bißchen mit Mars; da werdet Ihr mehr Erfolg haben, denn Ihr habt gute Anlagen dazu. In Flandern schlägt man sich. Töten wir die Ketzer; nichts ist besser geeignet unsere leichten Sünden auf dieser Welt wieder gut zu machen. Amen! Wie der Prediger schließe ich.«

Das Wort Flandern wirkte wie ein Talisman auf Don Juan. Spanien verlassen, meinte er, hieße sich selbst entrinnen. Inmitten der Mühsale und Gefahren des Krieges würde er für seine Gewissensbisse keine Zeit finden. »Nach Flandern! Nach Flandern!« schrie er, »wir wollen uns in Flandern töten lassen.«

»Von Salamanca nach Brüssel ist's weit,« erwiderte Don Garcia ernst, »und in Eurer Lage könnt Ihr nicht schnell genug abreisen. Denkt daran, daß, wenn der Herr Corregidor Euch erwischt, es Euch schwer fallen wird, eine Kampagne wo anders als auf den Galeeren Seiner Majestät mitzumachen.«

Nachdem er sich einige Augenblicke mit seinem Freunde besprochen hatte, legte Don Juan schnell sein Studentengewand ab. Er zog eine gestickte Lederweste an, wie sie damals die Militärleute trugen, setzte einen großen Hut mit herabhängender Krempe auf und vergaß nicht, seinen Gurt mit so vielen Dublonen zu füllen, wie Don Garcia ihm vorstrecken konnte. All diese Vorbereitungen dauerten nur einige Minuten. Zu Fuß machte er sich auf den Weg, verließ die Stadt, ohne erkannt zu werden und marschierte die ganze Nacht und den ganzen folgenden Tag, bis Sonnenhitze ihn Halt zu machen nötigte. In der ersten Stadt, in die er kam, kaufte er sich ein Pferd, und nachdem er sich mit einem Trupp Reisender zusammengetan hatte, gelangte er ohne Hindernisse nach Saragossa. Dort verweilte er einige Tage unter dem Namen Don Juan Carasco. Don Garcia, welcher Salamanca am Morgen nach seiner Abreise verließ, schlug einen andern Weg ein und stieß in Saragossa zu ihm. Dort nahmen sie keinen langen Aufenthalt. Nachdem sie in aller Hast Unserer Lieben Frau an der Säule ihre Ehrfurcht bezeigt hatten, nicht ohne dabei mit den aragonesischen Schönen zu äugeln, versahen sich beide mit einem guten Diener und begaben sich nach Barcelona, von wo aus sie sich nach Civitavecchia einschifften. Müdigkeit, Seekrankheit, die neuen Landschaftsbilder und Don Juans natürliche Leichtfertigkeit, all das kam zusammen, so daß er schnell die schrecklichen Szenen vergaß, die er hinter sich ließ. Einige Monate über ließen die Freuden, welche die beiden Freunde in Italien genossen, sie das Hauptziel ihrer Reise hintansetzen; als ihnen aber die Geldmittel ausgingen, taten sie sich mit einer Schar Landsleute zusammen, die tapfer und leicht an Beutel wie sie waren, und machten sich auf den Weg nach Deutschland. Als sie in Brüssel angelangt waren, ließ sich jedweder für die Kompagnie des Hauptmanns anwerben, der ihm gefiel. Die beiden Freunde wollten ihre ersten Waffentaten in der des Hauptmanns Manuel Gomare verrichten. Erstens weil er Andalusier war, zweitens weil es von ihm hieß, daß er von seinen Soldaten nur Mut und blankgeputzte und gut instand gehaltene Waffen verlange; was aber die Manneszucht anging, so drücke er ein Auge zu.

Entzückt über ihr gutes Aussehen, behandelte der sie gut und nach ihrem Gusto, das heißt, er gebrauchte sie bei allen gefahrvollen Unternehmungen. Das Glück war ihnen günstig gesinnt; und da, wo viele ihrer Kameraden den Tod fanden, empfingen sie nicht eine Wunde und fielen den Generälen auf. Sie bekamen am nämlichen Tag eine Fahnenjunkerstelle. Im Augenblicke, wo sie sich der Schätzung und Freundschaft ihrer Vorgesetzten sicher fühlten, gestanden sie ihre wirklichen Namen und nahmen ihre übliche Lebensweise wieder auf, will sagen, verbrachten den Tag bei Spiel und Trank und brachten in der Nacht den schönsten Frauen der Städte, wo sie den Winter über garnisonierten, Ständchen. Von ihren Eltern war ihnen verziehen worden, was sie nicht eben viel rührte, und sie hatten von ihnen Kreditbriefe für Antwerpener Bankiers erhalten. Davon machten sie tüchtig Gebrauch. Jung, reich, tapfer und unternehmend wie sie waren, machten sie zahlreiche Eroberungen im Sturme. Ich will mich nicht damit aufhalten näheres davon zu erzählen, es genüge dem Leser zu wissen, daß ihnen, wenn sie ein hübsches Weib sahen, jedes Mittel recht war, um sie zu erlangen. Versprechungen und Schwüre waren für diese unwürdigen Wüstlinge nur ein Spiel; und wenn Brüder oder Ehemänner an ihrer Aufführung etwas auszusetzen fanden, hatten sie zur Antwort gute Degen und erbarmungslose Herzen bereit.

Mit dem Frühjahr begann der Krieg wieder.

Bei einem Scharmützel, das für die Spanier ungünstig verlief, ward Hauptmann Gomare tödlich verwundet. Don Juan sah ihn fallen, lief zu ihm und rief einige Soldaten herbei, die ihn forttragen sollten. Der tapfere Hauptmann aber sammelte, was ihm noch an Kräften blieb, und sagte zu ihm: »Laßt mich hier sterben, ich fühle, daß es um mich geschehen ist. Es ist gleichviel, ob ich hier sterbe oder eine halbe Meile weiter weg. Behaltet Eure Soldaten; sie werden genug zu tun haben, denn ich sehe die Holländer sich eilends nähern…Kinder,« fügte er, sich an die ihn umdrängenden Soldaten wendend, hinzu, »schart Euch um Eure Fahnen und schert Euch nicht um mich.«

Don Garcia trat in diesem Momente hinzu und fragte ihn, ob er nicht irgend welchen letzten Wunsch habe, der nach seinem Tod ausgeführt werden könne.

»Was zum Teufel wollt Ihr, daß ich in einem Augenblicke wie diesem möchte?...«

Er schien sich einige Momente zu sammeln.

»Nie hab' ich viel an den Tod gedacht,« fuhr er fort, »und glaubte ihn mir nicht so nahe... Ich würde nicht ärgerlich sein, wenn ich irgend einen Priester bei mir hätte... Alle unsere Mönche aber sind beim Troß... Es ist doch hart, ohne Beichte zu sterben.«

»Hier ist mein Gebetbuch,« sagte Don Garcia, ihm eine Weinflasche hinhaltend. »Trinkt Euch Mut an.«

Die Augen des alten Soldaten wurden trüber und trüber. Don Garcias Scherz wurde nicht von ihm bemerkt, die alten Soldaten aber, die um ihn herum standen, nahmen Ärgernis daran.

»Don Juan,« sagte der Sterbende, »kommt näher, mein Kind. Seht, ich mache Euch zu meinem Erben. Nehmt die Börse hier, alles enthält sie, was ich besitze; besser ist's, wenn sie Euch gehört, als jenen Exkommunizierten. Um eines nur bitte ich Euch, nämlich, laßt einige Messen für die Ruhe meiner Seele lesen!«

Don Juan versprach es ihm mit einem Handdruck, während Don Garcia ihn ganz leise auf jenen Unterschied hinwies, welcher zwischen den Meinungen eines Menschen, der da stirbt, und denen besteht, zu denen er sich bekennt, wenn er vor einem mit Flaschen bestandenen Tische sitzt. Einige Kugeln, die an ihren Ohren vorbeipfiffen, zeigten ihnen das Nahen der Holländer an. Die Soldaten stellten sich wieder in Reih' und Glied auf. Eilig sagte jeder dem Hauptmann Gomare Lebewohl und man bekümmerte sich nur mehr darum sich in guter Ordnung zurückzuziehen. Bei einem zahlreichen Feind, auf einem durch Regengüsse grundlosen Weg und mit Soldaten, die durch einen langen Marsch ermüdet waren, war das ziemlich schwierig. Dennoch konnten die Holländer sie nicht durchbrechen und standen am Abend von der Verfolgung ab, ohne eine Fahne erbeutet oder einen einzigen unverwundeten Gefangenen gemacht zu haben.

Am Abend saßen beide Freunde mit einigen Offizieren in einem Zelt und unterhielten sich über das Gefecht, an welchem sie eben teilgenommen. Man tadelte die Anordnungen des diensttuenden Befehlshabers und erklärte hinterdrein alles, was er hätte tun müssen. Dann kam man auf die Toten und Verwundeten zu sprechen.

»Dem Hauptmann Gomare«, sagte Don Juan, »werd' ich lange nachtrauern. Er war ein tapferer Offizier, ein guter Kamerad und seinen Soldaten ein wahrer Vater.« »Ja,« sagte Don Garcia, »doch muß ich Euch eingestehn, ich bin nie überraschter gewesen als in dem Augenblicke, wo ich ihn so in Druck sah, weil er keinen Schwarzrock an seiner Seite hatte. Das beweist nur eins, daß es nämlich leichter ist in Worten als in Werken tapfer zu sein. So einer macht sich über eine in weiter Ferne liegende Gefahr lustig, wird aber bleich, wenn sie näher kommt. Da Ihr übrigens sein Erbe seid, Don Juan, so sagt uns doch, wieviel die Euch hinterlassene Börse enthält?«

Don Juan öffnete sie zum erstenmal und sah, daß etwa sechzig Goldstücke in ihr waren.

»Da wir bei Kasse sind,« erklärte Don Garcia, der gewohnt war seines Freundes Börse als die seinige zu betrachten, »warum spielen wir nicht eine Partie Pharao anstatt unsern verstorbenen Freunden Krokodilstränen nachzuweinen?«

Der Vorschlag fand allgemeinen Beifall; man brachte einige Trommeln her, über die man einen Mantel breitete. Die dienten als Spieltische. Von Don Garcia beraten spielte Don Juan zuerst; ehe er aber bezahlte, entnahm er seiner Börse zehn Goldstücke, die er in das Sacktuch wickelte und in seine Tasche steckte.

»Was zum Teufel wollt Ihr damit machen?« rief Don Garcia, »Ein alter Soldat und sparen und das am Abend vor einer Schlacht!«

»Ihr wißt, Don Garcia, daß nicht all das Geld mir gehört. Sub penae nomine, wie wir in Salamanca sagten, hat's mir Don Manuel vermacht.«

»Die Pest über den Narren!« schrie Don Garcia. »Der Teufel soll mich holen; ich glaube, er will diese zehn Goldstücke dem ersten Pfaffen, dem wir begegnen, geben.«

»Warum nicht? Ich hab's versprochen!«

»Schweigt doch. Bei Mahomeds Bart, Ihr macht mir Schande und ich kenne Euch nicht mehr.«

Das Spiel begann. Anfangs wechselte das Glück; bald aber wandte es sich entschieden gegen Don Juan. Um das Unglück zu hemmen, nahm Don Garcia die Karten, aber es war vergebens. Im Verlaufe von einer Stunde war alles Geld, was sie besaßen und Hauptmann Gomares Goldfüchse obendrein in des Bankhalters Hände übergegangen. Don Juan wollte schlafen gehn, Don Garcia aber erhitzt seine Revanche haben und alles Verlorene wiedergewinnen.

»Nun, Herr Angstmeier,« sagte er, »heraus mit jenen letzten Goldfüchsen, die Ihr so fein verwahrt habt. Sie werden uns Glück bringen, dessen bin ich gewiß!«

»Denkt daran, was ich versprach, Don Garcia.«

»Los, los, Ihr Kindskopf! Jetzt handelt's sich wahrlich um Messen! Wenn der Hauptmann hier wäre, würde er lieber eine Kirche plündern, als sich eine Karte entgehen zu lassen, ohne zu setzen.«

»Da sind fünf Goldstücke,« sagte Don Juan, »Setzt sie nicht auf einmal.«

»Keine Schwäche gezeigt!« sagte Don Garcia. Und setzte die fünf Goldstücke auf einen König. Er gewann, bog ein Paroli, verlor aber den zweiten Wurf. »Her mit den letzten fünf!« schrie er, vor Zorn erbleichend. Don Juan machte einige Einwände, die aber leicht besiegt wurden. Er gab nach und reichte ihm vier Goldstücke, welche sogleich den andern nachfolgten. Don Garcia warf dem Bankhalter die Karten an den Kopf und sprang wütend auf. Er sagte zu Don Juan: »Stets habt Ihr Glück gehabt und ich hab' sagen hören, daß ein letztes Goldstück große Macht besitzt, das Glück zu bannen.«

Don Juan war mindestens ebenso wütend wie er. Dachte weder an Messen noch an seinen Schwur. Setzte das einzige übriggebliebene Goldstück auf ein As und verlor es sofort.

»Zum Teufel mit Hauptmann Gomares Seele!« schrie er. »Sein Geld war, glaub' ich, verhext...«

Der Bankhalter fragte, ob sie noch spielen wollten; da sie aber kein Geld mehr hatten und man Leuten, die alle Tage eine Kugel in den Schädel kriegen können, nichts stundet, mußten sie vom Spiel abstehen und sich bei den Zechern zu trösten suchen. Des armen Hauptmanns Seele war völlig in Vergessenheit geraten.

Einige Tage später gingen die Spanier, die Verstärkung erhalten hatten, wieder zum Angriff über und rückten vor. Sie durchquerten die Orte, wo man sich geschlagen hatte. Die Toten waren noch nicht beerdigt worden. Don Garcia und Don Juan trieben ihre Pferde an, um von den Leichen wegzukommen, die Augen und Nase zugleich beleidigten, als einer der Soldaten, der vor ihnen herzog, einen lauten Schrei ausstieß angesichts eines in einem Graben liegenden Körpers. Sie näherten sich und erkannten den Hauptmann Gomare, obwohl er gräßlich entstellt war. Seine verunstalteten und in furchtbaren Verzerrungen starrgewordenen Gesichtszüge bewiesen, daß er in seinen letzten Augenblicken entsetzlich hatte aushalten müssen. Obwohl Don Juan solche Schauspiele bereits gewöhnt war, konnte er sich angesichts dieses Kadavers, dessen erloschenen und mit geronnenem Blut angefüllten Augen scheinbar mit drohendem Ausdruck auf ihn gerichtet waren, eines Schauders nicht erwehren. Er erinnerte sich des armen Hauptmanns letzten Ansuchens, das auszuführen er unterlassen hatte. Die künstliche Härte jedoch, die er seinem Herzen schließlich aufgezwungen hatte, befreite ihn bald von derlei Gewissensbissen; schnell ließ er eine Grube graben, um den Hauptmann zu bestatten. Zufällig war ein Kapuziner da, der in Eile einige Gebete hersagte. Der mit Weihwasser besprengte Leichnam wurde mit Steinen und Erdreich bedeckt, und die Soldaten setzten schweigsamer als gewöhnlich ihren Weg fort: Don Juan bemerkte aber einen alten Arkebusier, welcher, nachdem er lange in seinen Taschen gekramt hatte, endlich ein Geldstück vorfand, das er dem Kapuziner gab und dabei sagte: »Dafür sollt ihr Messen für den Hauptmann Gomare lesen.« An diesem Tage legte Don Juan Proben von einer außergewöhnlichen Tapferkeit ab und setzte sich dem feindlichen Feuer so schonungslos aus, daß man hätte meinen mögen, er wolle sich töten lassen. »Wenn man keinen Pfennig mehr besitzt, ist man schon tapfer!« sagten seine Kameraden.

Kurze Zeit nach Hauptmann Gomares Tode ward ein junger Soldat als Rekrut in der Kompagnie zugelassen, in welcher Don Juan und Don Garcia dienten. Entschlossen und unerschrocken schien er zu sein, hatte aber einen tückischen und undurchsichtigen Charakter. Niemals sah man ihn mit den Kameraden trinken oder spielen; ganze Stunden lang saß er auf einer Bank in der Wache und war damit beschäftigt dem Fluge der Fliegen zuzusehen und seinen Arkebusenanzug spielen zu lassen. Die Soldaten, welche sich über seine Zurückhaltung lustig machten, hatten ihm den Spitznamen: Modesto gegeben. Unter diesem Namen war er in der Kompagnie bekannt und selbst seine Vorgesetzten nannten ihn nicht anders. Der Feldzug endigte mit der Belagerung von Berg-op-Zoom, die bekanntlich eine der mörderischsten in diesem Kriege war, da die Belagerten sich mit äußerster Erbitterung verteidigten. Eines Nachts hatten beide Freunde zusammen Schützengrabendienst. Die Gräben waren den Mauern des Ortes immer näher gerückt und dieser Posten war einer der gefährlichsten. Die Belagerten fielen häufig aus und feuerten lebhaft und treffsicher.

Der erste Teil der Nacht verlief unter ständigen: Habt Acht-Rufen. Dann schienen Belagerte und Belagerer in gleicher Weise der Müdigkeit zu erliegen. Auf der einen wie der andern Seite hörte man zu schießen auf und tiefes Schweigen breitete sich über die ganze Ebene aus; und wenn es unterbrochen wurde, geschah es nur durch vereinzelte Schüsse, die keinen andern Zweck hatten als zu beweisen, daß, wenn man auch sich zu bekämpfen aufgehört, man nichtsdestoweniger beständig auf seiner Hut sei. Es war etwa vier Uhr morgens. Der Augenblick, in welchem den Menschen, der gewacht hat, ein peinliches Kältegefühl überkommt; begleitet ist es von einer Art moralischer Niedergeschlagenheit, welche durch die physische Müdigkeit und die Schlaflust hervorgerufen wird. Jeder ehrliche Soldat gibt zu, daß er sich unter solcher geistigen und körperlichen Verfassung zu Schwachheiten fähig fühlt, über die er nach Sonnenaufgang erröten würde.

»Potzblitz,« rief Don Garcia, der, um sich zu erwärmen, mit den Füßen stampfte und seinen Mantel fester um sich zog, »ich fühle, wie mein Mark in den Knochen erstarrt; ein holländischer Junge könnte mich, und wenn er auch nur einen Bierkrug als Waffe hätte, niedermachen. Wahrlich, ich erkenne mich nicht wieder. Ein Arkebusenschuß macht mich zittern. Meiner Treu', wenn ich fromm wäre, würde es nur von mir abhängen, den seltsamen Zustand, in dem ich mich befinde, für eine Benachrichtigung von oben zu halten.«

Alle Anwesenden und vor allem Don Juan waren maßlos überrascht ihn vom Himmel reden zu hören, denn er beschäftigte sich nicht eben viel mit ihm; oder wenn er von ihm sprach, geschah es, um sich über ihn lustig zu machen. Als er merkte, daß mehrere über diese Worte lächelten, rief er, von einer Eitelkeitsanwandlung belebt:

»Daß ich vor den Holländern, vor Gott oder dem Teufel Bange hätte, das möge sich nur keiner einbilden, denn mit dem würde ich beim Aufzug der Wache abzurechnen haben!«

»Die Holländer laß ich mir noch gefallen, doch vor Gott und Teufel darf man sich wohl fürchten,« sagte ein alter Hauptmann mit grauem Schnauzbarte, der an seiner Degenseite einen Rosenkranz hängen hatte.

»Was wollen sie mir denn Böses tun?« fragte Don Garcia; »der Donner trifft nicht mal so gut wie eine protestantische Arkebuse!«

»Und Eure Seele?« fragte der alte Hauptmann, sich bei dieser gräßlichen Gotteslästerung bekreuzigend.

»Ach, was meine Seele anlangt…so müßt' ich vor allem erst sicher sein, eine zu besitzen. Wer hat mir stets gesagt, daß ich eine Seele hätte? Die Priester. Nun bringt ihnen die Erfindung der Seele so viele schöne Einkünfte ein, daß sie sie sonder Zweifel wie Kuchenbäcker Torten erfunden haben, um sie zu verkaufen.«

»Don Garcia, Ihr werdet elend zu Grunde gehn,« sagte der alte Hauptmann. »Solche Redensarten sollte man im Laufgraben nicht im Munde führen.«

»Im Laufgraben wie anderswo sage ich, was ich denke. Doch will ich den Mund halten, denn meinem Kameraden Don Juan hier, will der Hut vom Kopfe fallen, so sehr sträuben sich seine Haare. Er glaubt nicht nur an die Seele, er glaubt auch noch an die Seelen im Fegefeuer.«

»Ich bin kein Freigeist,« antwortete Don Juan lachend, »und beneide Euch manchmal um Eure erhabene Gleichgültigkeit Dingen der andern Welt gegenüber; denn, mögt Euch Ihr auch über mich lustig machen, ich muß Euch gestehn, es gibt Augenblicke, wo das, was man von den Verdammten erzählt, mir unangenehme Träume bereitet.«

»Der beste Beweis von des Teufels geringer Macht ist, daß Ihr heute aufrecht hier im Schützengraben steht. Bei meiner Ehre, meine Herren,« fügte Don Garcia, Don Juan auf die Schulter klopfend, hinzu, »wenn's einen Teufel gäbe, würd' er den Jungen hier schon längst geholt haben. So jung er auch immer ist, wette ich, er ist wirklich ein Exkommunizierter. Mehr Frauen hat er ins Unglück, mehr Männer in die Grube gebracht, als es zwei Barfüßer und zwei Valenzianer Bravi hätten tun können.«

Er sprach noch, als ein Arkebusenschuß auf der an das spanische Lager stoßenden Grabenseite abgefeuert wurde. Don Garcia führte die Hand an die Brust und rief: »Ich bin verwundet!« Er wankte und sank fast gleichzeitig zu Boden. Im nämlichen Augenblicke sah man einen Menschen die Flucht ergreifen; die Dunkelheit aber verbarg ihn bald vor den Augen derer, die ihn verfolgten.

Don Garcias Verwundung schien tödlich zu sein. Der Schuß war aus größter Nähe abgegeben worden und die Waffe mit mehreren Kugeln geladen gewesen. Die Entschlossenheit dieses verhärteten Wüstlings aber widersprach sich nicht einen Augenblick. Die, welche ihm zuredeten, er solle beichten, ließ er schön ablaufen. Er sagte zu Don Juan: »Eines nur betrübt mich, nach meinem Tode werden die Kapuziner Euch nämlich einblasen, es wäre dies ein Gottesurteil wider mich. Gebt doch zu, daß es nichts Natürlicheres gibt, als daß ein Soldat durch einen Arkebusenschuß getötet wird. Man behauptet, der Schuß wäre auf unserer Seite abgefeuert worden; zweifelsohne hat mich ein eifersüchtiger, grollender Ehemann ermorden lassen. Hängt ihn ohne weiteres auf, wenn Ihr ihn erwischt. Hört, Don Juan, ich habe zwei Liebsten in Antwerpen, drei in Brüssel, und andre anderswo, ich erinnere mich nicht mehr wo... mein Gedächtnis schwindet... Aus Ermanglung von etwas Besserem vermach' ich sie Euch... Nehmt auch noch meinen Degen..., Und vergeßt mir vor allem den Ausfall nicht, den ich Euch gelehrt habe... Lebt wohl... Und statt bei einer Messe sollen meine Kameraden sich zu einer feinen Orgie nach meiner Beerdigung vereinen.«

Das etwa waren seine letzten Worte. Um Gott, um die andre Welt kümmerte er sich nicht mehr, als er es getan hatte, da er noch voller Leben und Kraft war. Mit einem Lächeln auf den Lippen starb er; die Eitelkeit verlieh ihm die Kraft, die abscheuliche Rolle, die er so lange gespielt hatte, bis zu Ende durchzuführen.

Modesto erschien nicht wieder. Die ganze Armee war überzeugt, daß er Don Garcias Mörder war; man verlor sich aber in eitlen Vermutungen über die Gründe, die ihn zu diesem Morde veranlaßt hatten.

Don Juan beklagte Don Garcia mehr als einen Bruder. Er sagte sich, der Unsinnige, daß er ihm alles verdanke. Er hatte ihn in die Geheimnisse des Lebens eingeweiht, ihm die dichten Schuppen, die er vor den Augen hatte, weggenommen. Was war ich, ehe ich ihn kannte? fragte er sich, und seine Eigenliebe sagte ihm, er sei ein andern Männern überlegenes Wesen geworden. Kurz all das Übel, welches ihm in Wirklichkeit die Bekanntschaft mit diesem Atheisten eingebracht hatte, verwandelte er in Wohltaten und war ihm ebenso dankbar dafür, wie es ein Schüler seinem Lehrer gegenüber sein muß.

Die traurigen Eindrücke, die dieser so plötzliche Tod in ihm erweckte, blieben ziemlich lange in seinem Gemüte haften und veranlaßten ihn, seine Lebensweise mehrere Monate über zu verändern. Nach und nach aber fiel er in seine alten Gewohnheiten zurück, die jetzt zu tief in ihm verankert waren, als daß ein Unfall sie hätte ändern können. Er hub wieder an zu spielen, zu trinken, mit Frauen sich einzulassen und mit Ehemännern zu schlagen. Alle Tage hatte er neue Abenteuer. Heute stieg er durch eine Bresche, morgen kletterte er an einem Balkon hoch; morgens maß er die Klingen mit einem Ehemann, abends zechte er mit Huren.

Inmitten dieser Ausschweifungen erfuhr er, daß sein Vater verschieden war; seine Mutter hatte ihn nur wenige Tage überlebt, so daß er beide Nachrichten gleichzeitig erhielt. In Über-

einstimmung mit seiner eigenen Neigung rieten ihm die Sachverwalter nach Spanien zurückzukehren und von seinem Majorat und den großen ererbten Gütern Besitz zu ergreifen. Schon
vor langer Zelt war er des Todes von Don Alonso von Ojeda, Donna Faustas Vaters, wegen be-
gnadigt worden, und er sah diese Angelegenheit für völlig erledigt an. Überdies hatte er Lust
sich auf einem größeren Theater zu üben. Er dachte an die Annehmlichkeiten von Sevilla und
die zahlreichen Schönen, die zweifelsohne nur seiner Ankunft warteten, um sich ihm auf Gnade
und Ungnade zu ergeben. Er zog also den Küraß aus und reiste nach Spanien. Einige Zeit hielt
er sich in Madrid auf; machte sich durch den Reichtum seines Anzuges und durch seine Geschicklichkeit als Picador beim Stierkampfe bemerkbar. Er machte einige Eroberungen, blieb
aber nicht sehr lange dort. Als er in Sevilla angelangt war, blendete er groß und klein durch
Pracht und Aufwand. Alle Tage veranstaltete er neue Feste, zu denen er die schönsten Damen
Andalusiens einlud. Tagtäglich gab's in seinem herrlichen Palaste neue Vergnügungen, neue Or-
gien. Er war der König einer Menge Wüstlinge geworden, welche mit aller Welt in Zwietracht
lebten und nicht zu bändigen waren, ihm aber mit jener Fügsamkeit gehorchten, die man nur
zu häufig in den Gesellschaften der Bösen antrifft. Schließlich gab es keine Ausschweifung, in
welcher er sich nicht wälzte; und da ein lasterhafter reicher Mann nicht nur sich selber gefährlich wird, verdarb sein Beispiel die andalusische Jugend, die ihn in den Himmel hob und zum
Vorbild nahm. Wenn die Vorsehung seine Unzucht länger geduldet hätte, hätte zweifelsohne
ein Feuerregen vom Himmel fallen müssen, um ein Strafgericht über die Ausschweifungen und
Verbrechen in Sevilla ergehen zu lassen. Eine Krankheit, die Don Juan einige Tage über an sein
Bett fesselte, ließ ihn keine Einkehr in sich selber halten; er bat seinen Arzt nur ihn wieder
gesund zu machen, um sich in neue Liederlichkeiten zu stürzen.

Während seiner Genesung belustigte er sich damit eine Liste von allen den Frauen, die er
verführt, und all den Ehemännern, die er betrogen hatte, herzustellen. Die Liste war metho-
disch in zwei Spalten geteilt. In der einen standen die Namen der Frauen und ihre summarische
Personalbeschreibung; daneben die Namen ihrer Ehemänner und ihr Beruf. Viel Mühe bereitete es ihm in seinem Gedächtnis die Namen all dieser Unglücklichen wiederzufinden, und man
muß schon annehmen, daß dieser Katalog keineswegs vollständig war. Eines Tages zeigte er ihn
einem seiner Freunde, der ihm einen Besuch machte; und da er in Italien die Gunst einer Frau
besessen hatte, die sich zu rühmen wagte, die Geliebte eines Papstes gewesen zu sein, begann
die Liste mit ihrem Namen, und der des Papstes figurierte an der Spitze der Ehemänner. Dann
kam ein regierender Fürst, dann folgten Herzöge, Markgrafen und es ging bis zu Handwerkern
hinunter.

»Du siehst, mein Lieber,« sagte er zu seinem Freunde; »du siehst, keiner hat mir entgehen
können, vom Papst angefangen bis zum Schuster hinunter gibt's also keine Klasse, die mir nicht
Tribut gezahlt!«

Don Torribio, so hieß dieser Freund, prüfte die Liste und gab sie ihm zurück, indem er mit
triumphierendem Tone rief: »Sie ist nicht vollständig.«

»Wie? Nicht vollständig? Wer fehlt denn auf meiner Liste der Ehemänner?«

»Gott!« antwortete Don Torribio.

»Gott? Das stimmt, es steht keine Nonne drauf. Potzblitz, ich danke Euch für die Benachrichtigung. Nun ich schwöre dir bei meiner Edelmannsehre, daß er, bevor ein Monat herum
ist, vor dem hochwürdigen Papst auf meiner Liste stehen soll, und daß du hier mit einer Nonne
zusammen zu Abend speisen wirst. In welchem Kloster von Sevilla gibt's hübsche Nönnchen?«

Einige Tage später war Don Juan darnach unterwegs. Er hub an die Nonnenklosterkirche
eifrig zu besuchen und kniete dort nahe an den Gittern, welche die Bräute des Heilands von
den übrigen Gläubigen trennen. Von dort aus warf er den furchtsamen Jungfrauen unverschämte
Blicke zu, wie ein Wolf, der in einen Schafstall eingedrungen dort das fetteste Lamm sucht,
um es zuerst zu verschlingen.

Bald hatte er in der Kirche Unserer Lieben Frau vom Rosenkranz eine junge Nonne von
hinreißender Schönheit entdeckt, die durch eine Melancholie, welche auf ihren Gesichtszügen
lag, noch gehoben wurde. Niemals schlug sie die Augen auf und wandte sie weder nach rechts

noch nach links; vollkommen schien sie in das göttliche Geheimnis, das man vor ihr zelebrierte, versunken zu sein. Leise bewegten sich ihre Lippen und leicht konnte man merken, daß sie mit tieferer Inbrunst und Weihe als ihre Gefährtinnen betete. Ihr Anblick rief alte Erinnerungen in Don Juan wach. Er meinte, diese Frau anderswo gesehen zu haben, konnte sich aber unmöglich erinnern, zu welcher Zeit und an welchem Orte. So viele Frauenbilder waren mehr oder weniger tief in seinem Gedächtnis eingeprägt, daß ihm eine Verwechslung schon einmal unterlaufen konnte. Zwei aufeinanderfolgende Tage kam er wieder in die Kirche und stellte sich immer in der Nähe des Gitters auf; konnte es aber nicht dahin bringen, daß Schwester Agathe die Augen aufschlug. Daß sie so hieß, hatte er gehört.

Die Schwierigkeiten über eine durch die Stellung und ihre Tüchtigkeit so wohl verwahrte Person zu triumphieren, diente nur dazu Don Juans Verlangen anzustacheln. Das Wichtigste und auch das Schwierigste war, bemerkt zu werden. In seiner Eitelkeit war er überzeugt, daß, wenn er nur Schwester Agathes Aufmerksamkeit erregen könnte, der Sieg mehr als halb gewonnen sei. Folgendes Mittel ersann er, um die schöne Person zum Augenaufschlagen zu bewegen. So nah wie möglich stellte er sich bei ihr auf und steckte, den Augenblick des heiligsten Moments benutzend, wo alle Welt sich niederwirft, die Hand zwischen den Gitterstangen durch und goß vor Schwester Agathe den Inhalt eines mitgebrachten Essenzfläschchens aus. Der durchdringende Duft, der sich plötzlich bemerkbar machte, nötigte die junge Nonne, den Kopf zu erheben. Und da Don Juan sich gerade ihr gegenüber aufgestellt hatte, mußte sie ihn unfehlbar erblicken. Ein lebhaftes Erstaunen malte sich anfangs auf ihren Zügen, dann ward sie totenblaß, stieß einen leisen Schrei aus und sank ohnmächtig auf die Fliesen. Ihre Gefährtinnen drängten sich um sie und trugen sie in ihre Zelle. Sehr mit sich zufrieden entfernte sich Don Juan und sagte sich: Diese Nonne ist wirklich reizend; doch je mehr ich sie sehe, desto mehr dünkt mich, daß sie bereits in meinem Kataloge stehen muß.

Am folgenden Morgen stellte er sich zur Stunde der Messe prompt am Gitter ein. Schwester Agathe war aber nicht an ihrem gewöhnlichen Platz in der ersten Nonnenreihe; sie war im Gegenteil fast hinter ihren Gefährtinnen verborgen. Nichtsdestoweniger merkte Don Juan, daß sie häufig verstohlen nach ihm blickte. Er nahm das für ein für seine Leidenschaft günstiges Zeichen. Die Kleine fürchtet mich, dachte er … sie wird bald zahm werden. Nach beendigter Messe bemerkte er, daß sie in einen Beichtstuhl trat; um aber dorthin zu gelangen, kam sie dicht an dem Gitter vorbei und ließ wie aus Unachtsamkeit ihren Rosenkranz fallen. Don Juan war zu erfahren, als das er sich durch diese angebliche Zerstreutheit hätte täuschen lassen. Anfangs hielt er es für wichtig sich in der Besitz dieses Rosenkranzes zu bringen; doch lag er auf der andern Gitterseite, und um ihn aufzuheben, glaubte er warten zu müssen, bis alle Leute aus der Kirche hinausgegangen wären. Um diesen Augenblick abzupassen, lehnte er sich in nachdenklicher Haltung gegen einen Pfeiler; eine Hand hatte er auf die Augen gelegt, die Finger aber leicht auseinandergespreizt, so daß ihm keine von Schwester Agathes Bewegungen entgehen konnte. Wer immer ihn in dieser Haltung gesehen hätte, würde ihn für einen guten, in fromme Betrachtung versunkenen Christen gehalten haben.

Die Nonne kam aus dem Beichtstuhl heraus und tat einige Schritte, um ins Innere des Klosters zu gehn. Sie bemerkte aber bald oder gab vielmehr vor zu bemerken, daß ihr der Rosenkranz fehle. Sie blickte suchend nach allen Seiten und sah, daß er am Gitter lag. Sie kam zurück und bückte sich, um ihn aufzuheben. Im nämlichen Augenblicke bemerkte Don Juan etwas Weißes, das unter dem Gitter hervorkam. Es war ein ganz kleines vierfach gefaltetes Papier. Sofort entfernte sich die Nonne.

In seiner Überraschung schneller zum Ziele zu gelangen als er erwartet hatte, empfand der Wüstling eine Art Bedauern, nicht mehr Widerständen zu begegnen. So ist etwa das Bedauern eines Jägers, der einem Hirsch nach ist und mit einem langen und mühseligen Laufe rechnet: plötzlich stürzt das eben aufgejagte Tier und bringt so den Jäger um die Freude und das Verdienst, die er sich von der Verfolgung versprochen hatte. Immerhin raffte er das Briefchen schnell auf und verließ die Kirche, um es in aller Muße zu lesen. Folgendes war sein Inhalt: »Ihr seid es, Don Juan? Es ist also wahr, daß Ihr mich nicht vergessen habt? Ich war sehr unglücklich, begann mich aber an mein Los zu gewöhnen. Jetzt werd' ich hundertmal unglücklicher sein. Ich müßte Euch hassen…Ihr habt meines Vaters Blut vergossen…doch kann ich Euch weder hassen noch vergessen. Habt Mitleid mit mir. Kommt nicht mehr in unsere Kirche; Ihr tut mir zu weh. Lebt wohl, lebt wohl, ich bin tot für die Welt. Theresa.«

Ach, es ist die Theresita! sagte sich Don Juan. Ich wußte doch, daß ich sie schon irgendwo gesehen hatte. Dann las er das Briefchen nochmals…Ich müßte Euch hassen…Das heißt, ich bete Euch an…Ihr habt meines Vaters Blut vergossen…Das nämliche sagt Ximene zu Rodrigro…Kommt nicht mehr in unsere Kirche…Will sagen, ich erwarte Euch morgen. Sehr schön. Sie gehört mir…Er ging daraufhin zum Mittagessen.

Am folgenden Morgen stellte er sich pünktlich in der Kirche ein; in seiner Tasche hatte er einen fertigen Brief. Groß aber war seine Überraschung, als er Schwester Agathe nicht erscheinen sah. Nie war ihm eine Messe länger vorgekommen. Nachdem er Theresas Gewissenszweifel hundertmal verwünscht hatte, ging er am Guadalquivirufer spazieren, um irgend einen Ausweg zu finden und bei folgendem blieb er dann stehen:

Das Kloster von Unserer Lieben Frau vom Rosenkranz war unter den Sevillaner Klöstern des ausgezeichneten Eingemachten wegen berühmt, das die Schwestern herstellen. Er ging ins Sprechzimmer, fragte die Laienschwester und ließ sich die Liste von allem Eingemachten geben, das sie zu verkaufen hatte. – »Habt Ihr keine Zitronen auf Maranaart?« fragte er mit der natürlichsten Miene von der Welt.

»Zitronen auf Maranaart, Herr Ritter? Zum erstenmal höre ich von solchem Eingemachten sprechen.«

»Nichts ist indessen begehrter und ich wundere mich, daß man in einem Hause wie Eurem nicht viel davon herstellt.«

»Zitronen auf Maranaart?«

»Auf Maranaart,« wiederholte Don Juan, jede Silbe betonend. »Ganz unmöglich ist's, daß nicht eine von Euren Nonnen das Rezept weiß. Fragt, bitte, die Damen, ob sie dies Eingemachte nicht kennen. Morgen werd' ich wieder vorbeikommen.«

Einige Minuten später war im ganzen Kloster nur von Zitronen auf Maranaart die Rede. Die besten Herstellerinnen von Eingemachtem hatten nie davon reden hören. Schwester Agathe allein kannte das Verfahren. Zu gewöhnlichen Zitronen mußte man Rosenwasser, Veilchen usw. hinzufügen, dann…Sie übernahm alles. Als Don Juan wiederkam, fand er einen Topf voll Zitronen auf Maranaart vor; es war in Wirklichkeit eine abscheulich schmeckende Mischung. Unter dem Papier aber, in das der Topf eingepackt war, fand er ein Briefchen von Theresas Hand. Neue Bitten auf sie zu verzichten und sie zu vergessen. Das arme Mädchen suchte sich selbst zu betrügen. Religion, Kindesliebe, Anhänglichkeit und Leidenschaft machten der Unglückseligen Herz einander streitig; leicht aber konnte man merken, daß die Leidenschaft am stärksten war. Am folgenden Morgen schickte Don Juan einen seiner Pagen mit einer Kiste ins Kloster, welche Zitronen enthielt, die er eingemacht haben wollte, und die er ganz besonders der Nonne anempfahl, welche das am Vortage gekaufte Eingemachte hergestellt hatte. Auf dem Boden der Kiste war geschickt eine Antwort auf Theresas Brief verborgen. Er sagte ihr: »Ich bin sehr unglücklich gewesen. Ein Verhängnis hat meinen Arm geführt. Seit jener furchtbaren Nacht hab' ich nicht aufgehört an Dich zu denken. Ich wagte zu hoffen, daß Du mich nicht hassen würdest. Endlich hab' ich Dich wiedergefunden. Höre auf mir etwas von Schwüren zu sagen, die Du geleistet hast. Ehe Du Dich vor dem Altare bandest, gehörtest Du mir an. Du hast nicht über Dein Herz verfügen können, das mir gehörte…Ich fordere ein Gut zurück, das ich allem vorziehe. Ich werde vergehen oder Du wirst mir zurückgegeben werden. Morgen will ich Dich ins Sprechzimmer bitten. Ich hab' nicht gewagt mich dort einzustellen, ehe ich dich benachrichtigt hatte, habe gefürchtet, Deine Verwirrung könnte uns verraten. Wappne Dich mit Mut. Sage mir, ob die Laienschwester gewonnen werden kann.« Zwei geschickt über das Papier gespritzte Wassertropfen stellten beim Schreiben vergossene Tränen vor.

Einige Stunden später brachte ihm der Klostergärtner eine Antwort und bot ihm seine Dienste an. Die Laienschwester war unbestechlich; Schwester Agathe willigte ein ins Sprechzimmer zu kommen, doch nur unter der Bedingung, daß sie ein ewiges Lebewohl sagen und entgegennehmen wolle.

Mehr tot als lebendig erschien die arme Theresa im Sprechzimmer. Mit beiden Händen mußte sie sich ans Gitter klammern, um sich aufrecht zu halten. Ruhig und gefühllos kostete Don Juan mit Wonne den Aufruhr aus, in den er sie versetzte. Anfangs, und um die Laienschwester hinters Licht zu führen, erzählte er ungezwungen von den Freunden, die Theresa in Salamanca zurückgelassen und die ihm viele Grüße an sie aufgetragen hatten. Dann benutzte er einen Augenblick, wo die Laienschwester sich entfernte, und sagte ganz leise und sehr schnell zu Theresa:

»Ich bin zu allem entschlossen, um dich hier wegzuholen. Wenn man Feuer ans Kloster legen müßte, ich würd' es in Brand stecken. Nichts will ich hören. Mir gehörst du. In einigen Tagen wirst du bei mir sein oder ich werde verderben, umkommen; doch viele andre sollen mit mir umkommen!«

Die Laienschwester näherte sich. Theresa war dem ersticken nahe und vermochte kein deutliches Wort zu sagen. Mit gleichgültigem Tone sprach Don Juan indessen von Eingemachtem und Nadelarbeiten, mit denen sich die Nonnen beschäftigten, und versprach der Laienschwester, ihr in Rom geweihte Rosenkränze zu schicken und ein Brokatgewand zu schenken, das man der heiligen Patronin der Schwesternschaft an ihrem Namenstag anziehen solle. Nach halbstündiger Unterhaltung grüßte er Theresa mit ehrfurchtsvoller und ernster Miene und ließ sie in einem Zustand unbeschreiblicher Erregung und Verzweiflung zurück. Eilends schloß sie sich in ihrer Zelle ein und ihre Hand, welche ihr besser als ihre Zunge gehorchte, schrieb einen langen vorwurfsvollen, flehentlichen Bittbrief. Sie konnte aber nicht umhin, ihm ihre Liebe zu erklären, und entschuldigte diesen Fehl mit dem Gedanken, daß sie ihn büßen würde, indem sie sich weigere sich ihres Geliebten Bitten zu fügen. Der Gärtner besorgte diesen strafbaren Briefwechsel und brachte ihr bald ein Antwortschreiben. Immer drohte Don Juan, sich zum Äußersten hinreißen zu lassen. Hundert Arme ständen ihm zu Diensten, vor Tempelschändung schrecke er nicht zurück. Glücklich würde er sterben, wenn er seine Freundin noch einmal in seinen Armen gehalten hätte. Was sollte das schwache Kind tun, war sie doch gewöhnt, einem Manne, den sie liebte, zu willfahren. In Tränen verbrachte sie ihre Nächte und am Tage vermochte sie nicht zu beten, Don Juans Bild folgte ihr überall hin, und selbst wenn sie an ihrer Gefährtinnen frommen Übungen teilnahm, führte ihr Leib mechanisch die Gesten einer Betenden aus, ihr Herz aber war ganz mit ihrer furchtbaren Liebe beschäftigt.

Nach einigen Tagen besaß sie nicht mehr die Kraft des Widerstandes. Sie meldete Don Juan, daß sie zu allem bereit sei. Sie sah sich in jeglicher Beziehung verloren und war sich klar, daß es, wenn sie doch einmal sterben solle, besser sei, vorher noch einen Augenblick des Glückes auszukosten. In seiner höchsten Freude bereitete Don Juan alles für die Entführung vor. Er wählte eine mondlose Nacht. Der Gärtner brachte Theresa eine seidene Strickleiter, deren sie sich zum Übersteigen der Klostermauer bedienen sollte. Ein Paket mit einem weltlichen Gewande darinnen würde an einer verabredeten Stelle des Gartens versteckt sein, denn sie durfte nicht daran denken in ihrer Nonnentracht auf die Straße zu gehen. Don Juan würde sie unten an der Mauer erwarten. In einiger Entfernung sollte eine von kräftigen Mäulern getragene Sänfte bereit stehen, die sie schnell in ein Landhaus bringen würde. Geborgen vor allen Verfolgungen könnte sie dort sein und ruhig und glücklich mit ihrem Liebhaber leben. Das war der Plan, den Don Juan selber entworfen hatte. Er ließ schickliche Gewänder schneidern, probierte die Strickleiter aus, fügte eine Anweisung, wie man sie befestigen mußte, hinzu; kurz er versäumte nichts, was den Erfolg seines Unterfangens sichern konnte. Der Gärtner war ergeben, zu viel brachte ihm seine Treue ein, als daß man an ihm hätte zweifeln können. Überdies waren Maßnahmen getroffen worden, ihn nach der Entführung zu ermorden. Kurz, dies Komplott schien derartig geschickt angezettelt zu sein, daß nichts es vereiteln konnte.

Um jeglichen Verdacht zu vermeiden, reiste Don Juan zwei Tage vor dem für die Entführung bestimmten nach dem Schlosse Marana. In diesem Schlosse hatte er den größten Teil seiner Kindheit verbracht, es aber seit seiner Rückkehr nach Sevilla noch nicht wieder betreten. Mit sinkender Nacht kam er an und seine erste Sorge war, gut zu Abend zu speisen. Dann ließ er sich auskleiden und legte sich zu Bett. In seinem Zimmer hatte er die Wachskerzen zweier großer Armleuchter anzünden lassen und auf dem Tische lag ein Buch mit ausgelassenen Geschichten. Nachdem er einige Seiten gelesen, verspürte er Schlaflust, klappte das Buch zu und löschte einen der Leuchter aus. Ehe er den zweiten ausblies, irrten seine Blicke zerstreut im ganzen Zimmer umher und plötzlich sah er in seinem Alkoven das Gemälde, welches die Qualen des Fegefeuers darstellte, das er in seiner Kindheit so häufig betrachtet hatte. Unwillkürlich blieben seine Augen auf dem Manne haften, dessen Eingeweide eine Natter verschlang, und obwohl diese Darstellung ihm jetzt noch mehr Entsetzen einflößte als damals, konnten sie sich nicht davon losreißen. Gleichzeitig erinnerte er sich an Hauptmann Gomares Gesicht und an die gräßlichen Verzerrungen, welche der Tod seinen Zügen aufgeprägt hatte. Dieser Gedanke machte ihn beben und er fühlte, wie seine Haare sich auf dem Kopf aufrichteten. Indessen ermannte er sich und löschte die letzte Kerze aus; hoffte er doch, daß die Dunkelheit ihn von den häßlichen Bildern, die ihn verfolgten, befreien würde. Die Dunkelheit vermehrte aber sein Entsetzen noch. Seine Augen schauten immer auf das Gemälde, welches er doch nicht sehen konnte; aber es war ihm so vertraut, daß er es sich in seiner Einbildung genau so deutlich ausmalte, wie wenn heller Tag gewesen wäre. Manchmal kam es ihm sogar so vor, als ob die Gesichter sich erhellten und leuchtend würden, wie wenn die Flammen des Fegefeuers, die der Künstler gemalt hatte, wirkliche Flammen wären. Endlich ward seine Aufregung so groß, daß er mit lauten Schreien seine Dienerschaft rief, um sie das Gemälde entfernen zu lassen, das ihm solchen Schrecken verursachte. Als sie in sein Gemach gestürzt kam, schämte er sich seiner Schwäche. Er dachte, seine Leute würden sich über ihn lustig machen, wenn sie erführen, daß er sich vor einem Gemälde fürchte. Mit dem natürlichsten Tone, den er seiner Stimme geben konnte, begnügte er sich zu sagen, man solle die Kerzen wieder anzünden und ihn allein lassen. Dann hub er wieder zu lesen an; aber nur seine Augen durchflogen das Buch, sein Geist beschäftigte sich mit dem Bild. Einer unbeschreiblichen Aufregung ausgeliefert verbrachte er so eine schlaflose Nacht.

Sowie der Tag erschien, erhob er sich eilends und ging auf die Jagd. Die Bewegung und die frische Morgenluft beruhigten ihn allmählich; die durch den Anblick des Gemäldes hervorgerufenen Eindrücke waren verschwunden, als er in sein Schloß zurückkehrte. Er setzte sich zu Tisch und trank tüchtig. Als er sich schlafen legte, war er bereits ein bißchen betäubt. Auf seinen Befehl war ihm in einem andern Zimmer ein Lager bereitet worden, und man kann sich wohl denken, daß er sich gehütet hatte, das Gemälde dorthin bringen zu lassen. Doch hatte er die Erinnerung daran bewahrt und sie war mächtig genug, ihn einen Teil der Nacht über nicht schlafen zu lassen.

übrigens flößten ihm solche Ängste keine Reue über sein verflossenes Leben ein. Immer beschäftigte er sich mit der geplanten Entführung; und nachdem er seinen Dienern alle notwendigen Befehle erteilt, reiste er in der größten Tageshitze nach Sevilla ab, um dort erst in der Dunkelheit anzukommen. Tatsächlich war's schwarze Nacht, als er beim Lloroturme vorbeikam, wo ein Diener seiner schon harrte. Er übergab ihm sein Pferd und erkundigte sich, ob Sänfte und Mäuler bereitstünden. Seinen Anordnungen gemäß sollten sie in einer Straße in ziemlicher Nähe des Klosters warten, damit er sich sofort mit Theresa zu Fuß dorthin begeben könnte, jedoch nicht zu nahe, um nicht den Argwohn der Runde zu erwecken, wenn sie ihnen zufällig begegnen sollte. Alles war bereit, seine Anordnungen waren wörtlich ausgeführt worden. Er sah, daß er noch eine Stunde zu warten hatte, ehe er das mit Theresa verabredete Zeichen geben konnte. Sein Diener warf ihm einen weiten braunen Mantel um die Schultern und er ging allein durch das Trianator nach Sevilla hinein. Sein Gesicht verbarg er, um nicht erkannt zu werden. Hitze und Ermüdung zwangen ihn, sich in einer einsamen Straße auf eine Bank zu setzen. Dort hub er an Liedchen, die ihm grade einfielen, zu pfeifen und vor sich hinzusummen. Von Zeit zu Zeit blickte er auf seine Uhr und bemerkte zu seinem Kummer, daß der Zeiger nicht nach dem Wunsche seiner Ungeduld vorrücke. Plötzlich drang eine feierliche Trauermusik an sein Ohr. Bald unterschied er die von der Kirche für Beerdigungen vorgeschriebenen Gesänge. Dann bog ein Zug um die Straßenecke und kam auf ihn zu. Zwei lange Büßerreihen, welche angezündete Kerzen trugen, zogen vor einer mit schwarzem Sammet bedeckten Bahre her, welche von mehreren Männern getragen ward. Weißbärtig waren die, trugen den Degen an der Seite und waren nach einer früheren Mode gekleidet. Der Zug wurde von zwei Reihen Büßern in Trauergewandung geschlossen, die wie die ersten Kerzen trugen. Langsam und ernst näherte sich der ganze Zug. Man hörte das Geräusch der Schritte auf dem Pflaster nicht und hätte schier meinen mögen, daß jede Gestalt mehr dahingleite als daß sie schreite. Die langen und steifen Falten der Mäntel und Gewänder schienen ebenso unbeweglich wie die Marmorkleider der Standbilder.

Bei diesem Schauspiel empfand Don Juan anfangs jene Art Widerwillen, welchen einem Epikuräer der Gedanke an den Tod einflößt. Er stand auf und wollte sich entfernen, die Zahl der Leidtragenden und der Pomp des Zuges aber überraschten ihn und machten ihn neugierig. Als die Prozession sich nach einer benachbarten Kirche wandte, deren Portale sich geräuschlos auftaten, hielt Don Juan einen der kerzentragenden Männer am Ärmel fest und fragte ihn höflich, wer die Person sei, die man da beerdigte. Der Büßer hob den Kopf in die Höhe; sein Antlitz war bleich und fleischlos wie das eines Menschen, der eine lange und schmerzensreiche Krankheit hinter sich hat. Mit Grabesstimme antwortete er: »Den Grafen Don Juan von Marana.«

Bei dieser seltsamen Antwort standen Don Juan die Haare zu Berge; einen Augenblick nachher aber hatte er seine Kaltblütigkeit wiedererlangt und hub zu lächeln an. Ich werde schlecht verstanden haben, sagte er sich, oder der Alte hat sich geirrt. Die Trauergesänge wurden wieder angestimmt, ein lauter Orgelton begleitete sie. Und die in Trauerchorröcke gekleideten Priester stimmten das De profundis an. Trotz seiner Bemühungen ruhig zu erscheinen fühlte Don Juan, wie sein Blut in den Adern erstarrte. Er näherte sich einem andern Büßer. Fragte ihn: »Wer ist denn der Tote, den man da beerdigt?« – »Der Graf Don Juan von Marana,« antwortete der Büßer mit hohler und schrecklicher Stimme. Don Juan lehnte sich an eine Säule, um nicht umzusinken. Er fühlte, wie er schwach wurde. All sein Mut hatte ihn verlassen. Währenddem ging der Gottesdienst weiter, und die Wölbungen der Kirche ließen den Orgelklang und den Schwall der Stimmen, welche das schreckliche Dies irae sangen, noch anschwellen. Er meinte die Engelchöre beim letzten Gerichte zu hören. Endlich machte er eine Anstrengung, Er faßte die Hand eines an ihm vorbeigehenden Priesters. Diese Hand war kalt wie Marmor.

»In des Himmels Namen, mein Vater,« rief er, »für wen betet Ihr hier, und wer seid Ihr?«

»Wir beten für den Grafen Don Juan von Marana,« antwortete der Priester, der ihn mit einem schmerzlichen Ausdrucke fest anblickte. »Wir beten für seine Seele, die im Stande der Todsünde ist, und wir sind die Seelen, welche seiner Mutter Messen und Gebete aus den Flammen des Fegefeuers befreit haben. Wir bezahlen dem Sohne, was wir der Mutter schulden; diese Messe aber ist die letzte, die uns erlaubt ist zu beten für die Seele des Grafen Don Juan von Marana.«

In diesem Augenblicke tat die Uhr der Kirche einen Schlag: es war die für Theresas Entführung festgesetzte Stunde.

»Die Zeit ist gekommen!« schrie eine Stimme, die aus dunkler Kirchenecke kam, »die Zeit ist gekommen! Gehört er uns?«

Don Juan wandte den Kopf um und sah eine furchtbare Erscheinung. Bleich und blutig näherte sich Don Garcia mit dem Hauptmann Gomare, dessen Gesichtszüge noch von grausigen Krämpfen verzerrt waren. Sie wandten sich beide dem Sarge zu und, den Deckel mit wilder Gewalt zu Boden werfend, wiederholte Don Garcia: »Gehört er uns?« Im nämlichen Augenblicke richtete sich eine riesige Schlange hinter ihm auf und, ihn mehrere Fuß überragend, schien sie sich in den Sarg schnellen zu wollen...Don Juan schrie: »Jesus!« und fiel bewußtlos auf die Fliesen.

Die Nacht war schon weit vorgerückt, als die passierende Runde einen Mann fand, der bewegungslos an dem Portal einer Kirche lag. Die Häscher näherten sich; glaubten sie doch, es sei der Leichnam eines ermordeten Menschen. Sofort erkannten sie den Grafen von Marana und versuchten ihn wieder zum Bewußtsein zu bringen, indem sie ihm frisches Wasser ins Gesicht sprengten. Als sie jedoch sahen, daß er nicht wieder zu sich kam, trugen sie ihn in sein Haus. Die einen sagten, er wäre betrunken, andre, er hätte von einem eifersüchtigen Ehemanne

Stockhiebe erhalten. Niemand oder wenigstens kein anständiger Mensch liebte ihn in Sevilla und jeder gab seinen Senf dazu. Der eine segnete den Stock, der ihn so betäubt habe, ein andrer fragte, wieviele Flaschen in diesem bewegungslosen Körper wohl enthalten sein möchten. Don Juans Diener empfingen ihren Herrn aus der Häscher Händen und liefen nach einem Chirurgen. Man ließ ihn tüchtig zur Ader und er kam langsam zu Bewußtsein. Anfangs vernahm man nichts wie zusammenhanglose Worte von ihm, unartikulierte Schreie, Seufzer und Klagen. Allmählich schien er alle Gegenstände, die ihn umgaben, mit Aufmerksamkeit zu betrachten. Er fragte, wo er sei, dann was aus Hauptmann Gomare, Don Garcia und der Prozession geworden wäre. Seine Leute hielten ihn für wahnsinnig. Nachdem er eine Herzstärkung zu sich genommen, ließ er sich jedoch ein Kruzifix bringen und küßte es einige Zeit unter strömenden Tränen. Dann befahl er, man solle ihm einen Beichtiger holen.

Seine Gottlosigkeit war so bekannt, daß man allgemein darüber erstaunt war. Mehrere von seinen Leuten gerufene Priester weigerten sich zu ihm zu gehen, waren sie doch fest überzeugt, er wolle ihnen einen üblen Streich spielen. Endlich willigte ein Dominikanermönch ein ihn zu besuchen. Man ließ sie allein, Don Juan warf sich ihm zu Füßen und erzählte von der Vision, die er gehabt. Dann beichtete er. Bei jedwedem seiner Verbrechen, die er erzählte, unterbrach er sich, um zu fragen, ob es möglich sei, daß ein so großer Sünder wie er jemals die Verzeihung des Himmels erlange. Der antwortete, Gottes Barmherzigkeit wäre unendlich. Nachdem er ihn ermahnt hatte in seiner Reue zu verharren, und nachdem er ihm die Tröstungen hatte zuteil werden lassen, welche die Religion auch den größten Verbrechern nicht verweigert, entfernte sich der Dominikaner mit dem Versprechen, abends zurückzukommen. Don Juan verbrachte den ganzen Tag in Gebeten. Als der Dominikaner zurückkam, erklärte er ihm, sein Entschluß sei gefaßt, er wolle sich aus einer Welt zurückziehen, wo er soviel Ärgernis erregt, und die gräßlichen Verbrechen, durch die er sich befleckt, durch Bußübungen zu sühnen suchen. Von seinen Tränen gerührt, ermutigte ihn der Mönch, so gut er es vermochte; und um zu prüfen, ob er auch den Mut haben würde, seinem Entschlusse Folge zu leisten, malte er ihm die Kasteiungen des Klosters in den düstersten Farben aus. Bei jeder Züchtigung aber, die er beschrieb, rief Don Juan, sie wäre nichts und er verdiene viel strengere Prüfungen.

Am nächsten Morgen schenkte er die Hälfte seines Vermögens seinen Verwandten, die arm waren; einen andern Teil desselben bestimmte er für die Gründung eines Hospitals und den Bau einer Kapelle; beträchtliche Summen verteilte er an die Armen und ließ eine große Anzahl Messen für die Seelen im Fegefeuer, vor allem aber für die des Hauptmanns Gomare und der Unglücklichen lesen, die im Zweikampf gegen ihn gefallen waren. Endlich versammelte er alle seine Freunde und klagte sich vor ihnen des schlechten Beispiels wegen an, das er ihnen so lange gegeben hatte; pathetisch malte er ihnen die Gewissensbisse, die seine frühere Aufführung ihm verursachte, und die Hoffnungen aus, welche er für die Zukunft zu hegen wagte. Mehrere dieser Wüstlinge wurden gerührt und gingen in sich; andre, unverbesserliche, verließen ihn mit kaltem Hohn.

Ehe Don Juan in das Kloster trat, in welches er sich zurückziehen wollte, schrieb er an Donna Theresa. Er gestand ihr seine schändlichen Pläne, schilderte ihr sein Leben, seine Bekehrung, und bat sie um Verzeihung, indem er sie aufforderte, seinem Beispiele zu folgen und ihr Heil in der Reue zu suchen. Er vertraute diesen Brief dem Dominikaner an, nachdem er ihn den Inhalt hatte lesen lassen.

Die arme Theresa hatte im Klostergarten lange auf das verabredete Zeichen gewartet. Als sie nach mehreren, in unsagbarer Aufregung verlebten Stunden den Morgen grauen sah, kehrte sie in ihre Zelle zurück und überließ sich dem wildesten Schmerze. Don Juans Fernbleiben schrieb sie tausend Gründen zu, die alle der Wahrheit durchaus nicht entsprachen. Mehrere Tage verstrichen so, ohne daß sie Nachrichten von ihm empfing und ohne daß eine Botschaft ihre Verzweiflung milderte. Endlich erhielt der Mönch, nachdem er mit der Äbtissin verhandelt hatte, die Erlaubnis sie zu sehen, und überreichte ihr das Schreiben ihres reuigen Verführers. Während sie es las, sah man, wie dicke Schweißtropfen über ihre Stirn liefen; bald wurde sie feuerrot, bald leichenblaß. Dennoch besaß sie den Mut den Brief zu Ende zu lesen. Der Dominikaner versuchte ihr dann Don Juans Reue auszumalen und sie zu beglückwünschen, der gräßlichen Gefahr entronnen zu sein, die ihrer beider harrte, wenn ihr Plan nicht durch eine augenscheinliche Dazwischenkunft der Vorsehung vereitelt worden wäre. Bei all diesen Ermahnungen aber schrie Donna Theresa: »Er hat mich nie geliebt!« Ein hitziges Fieber befiel die Unglückliche. Vergebens wurden die Hilfsmittel der Wissenschaft und der Religion an sie verschwendet: die einen wies sie zurück, den andern gegenüber erschien sie unempfindlich. Immer wiederholend: »Er hat mich nie geliebt!« starb sie nach einigen Tagen.

Don Juan hatte das Novizenkleid angelegt und zeigte, daß seine Bekehrung aufrichtig war. Keine Bußübungen oder Züchtigungen gab's, die er nicht zu leicht gefunden hätte; oft sah sich der Abt des Klosters genötigt, ihm zu befehlen, bei den Kasteiungen, mit welchen er seinen Körper quälte, in den gebotenen Grenzen zu bleiben. Er machte ihm klar, daß er so seine Tage abkürze und daß es in Wirklichkeit größeren Mutes bedürfe, maßvolle Züchtigungen lange zu ertragen, als seine Buße auf einmal zu enden, indem er sich ums Leben bringe. Als das Noviziat zu Ende war, legte Don Juan sein Gelübde ab und fuhr fort, unter dem Namen Bruder Ambrosius das ganze Kloster durch seine Kasteiungen zu erbauen. Unter seiner groben Wollkutte trug er ein Bußkleid aus Pferdehaaren. Eine Art enger Kiste, die kürzer als sein Leib war, diente ihm als Bett. In Wasser abgekochte Gemüse bildeten seine ganze Nahrung. Und nur an Festtagen und auf des Abtes ausdrücklichen Befehl, willigte er ein, Brot zu essen. Den größten Teil der Nächte verbrachte er mit Wachen und Beten, wobei er die Arme kreuzförmig ausbreitete; kurz er war das Vorbild dieser frommen Gemeinschaft, wie er früher das Muster der Lüstlinge seines Alters gewesen. Eine epidemische Krankheit, die in Sevilla ausbrach, verschaffte ihm Gelegenheit sich in den neuen Tugenden, welche ihm seine Bekehrung verliehen hatte, zu üben. Die Kranken waren in dem von ihm gestifteten Hospital aufgenommen worden; er pflegte die Armen, brachte die Tage an ihren Betten zu, ermahnte, ermutigte und tröstete sie. Die Ansteckungsgefahr war so groß, daß man selbst um viel Geld nicht Männer bekommen konnte, welche die Toten beerdigen wollten. Don Juan übernahm auch noch das; er ging in die verlassenen Häuser und beerdigte die verwesenden Leichen, die häufig schon tagelang dalagen. Überall pries man ihn; und da er während dieser schrecklichen Epidemie niemals krank wurde, versicherten leichtgläubige Leute, Gott habe ein neues Wunder zu seinen Gunsten getan. Schon seit mehreren Jahren wohnte Don Juan oder Bruder Ambrosius im Kloster und sein Leben war eine ununterbrochene Folge von Frömmigkeitsübungen und Kasteiungen. Die Erinnerung an sein früheres Leben war ihm stets im Gedächtnis gegenwärtig. Seine Gewissensbisse aber waren bereits durch die innerliche Befriedigung über die Umkehr seiner Seele gemildert.

Eines Tages am Nachmittag, im Augenblicke, wo die Hitze sich am unangenehmsten bemerkbar machte, genossen, dem Brauche gemäß, alle Brüder des Klosters einige Ruhe. Barhäuptig arbeitet Bruder Ambrosius allein im Garten in der Sonne: eine der Kasteiungen, die er sich auferlegt hatte, über seinen Spaten geneigt sah er den Schatten eines vor ihm stehenbleibenden Mannes. Er glaubte, es wäre einer der Mönche, der in den Garten heruntergekommen sei, fuhr mit seiner Arbeit fort und begrüßte ihn mit einem Ave-Maria. Man antwortete aber nicht. Überrascht, diesen unbeweglichen Schatten zu sehen, hob er die Augen auf und sah einen hohen jungen Mann vor sich stehen. Bekleidet war der mit einem Mantel, der bis auf die Erde herabfiel, und das Gesicht war halb unter einem Hute verborgen, der von einer weißen und schwarzen Feder beschattet wurde. Dieser Mensch betrachtete ihn schweigend mit einem Ausdrucke boshafter Freude und tiefer Verachtung. Einige Minuten über sahen sie sich beide fest an. Endlich trat der Unbekannte einen Schritt vor, lüftete seinen Hut, um sein Gesicht zu zeigen und sagte zu ihm: »Erkennt Ihr mich wieder?«

Don Juan betrachtete ihn aufmerksamer, kannte ihn aber nicht.

»Erinnert Ihr Euch an die Belagerung von Berg-op-Zoom?« fragte der Unbekannte.

»Vergaßet Ihr einen Soldaten namens Modesto?«

Don Juan erbebte. Kalt fuhr der Unbekannte fort...

»Einen Soldaten namens Modesto, der Euren würdigen Freund Don Garcia statt Eurer, auf den er zielte, mit einem Arkebusenschusse tötete?...Modesto bin ich! Ich habe noch einen andern Namen, Don Juan: ich heiße Don Pedro von Ojeda, bin der Sohn von Don Alonso von Ojeda, den Ihr getötet habt;...bin der Bruder von Donna Fausta von Ojeda, die Ihr getötet habt;...bin Donna Theresa von Ojedas Bruder, die Ihr getötet habt.«

»Mein Bruder,« sagte Don Juan, vor ihm hinkniend, »ich bin ein Elender und mit Verbrechen beladen. Um sie zu sühnen, trage ich dies Gewand und habe der Welt entsagt. Wenn es ein Mittel gibt, Eure Verzeihung zu erlangen, so sagt es mir. Die härteste Buße soll mich nicht zurückschrecken, wenn ich erlangen könnte, daß Ihr meiner nicht mehr flucht.«

Don Pedro lächelte bitter. »Lasset ab von der Gleisnerei, Herr von Marana; ich verzeihe nicht. Meine Flüche habt Ihr redlich erworben. Aber ich bin zu ungeduldig, um ihre Wirkung abzuwarten. Ich hab' etwas Wirksameres als Flüche bei mir!«

Bei diesen Worten warf er seinen Mantel ab und zeigte, daß er zwei lange Schlachtschwerter bei sich hatte. Er zog sie aus der Scheide und pflanzte alle beide in die Erde. »Wählt, Don Juan,« sagte er. »Es heißt, Ihr wäret ein wackerer Raufbold, und ich setze meinen Stolz darein, ein geschickter Fechter zu sein. Laßt sehn, was Ihr vermögt.«

Don Juan bekreuzigte sich und sagte: »Ihr vergeßt die Gelübde, die ich geleistet habe, mein Bruder. Ich bin nicht mehr Don Juan, den Ihr gekannt habt, bin Bruder Ambrosius.«

»Schön, Bruder Ambrosius, Ihr seid mein Feind, und ich hasse Euch unter jedwedem Namen, den Ihr tragen mögt, und will mich an Euch rächen!«

Don Juan warf sich ihm wieder zu Füßen.

»Wenn Ihr mein Leben hinnehmen wollt, mein Bruder, es gehört Euch. Züchtiget mich nach Eurem Willen.«

»Feiger Gleisner, hältst du mich zum Narren? Wenn ich dich wie einen tollwütigen Hund töten wollte, würd' ich mir dann die Mühe gemacht haben die Waffen da mitzubringen? Auf, wähle schnell und verteidige dein Leben!«

»Ich wiederhole Euch, mein Bruder, ich kann nicht kämpfen, kann aber sterben.«

»Elender!« schrie Don Pedro wütend, »man hatte mir gesagt, du seist mutig. Ich sehe, daß du nur ein feiger Schuft bist.«

»Mut, mein Bruder? Ich bitte Gott, mir welchen zu verleihen, um nicht der Verzweiflung anheimzufallen, in welche mich ohne seine Hilfe die Erinnerung an meine Verbrechen stürzen würde. Lebt wohl, mein Bruder; ich entferne mich, denn ich sehe wohl, daß mein Anblick Euch Ärgernis bereitet. Möge meine Reue Euch eines Tages so aufrichtig erscheinen, wie sie es in Wirklichkeit ist.«

Er tat einige Schritte, um den Garten zu verlassen, als Don Pedro ihn am Ärmel festhielt. »Ihr oder ich, einer von uns geht nicht lebend von hier!« schrie er. »Nehmt einen von diesen Degen, denn der Teufel soll mich holen, wenn ich eine von Euren Jeremiaden glaube!«

Don Juan warf ihm einen Flehensblick zu und tat noch einen Schritt, um sich zu entfernen; Don Pedro packte ihn jedoch mit Gewalt und hielt ihn beim Kragen fest: »Glaubst du denn, ruchloser Mörder, du könntest dich meinen Händen entziehen? Ich will dein Gleisnergewand in Stücke reißen, es verbirgt des Teufels Pferdefuß. Dann vielleicht fühlst du dich herzhaft genug, dich mit mir zu schlagen!« Und also redend, stieß er ihn wuchtig gegen die Mauer.

»Herr Don Pedro von Ojeda,« rief Don Juan, »tötet mich, wenn Ihr wollt, ich werde mich nicht schlagen.« Und er kreuzte seine Arme und blickte Don Pedro mit ruhiger, wenn auch ziemlich stolzer Miene an.

»Ja, ich will dich töten. Elender! Vorher aber wie einen Feigling behandeln, der du ja bist!«

Und er gab ihm einen Backenstreich, den ersten, den Don Juan jemals empfangen hat.

Purpurröte überzog Don Juans Antlitz. Stolz und Wut seiner Jugend kehrten in seine Seele zurück. Ohne ein Wort zu sagen, stürzte er sich auf einen der Degen und bemächtigte sich seiner. Don Pedro nahm den andern und legte aus.

Wütend griffen sich beide an und der eine und der andre fielen gleichzeitig und mit der nämlichen Wucht aus. Don Pedros Degen verlor sich in Don Juans Leinenkleid und glitt an dem Körper ab, ohne ihn zu verletzen, während Don Juans bis an den Korb in seines Widersachers

Brust drang. Don Pedro starb auf der Stelle. Als Don Juan seinen Feind zu seinen Füßen ausgestreckt liegen sah, verharrte er einige Zeit unbeweglich und betrachtete ihn mit stumpfer Miene. Allmählich kam er zu sich selbst zurück und erkannte die Größe seines neuen Verbrechens. Er stürzte sich über die Leiche und versuchte sie ins Leben zurückzurufen. Doch hatte er zu viele Wunden gesehen, um einen Augenblick zweifeln zu können, daß sie tödlich war. Der blutige Degen lag zu seinen Füßen und schien sich ihm selber anzubieten, damit er sich eigenhändig strafe. Schnell aber entfernte er diese neue Versuchung des Teufels, lief zum Abt und stürzte ganz außer sich in dessen Zelle. Vor ihm hinkniend erzählte er ihm dann unter Tränenströmen von der schrecklichen Szene. Anfangs wollte es der Abt nicht glauben. Sein erster Gedanke war, die großen Kasteiungen, welche Bruder Ambrosius sich auferlegt, hätten ihn den Verstand verlieren lassen. Das Blut aber, das Don Juans Kutte und Hände bedeckte, erlaubten ihm nicht länger an der schrecklichen Wahrheit zu zweifeln. Er war ein sehr geistesgegenwärtiger Mann. Sofort begriff er, welch ärgerliche Aufmerksamkeit auf das Kloster gelenkt würde, wenn die Kunde des Abenteuers sich in der Öffentlichkeit verbreitete. Niemand hatte den Zweikampf gesehn. Selbst den Klosterbewohnern suchte er ihn zu verheimlichen.

Er befahl Don Juan ihm zu folgen und schaffte den Leichnam mit seiner Hilfe in ein Zimmer im Erdgeschoß, dessen Schlüssel er an sich nahm. Dann schloß er Don Juan in seiner Zelle ein und ging fort, um den Corregidor zu benachrichtigen.

Man wird sich vielleicht wundern, daß Don Pedro, der Don Juan bereits verräterisch zu töten versucht, den Gedanken an einen zweiten Mord verworfen und sich seines Feindes durch einen Kampf mit gleichen Waffen zu entledigen versucht hatte. Das aber war von seiner Seite nur die Rechnung höllischer Rache. Er hatte von Don Juans Kasteiungen reden hören und der Ruf seiner Heiligkeit hatte sich so verbreitet, daß Don Pedro nicht daran zweifelte, wenn er ihn ermorde, würde er ihn direkten Weges in den Himmel schicken. Wenn er ihn jedoch herausforderte und zum Zweikampfe verpflichte, hoffte er ihn im Stande der Todsünde zu töten, und so würde er seines Leibes und seiner Seele zugleich verlustig gehen. Wie dieser teuflische Plan sich wider seinen Urheber wandte, hat man gesehen.

Die Sache zu vertuschen, fiel nicht schwer. Der Corregidor verständigte sich mit dem Abte des Klosters, um jeden Verdacht abzuwenden. Die andern Mönche glaubten, der Tote wäre in einem Zweikampfe mit einem unbekannten Edelmann unterlegen und hätte sich verwundet ins Kloster geschleppt, wo er unverzüglich gestorben sei. Don Juans Gewissensbisse und Reue versuche ich nicht zu schildern. Freudig verrichtete er alle Bußen, die der Abt ihm auferlegte. Sein ganzes Leben über verwahrte er, am Fuße seines Bettes aufgehängt, den Degen, mit welchem er Don Pedro durchbohrt hatte, und niemals betrachtete er ihn, ohne für seine und seiner Familien Seelen zu beten. Um den Rest weltlichen Stolzes, der noch in seinem Herzen blieb, zu demütigen, hatte der Abt ihn geheißen, sich allmorgendlich bei dem Klosterkoch einzustellen, der ihm eine Ohrfeige geben mußte. Wenn Bruder Ambrosius die empfangen hatte, unterließ er es niemals, ihm auch die andre Wange hinzuhalten, und dankte dem Koche, daß er ihn so demütige. Noch zehn Jahre lebte er im Kloster und nie ward seine Reue durch einen Rückfall in seine Jugendleidenschaften unterbrochen. Er starb wie ein Heiliger, selbst von denen verehrt, die ihn in seinem früheren schlechten Lebenswandel gekannt hatten. Auf seinem Totenbett erbat er es sich als eine Gunst, man möchte ihn unter der Kirchenschwelle beerdigen, damit jedweder ihn beim Hineingehen in die Kirche mit Füßen trete. Er wünschte auch noch, daß man auf seinem Grabe folgende Inschrift einmeiße: Hier ruht der schlechteste Mensch, der auf Erden lebte. Man hielt es aber nicht für richtig, alle diese, von seiner maßlosen Demut diktierten Verfügungen auszuführen. Er ward beim Hauptaltare der von ihm gestifteten Kapelle beigesetzt. Man willigte wahrlich ein, auf den Stein, der seine sterblichen Reste bedeckt, die von ihm aufgesetzte Inschrift zu meißeln; man fügte aber eine Schilderung und eine Lobeserhebung seiner Bekehrung hinzu. Sein Hospital und vor allem die Kapelle, wo er beerdigt liegt, werden von allen Fremden, die durch Sevilla kommen, besucht. Murillo hat die Kapelle mit mehreren seiner Meisterwerke geschmückt. Die Rückkehr des verlorenen Sohnes und der Fischteich von

Jericho, die man heute in Marschall Soults Galerie bewundert, schmückten früher die Mauern des Hospitals der Nächstenliebe.

www.ingramcontent.com/pod-product-compliance
Lightning Source LLC
LaVergne TN
LVHW020924200726
843506LV00011B/1796